UMA COISA ABSOLUTAMENTE FANTÁSTICA

HANK GREEN

UMA COISA ABSOLUTAMENTE FANTÁSTICA

Tradução
Lígia Azevedo

SEGUINTE
O selo jovem da Companhia das Letras

O selo Seguinte pertence à Editora Schwarcz S.A.

Grafia atualizada segundo o Acordo Ortográfico da Língua Portuguesa de 1990, que entrou em vigor no Brasil em 2009.

TÍTULO ORIGINAL An Absolutely Remarkable Thing

CAPA Kaitlin Kall

PREPARAÇÃO Erika Jurdi

REVISÃO Márcia Moura e Thaís Totino Richter

Dados Internacionais de Catalogação na Publicação (CIP)
(Câmara Brasileira do Livro, SP, Brasil)

Green, Hank
Uma coisa absolutamente fantástica / Hank Green ; tradução Lígia Azevedo. — 1ª ed. — São Paulo : Companhia das Letras, 2018.

Título original: An Absolutely Remarkable Thing.
ISBN 978-85-5534-075-8

1. Ficção norte-americana I. Título.

18-19585 CDD-813

Índice para catálogo sistemático:
1. Ficção : Literatura norte-americana 813

Maria Alice Ferreira – Bibliotecária – CRB-8/7964

[2018]
Todos os direitos desta edição reservados à
EDITORA SCHWARCZ S.A.
Rua Bandeira Paulista, 702, cj. 32
04532-002 — São Paulo — SP
Telefone: (11) 3707-3500
www.seguinte.com.br
contato@seguinte.com.br

/editoraseguinte
@editoraseguinte
Editora Seguinte
editoraseguinteoficial

Obrigado, mãe!

UM

Olha, sei que você está esperando uma história épica com intriga, mistério, aventura, quase morte e morte de verdade, mas, para chegar a isso (a menos que pule direto para o capítulo treze — não sou sua mãe), você vai ter que lidar com o fato de que eu, April May, além de ser uma das coisas mais importantes que já aconteceu à raça humana, também sou uma mulher de vinte e poucos anos que cometeu alguns erros. Estou na posição maravilhosa de ter você na palma da mão. A história é minha, então posso contá-la do jeito que quiser. Isso significa que você vai entender não só a minha história mas também a mim mesma, então não se surpreenda se houver uma boa dose de drama. Vou tentar fazer um relato honesto, mas admito que sou altamente tendenciosa a meu favor. Se você for aprender alguma coisa, com sorte não vai ser de que lado mais está, mas o simples fato de que sou (ou pelo menos era) humana.

E eu estava me sentindo bastante humana quando me arrastei acabada pela rua 23 às duas e quarenta e cinco da manhã depois de trabalhar dezesseis horas seguidas em uma start-up que (graças a um contrato absurdo que assinei) permanecerá anônima. Estudar arte na faculdade pode parecer uma péssima escolha financeira, mas isso só é verdade se você fizer uma série de financiamentos estudantis para poder pagar por essa educação pretensiosa. Que foi exatamente o que eu fiz, claro. Meus pais eram bem-sucedidos, comandando uma empresa que fornecia equipamentos para pequenas e médias fazendas de gado leiteiro. Eles vendiam e distribuíam aquelas coisinhas que você conecta à vaca para tirar o leite, por exemplo. Era um bom negócio, o bastante para que eu não precisasse me afundar em dívidas se escolhesse uma universidade pública. Mas não fiz isso. Peguei empréstimos. Muitos. Então, depois de pular de graduação em graduação (publicidade, belas-artes, fotografia, ilustração) e finalmente me acomodar no curso mundano (mas pelo menos útil) de design, aceitei o primeiro trabalho que poderia me manter em Nova York, longe do meu antigo quarto na casa dos meus pais no norte da Califórnia.

E esse trabalho era em uma maldita start-up, financiada pelo poço sem fundo de pessoas ricas que só conseguem ter o sonho mais chato que uma pessoa rica poderia ter: ficar ainda mais rico. É claro que trabalhar numa start-up significa que você é parte da "família", então, quando as coisas dão errado, os prazos chegam, um investidor dá um chilique, ou mesmo sem motivo algum, você não sai do trabalho antes das três da manhã. O que, honestamente, eu odiava. Odiava porque o aplicativo de gerenciamento de tempo da empresa era uma ideia idiota e não ajudava ninguém de verdade, odiava porque eu sabia que só estava fazendo aquilo pelo dinheiro, e odiava porque eles pediam à equipe que agisse como se o trabalho fosse sua vida, e não só um emprego qualquer em horário comercial, o que significava que não me sobrava nenhum tempo livre para investir em projetos pessoais.

MAS!

Eu estava realmente usando meu diploma de design e meu salário era suficiente para pagar o aluguel, ainda que não tivesse nem um ano de formada. O ambiente de trabalho beirava o criminoso e eu gastava metade do meu salário para dormir na sala de um apartamento de um dormitório só, mas dava para levar.

Minto. Minha cama ficava na sala, mas em geral eu dormia no quarto — o quarto de Maya. Não estávamos morando juntas, só dividíamos o apartamento. A April do passado gostaria que eu fosse muito clara a respeito. E qual é a diferença? Bom, a principal é que ainda não estávamos ficando quando decidimos dividir o apartamento. Ficar com a pessoa com quem você divide o apartamento é conveniente, mas também um pouco confuso quando vocês já moraram juntas durante a maior parte da faculdade. Antes de finalmente rolar e agora serem oficialmente um casal há mais de um ano.

Se você já divide um apartamento, quando a questão "Vamos morar juntas?" aparece? Bom, pra gente, a questão foi "Podemos por favor tirar o colchão de segunda mão da sala para poder sentar num sofá enquanto vemos Netflix?". E até agora minha resposta tem sido: "De jeito nenhum, só dividimos o apartamento *e* estamos ficando". É por isso que ainda tem uma cama na nossa sala.

Eu disse que haveria drama.

Bom, voltando à madrugada daquela fatídica noite de janeiro. O maldito aplicativo tinha que ser relançado na semana seguinte, e eu estava esperando a aprovação final de algumas alterações na interface do usuário, mas tanto faz, você não se importa — era uma chatice de trabalho qualquer. Em vez de chegar cedo, fiquei até tarde, porque sempre preferi assim. Meu cérebro simplesmente fundiu depois de tentar interpretar as ordens enigmáticas de chefes que não sabiam diferenciar um bitmap de um vetor. Saí do prédio (era um espaço de coworking, nem mesmo um escritório de verdade) e andei três minutos até a estação.

Então meu cartão do metrô não passou SEM MOTIVO. Eu tinha outro na mesa do trabalho e não estava muito segura de quanto dinheiro me restava na conta, então achei melhor andar os três quarteirões até o escritório para garantir.

O farol de pedestre está aberto, então atravesso a 23, mas um táxi buzina como se eu estivesse errada. Nem vem, cara, o farol estava verde para mim. Viro para voltar ao escritório e vejo na hora. Conforme me aproximo, fica mais claro que é uma escultura excepcional. DE VERDADE.

Quer dizer, é INCRÍVEL, mas também é meio "incrível estilo Nova York", sabe?

Como posso explicar a sensação? Acho que... bom... em Nova York, as pessoas passam dez anos fazendo algo incrível acontecer, algo que captura a essência de uma ideia tão perfeitamente que de repente o mundo fica dez vezes mais claro. É lindo e potente, fruto da dedicação de grande parte da vida de alguém. O noticiário local faz uma reportagem e todo mundo fica tipo "Que legal!", mas no dia seguinte já esqueceu por causa de outra COISA ABSOLUTAMENTE PERFEITA E FANTÁSTICA. Isso não quer dizer que a primeira coisa não fosse maravilhosa ou única... É só que tem muita gente fazendo muitas coisas impressionantes, então você acaba ficando meio cansado.

Foi assim que me senti quando vi o Transformer de três metros de altura usando uma armadura de samurai, seu peitoral enorme erguido a um metro ou um metro e meio da minha cabeça. Estava ali, cheio de energia e poder. Parecia capaz de virar a qualquer momento e direcionar seu olhar vazio e majestoso para mim. Mas, em vez disso, se manteve imóvel e em silêncio, quase desdenhoso, como se o mundo não fosse digno de sua atenção. À luz da rua, o metal era uma colcha de retalhos de preto como a noite fosco e prata reluzente como espelho. Claramente era metal... e não papelão pintado com spray. Era incrivelmente bem-feito. Parei por talvez cinco segundos antes de estremecer, tanto por causa do frio quanto do olhar daquela coisa, e seguir em frente.

Então me senti A MAIOR CRETINA DO MUNDO.

Quer dizer, sou uma artista dando duro em um trabalho incrivelmente desinteressante para pagar o aluguel caro demais desta cidade e assim poder ficar imersa em uma das culturas mais criativas e influentes do mundo. Aqui, no meio da calçada, tem uma obra de arte que é um empreendimento gigantesco, uma instalação em que o artista trabalhou talvez por anos para que as pessoas parassem, olhassem e refletissem. E aqui estou eu, endurecida pela vida na cidade grande e mentalmente incapacitada por horas de trabalho braçal, sem dar uma segunda olhada em algo tão magnífico.

Lembro desse momento claramente, então acho que devo mencioná-lo. Voltei para a escultura, fiquei na ponta dos pés e disse:

— Acha que eu devia ligar pro Andy?

É claro que a escultura não disse nada.

— Só fica aí parada se tudo bem eu ligar pro Andy.

Então eu liguei.

Mas, antes, algumas informações sobre Andy!

Sabe aqueles momentos em que sua vida muda e você pensa "Tenho certeza absoluta de que vou continuar a amar e a apreciar todas essas pessoas incríveis com quem passei tantos anos e com quem vou continuar falando, apesar de nossas vidas estarem se transformando completamente agora", mas daria na mesma já desfazer sua amizade com elas no Facebook porque você nunca mais vai ver essa gente de novo? Bom, de alguma forma, Andy, Maya e eu conseguimos (até agora) evitar esse destino. Maya e eu fizemos isso ocupando os mesmos quarenta metros quadrados. Andy, por outro lado, morava do outro lado da cidade, e a gente nem se conhecia até o terceiro ano da faculdade. Àquela altura, Maya e eu fazíamos mais ou menos as mesmas aulas porque, bom, gostamos muito uma da outra. Sempre fazíamos os trabalhos juntas. Mas o professor Kennedy dividiu a turma em trios, o que implicava um terceiro elemento aleatório entre nós. De alguma forma, tivemos que nos conformar com Andy (da perspectiva dele, imagino que teve que se conformar conosco).

Eu sabia quem Andy era. Tinha formado uma vaga impressão do tipo "esse cara é muito mais confiante do que deveria". Ele era magro e esquisito, branco como papel. Imaginava que pedia ao cabeleireiro para cortar seu cabelo de tal forma que parecesse que nunca tinha cortado o cabelo. Mas sempre tinha um comentário na ponta da língua, que, em geral, era engraçado ou perspicaz.

O trabalho consistia em desenvolver a marca de um produto ficcional. A embalagem era opcional, mas precisávamos de uma série de opções de logos e um manual de identidade visual (um livreto que diz a todo mundo como a marca deve ser apresentada e que fontes e cores podem ser usadas em cada situação). Era mais ou menos implícito que íamos fazer isso para uma empresa imaginária descolada e moderninha que fabricava jeans com bolsos inúteis ou coisa do tipo de forma ética e responsável. Na verdade, quase sempre era uma cervejaria, porque éramos todos universitários. Estávamos pagando caro para desenvolver nosso gosto por cerveja e nos vangloriar disso.

Certamente Maya e eu teríamos ido nessa direção, mas Andy era inacreditavelmente teimoso e de alguma forma nos convenceu a fazer a identidade visual do Bunclete, um chiclete com gosto de bunda. Seu argumento inicial era bem simples: não íamos fazer coisas finas e legais depois de formados, então não deveríamos levar aquele trabalho tão a sério. Mas então conseguiu nos convencer de verdade.

— Olha — ele disse —, é mais fácil fazer algo legal parecer legal, por isso todo mundo escolhe coisas legais. Só que, no fim das contas, o legal nunca vai ter graça. E se conseguíssemos fazer algo idiota parecer incrível? Algo invendável? É um desafio de verdade. Que exige talento. Vamos mostrar nosso talento!

Lembro disso muito bem porque foi quando me dei conta de que havia algo mais em Andy.

Quando entregamos o trabalho, eu não conseguia evitar me sentir um pouco superior ao restante da turma, que levava seus jeans skinny e suas cervejarias artesanais tão a sério. E o produto final ficou ótimo. Andy era — e eu sabia disso, mas não considerava muito importante — um ilustrador muito talentoso. Com o *lettering* que Maya fez à mão e meu trabalho com a paleta de cores, a identidade visual ficou bem legal.

Foi assim que eu e Maya conhecemos Andy, e ainda bem que conhecemos. Sinceramente, precisávamos de alguém que balanceasse a intensidade que havia no início da nossa amizade. Depois do Bunclete, que Kennedy amou tanto que colocou no site do curso, nos tornamos um trio. Até fizemos alguns frilas juntos, e de vez em quando Andy aparecia no nosso apartamento e nos forçava a jogar algum jogo de tabuleiro. Então passávamos a noite conversando sobre política, sonhos ou inseguranças. O fato de que ele era claramente um pouco apaixonado por mim nunca incomodou nenhum de nós, porque Andy sabia que eu estava comprometida e, bem, Maya nunca o viu como ameaça. De alguma forma, nossa dinâmica não foi rompida depois da formatura, e continuamos saindo com o divertido, esquisito, inteligente e idiota Andy Skampt.

Para quem eu agora estava ligando às três da manhã.

— Porra, April, são três da manhã.

— Oi! Queria que você visse um negócio.

— Acho que pode esperar até amanhã.

— Não, é bem legal. Traz sua câmera. Jason tem equipamento de luz pra emprestar? — Jason era o cara com quem Andy dividia o apartamento, e os dois queriam ser celebridades da internet. Faziam vídeos de si mesmos jogando videogame para um público diminuto e tinham um podcast sobre as melhores cenas de morte da TV, que depois começaram a filmar e colocar no YouTube. Para mim, parecia aquela doença incurável que tantos caras bem de vida têm: apesar de montanhas de evidências contrárias, acreditam que tudo de que o mundo precisa é de outro podcast engraçadinho feito por caras brancos. Pode parecer duro, mas era como eu enxergava a coisa na época. Agora, claro, entendo como é fácil sentir que você não tem importância se ninguém estiver vendo. E, quando ouvi o podcast, que chamava *Slainspotting*, achei bem engraçado.

— Espera. O que está acontecendo? O que tenho que fazer? — ele perguntou.

— É o seguinte: você tem que pegar todas as tralhas de vídeo do Jason e ir até o teatro Gramercy. Juro que não vai se arrepender, então nem pense em voltar ao seu joguinho hentai de realidade virtual... Isso é melhor, prometo.

— E por acaso você já jogou *Fada da Cerejeira 5* para saber, April May? Jogou?

— Vou desligar. E você vai chegar aqui em cinco minutos.

Desliguei.

Várias pessoas que não são Andy passaram enquanto esperava por ele. Manhattan é menos raiz do que já foi, claro, mas ainda estamos na cidade que nunca dorme. E onde todo mundo está pouco se fodendo. As pessoas davam uma olhada rápida na escultura e continuavam andando, como eu mesma quase fiz. Tentei parecer ocupada. Manhattan é um lugar seguro, mas isso não significa que uma jovem de vinte e três anos sozinha na rua às três da manhã não possa ser assediada por algum babaca.

Nos minutos seguintes, passei mais tempo com a estrutura. Nunca fica muito escuro em Manhattan, então havia bastante luz em volta, mas as sombras fortes e o tamanho da escultura tornavam sua compreensão difícil. Era gigantesca. Provavelmente pesava centenas de quilos. Tirei a luva e a toquei, notando que o metal não era frio como eu esperava. Tampouco era quente, na verdade. E era rígido. Dei uma batida na pélvis e não ouvi o tilintar que esperava. Foi mais um baque seguido de um zumbido baixo. Comecei a pensar que era a intenção do artista... que o objetivo era que as pessoas interagissem com a obra... descobrissem suas propriedades. Quando se estuda arte, você se acostuma a pensar nos objetivos e na intenção. É um mecanismo padrão: VER OBRA DE ARTE → ANALISAR OBRA DE ARTE.

Em determinado momento, interrompi minha análise e tentei só absorver aquilo. Estava começando a amar a escultura. Não só a admirar a criação de outra pessoa, mas a amá-la daquele jeito que se ama uma verdadeira obra de arte... apenas desfrutando dela. Era muito diferente de tudo o que eu já tinha visto. E muito corajosa, a começar pela aparência Transformer. Eu ficaria morrendo de medo de criar qualquer coisa que lembrasse visualmente robôs gigantes... Ninguém quer ser comparado a algo tão *popular*. É o pior destino de todos.

Mas havia muito mais naquela obra do que isso. Ela parecia ter vindo de um lugar completamente diferente de qualquer outra obra que eu já havia visto, escultural ou não. Eu estava bem envolvida na coisa quando Andy me tirou do transe.

— Que porra é essa? — Ele carregava uma mochila, três câmeras e dois tripés.

— Né? — comentei.

— Isso é INCRÍVEL.

— Eu sei... E o pior é que quase passei reto. Só pensei "Bom, outra coisa legal em Nova York" e continuei andando. Então me toquei que não tinha ouvido falar disso ainda. E como você está sempre atrás de algo que viralize, achei que pudesse aproveitar esse furo. Então fiquei tomando conta dele pra você.

— Você viu essa obra de arte imensa, linda e musculosa e se lembrou imediatamente de ANDY SKAMPT? — Ele enfiou os dedões no peitoral ossudo.

— Ha ha — eu disse, sarcástica. — Na verdade, estava te fazendo um favor. Não pode só aproveitar?

Um pouco abatido, ele me entregou um tripé.

— Bom, vamos começar a montar esse negócio. Tenho que trabalhar antes que algum bêbado do canal seis passe aqui por acaso e roube meu furo.

Em cinco minutos a câmera estava pronta, com a luzinha acesa, e Andy prendia o microfone de lapela. Ele já não parecia tão esquisito quanto na faculdade. Tinha parado de usar boné e desistido do cabelo rebelde (ou incomum) em favor de um corte com ondas curtas que combinava com o formato de seu rosto. Mas, apesar de ser quase vinte centímetros mais alto e ter quase exatamente a mesma idade que eu, ainda parecia uns cinco anos mais novo.

— April.

— Oi?

— Acho que devia ser você.

Devo ter respondido com algum tipo de grunhido confuso.

— Na frente da câmera.

— Cara, esse é o seu sonho, não o meu. Não sei nada de YouTube.

— É só que… tipo… — Em retrospectiva, acho que é possível, embora nunca tenha perguntado, que ele tivesse alguma ideia de que seria algo grande. Não tão grande quanto acabou sendo, claro, mas grande.

— Ei, não vem achando que vou ficar te devendo uma por me dar a chance de fazer sucesso na internet. Nem quero isso.

— Tá, mas você não faz ideia de como usar a câmera.

Sabia que era só uma desculpa, mas não conseguia entender o motivo.

— Posso não saber como funcionam os bastidores, mas tampouco sei o que fazer na frente da câmera. Você e Jason passam o dia todo falando com pessoas na internet. Eu mal tenho Facebook.

— Mas tem Instagram.

— É diferente — retruco.

— Na verdade, não. Sei que se preocupa com o que posta. Você não está enganando ninguém. É uma garota digital, April, em um mundo digital. Todos sabemos como nos comportar. — Andy era realmente honesto. É claro que ele estava certo. Eu tentava não me importar com as redes sociais, e preferia mesmo ir a uma galeria de arte do que ficar tuitando. Mas não era tão desconectada quanto queria parecer. Ficar irritada com personalidades da internet criadas com todo o cuidado era parte da minha personalidade da internet criada com todo o cuidado. Mesmo assim, acho que ambos sabíamos que Andy estava forçando um pouco a barra.

— Andy, o que está pegando?

— É só que… — Ele respira fundo. — Acho que seria melhor para o artista se fosse você. Sou o maior pateta, sei disso. As pessoas não vão me levar a sério. Já você parece uma artista também, com essa roupa e essas maçãs do rosto. Parece saber do que fala. Você *sabe* do que fala, e fala bem. Se eu fizer isso, vai virar piada. E foi você que encontrou o negócio, acho que faz mais sentido que apareça na câmera.

Diferentemente da maior parte dos meus colegas de design, eu era bastante ligada às belas-artes. Se você está se perguntando qual é a diferença das outras formas de arte, as belas-artes são aquelas que se encerram em si. O que as belas-artes criam é a si mesmas. Design, por exemplo, já é uma forma de arte que cria outra coisa. É mais como uma engenharia visual. Comecei a faculdade focada em belas-artes, mas no fim do primeiro semestre decidi que queria ter um emprego um dia. Então passei para publicidade, que eu odiava, então mudei de curso mais algumas vezes até me render e optar por design. Mas ainda gastava muito mais tempo e energia com a cena de belas-artes de Manhattan do que qualquer um dos meus amigos designers. Era parte do motivo pelo qual eu queria desesperadamente ficar na cidade. Pode parecer idiota, mas o mero fato de ser uma jovem de vinte e poucos anos em Nova York fazia com que eu me sentisse importante. Mesmo que não estivesse fazendo arte de verdade, pelo menos estava conseguindo me manter na cidade, bem distante do negócio dos meus pais.

Andy não mostrava nenhum sinal de desistir, e acabei decidindo que não era nada de mais. Então passei o microfone por dentro da blusa, sentindo o fio ainda quente pelo contato com o corpo de Andy. Com a luz do equipamento que ele tinha trazido batendo no rosto, eu mal conseguia enxergar a câmera. Fazia frio, com uma leve brisa, e estávamos sozinhos na calçada.

— Pronta? — ele perguntou.

— Me dá aquele microfone — eu disse, apontando para uma mala aberta no chão.

— O de lapela está funcionando bem.

— Só como objeto de cena, para que eu possa... fazer uma entrevista.

— Ah... legal... — Ele me entrega o microfone.

— Estou pronta — digo.

— Gravando!

DOIS

— Gravando!

Se você é um humano que já esteve perto o bastante de uma conexão com a internet, já ouviu Andy dizendo essa palavra. Fale ou não inglês. Tendo sido ou não proprietário de um aparelho eletrônico na vida. Seja um bilionário chinês ou um criador de ovelhas neozelandês, você ouviu. Militantes rebeldes no Nepal ouviram. É o vídeo mais popular de todos os tempos. Teve mais visualizações do que o número de habitantes do planeta. O Google estima que "Carl Nova York" foi visto por noventa e quatro por cento dos humanos vivos. E, a esta altura, imagino que por uma quantidade razoável dos mortos.

Depois que Andy editou o vídeo... eis mais ou menos o que restou.

Estou toda desarrumada. Faz vinte e duas horas que não durmo. Estou com pouca maquiagem e o *dress code* do trabalho era basicamente "a primeira peça que encontrar no guarda-roupa", então estou usando uma jaqueta jeans em cima de um moletom branco, e minha calça é rasgada nos joelhos, o que não ajuda a proteger do frio. Meu cabelo preto está solto sobre os ombros, a luz bate nos meus olhos e eu me esforço para não fazer careta. Considerando tudo, não pareço tão horrível. Talvez só tenha assistido ao vídeo tantas vezes que superei a vergonha. Meus olhos são tão escuros que pareço não ter íris mesmo no sol. Meus dentes brilham com as luzes de LED de Jason. De alguma maneira, pareço animada. A vertigem da falta de sono tomou conta. Minha voz sai profunda e áspera.

— Olá! Meu nome é April May, e estou aqui no cruzamento da 23 com a Lexington, com um visitante inesperado e peculiar. Ele chegou em algum momento antes das três da manhã, para vigiar a unidade do fast-food mexicano Chipotle que fica ao lado do teatro Gramercy, como se fosse um antigo guerreiro de uma civilização desconhecida. Seu olhar gelado de alguma forma é reconfortante, como se provasse que nenhum de nós sabe o que fazer da vida... nem mesmo este guerreiro de metal de três metros de altura. Se a magnitude da vida parece opressora, não se preocupe... você é insignificante! Se me sinto mais segura com ele me observando? Não! Mas talvez não seja uma questão de segurança.

Um casal que volta para casa depois de uma noitada passa enquanto digo isso, olhando por cima do ombro mais para a câmera do que para o ROBÔ GIGANTE que está sendo filmado.

O ângulo da filmagem muda bruscamente. (Porque passei alguns minutos só resmungando, sem ter realmente o que dizer, e parecendo uma idiota, enquanto Andy garantia que ia cortar as partes em que eu parecia uma idiota.)

— O nome dele é Carl! Olá, Carl! — Aqui eu aponto o microfone desconectado para Carl... ficando na ponta dos pés. Sou baixinha, não tenho nem um metro e sessenta, o que faz Carl parecer maior do que de fato é. Ele não diz nada. — Um robô de poucas palavras, mas sua aparência fala alto.

Outro corte, e agora estou olhando para a câmera.

— Carl, imóvel, sólido, e estranhamente morno ao toque, um robô de três metros de altura que os nova-iorquinos não parecem achar particularmente interessante.

Corta.

— Do que acham que se trata? Uma instalação artística? Um projeto pessoal, despejado junto com um inquilino que não pagava o aluguel? Um objeto de cena esquecido por uma equipe que fazia um filme aqui perto? Será que a cidade que nunca dorme se tornou a cidade que é tão descolada que já nem nota as ocorrências mais peculiares e assombrosas? Não, esperem! Um jovem parou para olhar. Vamos perguntar o que ele acha.

Corta.

Divido o microfone com Andy.

— Como você chama?

— Andy Skampt. — De alguma forma, ele está mais nervoso que eu.

— Você confirma que tem um robô de três metros em frente ao Chipotle?

— Sim.

— Você confirma que isso não é nem um pouco normal?

— Hum-hum.

— O que acha que significa?

— Na verdade, não sei. Agora que parei pra pensar, Carl meio que me assusta pra caramba.

— Obrigada, Andy.

Corta.

— E aí está, cidadãos do mundo. Um robô humanoide gigante, imponente, assustador e ligeiramente morno que chegou a Nova York e, por sua falta de atividade, de alguma forma só é interessante durante um vídeo de um minuto.

Tudo isso é dito enquanto vemos closes do robô, sua imobilidade emanando movimento, a energia brilhando por baixo da superfície.

O tempo inteiro em que estive em frente à câmera, fiquei pensando no artista. Um colega criativo que havia despejado sua alma em algo realmente fantástico que poderia ser ignorado pelo mundo inteiro. Eu queria entrar em sua cabeça. Queria descobrir por que tinha criado aquilo ao mesmo tempo que repreendia o mundo por sua indiferença cruel à beleza e à forma. ATENÇÃO NOVA-IORQUINOS, APRECIEM COMO AS COISAS PODEM SER LEGAIS! Queria que as pessoas despertassem e passassem alguns momentos olhando para essa maravilha excepcional da criação humana. O que, em retrospectiva, é engraçado.

— Ficou bom?

— Ficou ótimo, fantástico, você é adorável, inteligente e a internet vai te amar.

— Ah, tudo o que eu sempre quis — brinquei. — De repente estou morta de cansaço.

— Bom, faz sentido. Por que estava acordada a essa hora?

— Além do fato de ter encontrado um robô gigante? Só mais um dia normal de trabalho em que todo mundo teve que fazer serão.

— Pelo menos você tem um emprego.

Andy estava tentando trabalhar como freelancer, que é o que você faz quando não tem que se preocupar em pagar o financiamento estudantil porque seu pai é um advogado ricaço de Hollywood.

E, simples assim, Carl deixou de ser o assunto. Andy fez alguns closes enquanto eu reclamava sobre o trabalho e ele me contava sobre seu novo cliente, que queria que o logo da empresa parecesse mais "computadorizado". Até subi nos ombros de Andy para ficar o mais próximo possível da cabeça do robô, tentando manter a câmera estável para uma tomada complementar. Mas ficamos basicamente falando sobre o trabalho e a vida até quase umas quatro.

— Bom, isso foi superesquisito, April May. Obrigado por me tirar de casa nessa noite fria para gravar um vídeo de robô com você.

— Obrigada por ter vindo. E não, não vou ficar vendo você editar o vídeo. Vou para a cama. Se me ligar antes do meio-dia, vou te empalar com aquela coisa pontuda que Carl tem na cabeça.

— É sempre um prazer.

— Te vejo amanhã.

No metrô, voltando para casa, coloquei o celular no modo "não perturbe". Foi provavelmente a melhor noite de sono que tive até morrer.

TRÊS

Acordei às duas da tarde. Nem notei quando Maya saiu da cama. Ela entrou no quarto com aquela batida leve de quando você já está abrindo a porta, o que era ao mesmo tempo irritante e fofo. Tinha uma caneca de café na mão. Pro meu gosto, o quarto estava confortavelmente bagunçado. Tinha algumas roupas no chão, canecas demais na escrivaninha, livros demais no criado-mudo.

Não entendo as pessoas que mantêm tudo sempre arrumadinho. Uma faxina dedicada de vez em quando é muito mais eficiente que uma manutenção constante. Além disso, a desordem é boa para a mente. Era quase como se eu precisasse bagunçar o mundo à minha volta para que as ideias e a arte ficassem claras. Simplicidade no design, desastre completo em todo o resto. Era todo um estilo de vida, um éthos que eu estava construindo. Maya me impedia de sair completamente dos trilhos, claro.

Ela era muito mais organizada do que eu, mas tampouco era louca por arrumação, o que permitia que a coisa toda de dividir um apartamento funcionasse. Estava claro que fazia horas que tinha acordado; seus cachos estavam arrumados daquele jeito elaborado que continuava parecendo mágico para mim. O que indicava que ia fazer alguma coisa importante mais tarde. Devia ter me contado a respeito, mas eu não conseguiria lembrar o que era. Uma reunião com um cliente, talvez? Maya era a única do trio que tinha conseguido um trabalho em um estúdio de design de verdade. Não pagava muito bem, mas era uma porta de entrada. Ela já estava maquiada.

Além de administrar o apartamento melhor do que eu, ela também administrava nosso relacionamento com muito mais eficiência. A parte desconfortável vinha toda de mim. Eu a impedia descaradamente de tocar em assuntos sérios. Se não fosse pelas minhas questões, estaríamos "morando juntas" havia um bom tempo.

— Trouxe um café — ela disse com suavidade, caso eu ainda não tivesse despertado completamente.

— Depois de anos morando comigo você ainda não sabe que não tomo café?

— Não é verdade. — Ela colocou a caneca sobre o criado-mudo. — Você toma café em dias muito, muito ruins.

Maya sentou na lateral da cama. Virei para ela com uma interrogação enorme no rosto.

— April, a coisa do robô ficou meio esquisita.

— Você sabe do Carl?

— Por que deu esse nome idiota a ele? — ela disse, exasperada.

— Você sabe do Carl. — Não era mais uma pergunta.

— Eu sei do Carl...

— Andy está enchendo seu saco? — eu a cortei antes que continuasse, irritada que ele não tivesse conseguido esperar até de manhã. Ou até o começo da tarde, no caso.

— Não me interrompa, deixei você dormir até agora — ela disse. — Andy ligou a manhã inteira. Está pirando e precisa que veja seus e-mails. Você vai encontrar um monte de mensagens importantes, inclusive de noticiários locais e agentes. Não acho que seja o tipo de coisa que se deva ignorar, mas também acho que não é o caso de se precipitar.

Maya se comunicava da maneira mais eficiente que eu já tinha visto. Era como se escrevesse textos mentais e depois os recitasse. Uma vez ela me explicou que isso era parte de ser negro nos Estados Unidos.

— Todo negro que passa muito tempo com brancos acaba sendo colocado na posição de falar por todos os outros negros — ela me contou uma noite, quando já era muito tarde para conversar. — Odeio isso. É idiota. E cada um pode responder a essa idiotice como quiser. Mas minha ansiedade acabou fazendo com que eu fosse extremamente cuidadosa com tudo o que digo. É claro que não represento todos os negros, mas, se as pessoas acham isso, sinto que é minha responsabilidade tentar fazer isso bem.

Eu nunca tinha a menor ideia do que dizer quando ela falava desse tipo de coisa. Sou branca e fui criada numa comunidade muito branca. Então só disse aquilo que tinha ouvido que se devia dizer em situações do tipo:

— Parece difícil.

— É — ela respondeu. — Mas todo mundo tem que enfrentar dificuldades. Obrigada.

— Espero que você não ache que tem que representar todos os negros comigo — eu disse. — Espero que não seja, tipo, cuidadosa o tempo *todo*.

— Não, April. — Houve uma longa pausa antes que ela continuasse. — Sou cuidadosa com você por outros motivos.

Fiquei com medo de perguntar o que aquilo significava, então dei um beijo nela e fomos dormir.

De qualquer modo, a habilidade discursiva de Maya era extremamente útil na manutenção do nosso relacionamento, que eu subconscientemente deixava no fio da navalha, entre o casual e o sério. Ela era capaz de se expressar com os olhos e o corpo, mas em geral escolhia usar a boca. O que não me incomodava.

— Maya... — Foi o máximo que consegui dizer antes que ela levasse o indicador delicadamente aos meus lábios. — Hum... A gente vai dar uns beijos agora?

— Não, você vai tomar seu café, ver seus e-mails e ficar sem falar comigo ou com qualquer outra pessoa até escovar os dentes, porque sua boca cheira a trilhões de micro-organismos. Peguei seu celular. Vou devolver assim que tiver terminado de ler as mensagens.

Maya levantou sem me dar um único beijo.

— Mas eu...

Ela me cortou no caminho da saída.

— Nada de falar! Vai ler!

E fechou a porta.

Dez minutos depois, eu estava meio que arrumada e sentada na cama com o notebook. As mensagens lidas ficavam em azul, as não lidas em branco. As importantes não lidas se estendiam por cinco páginas. Eu não tinha ideia do que fazer, então simplesmente fiz uma busca por "andyskampt@gmail.com", o que esclareceu as coisas rapidinho. Um dos quinze e-mails que ele havia me mandado tinha o assunto "LÊ ESTE PRIMEIRO"; outro, "LÊ ESTE DEPOIS"; e outro mais recente, "NÃO! ESTE! LÊ ESTE PRIMEIRO!".

Aqui estão eles, copiados e colados diretamente da minha caixa de entrada.

NÃO! ESTE! LÊ ESTE PRIMEIRO!

Desculpa se todos os e-mails que te mandei hoje parecem ter sido escritos num frenesi desvairado. Valorizo nossa amizade. Vamos tentar manter isso em mente.

Andy

LÊ ESTE PRIMEIRO

Tá. Então. Uau. Vou fazer um resumo rápido de tudo o que aconteceu nas últimas seis horas. Isso é tudo que não é especulação. Carl não apareceu só em Nova York. Tem outros dele em várias grandes cidades do planeta. São pelo menos sessenta Carls. Fotos deles estão surgindo em todos os lugares de Beijing a Buenos Aires. Pessoas do mundo inteiro simplesmente depararam com ele, como a gente, e estão postando fotos e vídeos nas redes sociais. Por algum motivo, o nosso é o mais popular. Tem que ser algum tipo de projeto internacional de arte de rua e você (nós?) basicamente deu (demos?) o furo. Todos os Carls apareceram sem que ninguém visse quem os montou. Ainda não encontraram nenhum vídeo de segurança. Sei que vão descobrir como foi, mas por enquanto nada.

Estão todos se referindo a eles como Carls, porque não têm mais do que chamar. Não é como se houvesse um manifesto do artista numa placa ao lado deles na rua. Nosso vídeo está passando nos jornais (sem permissão, aliás). Vários canais entraram em contato comigo para falar a respeito. O vídeo já teve mais de UM MILHÃO de visualizações! As pessoas te amam!

Mas não leia os comentários.

Já voltei ao Carl com uma câmera melhor para ter imagens dele à luz do dia. Cheguei antes da multidão, mas agora está uma loucura. Ele virou atração turística!

Não dormi desde que você me ligou. Sinto como se um cachorrinho estivesse comendo meus globos oculares por dentro!

Andy

LÊ ESTE DEPOIS

Oi. Você sabe que meu pai é advogado, né? Hum... isso é esquisito, mas, tipo, "nosso" vídeo teve mais de um milhão de visualizações e meio que rendeu algum dinheiro, então precisamos ver como dividir isso.

Como não tem um jeito de determinar exatamente quem contribuiu com o quê nesse vídeo, e dá para dizer que nós dois não teríamos feito nada se não fosse pelo outro, queria propor 50% pra cada. Também queria te oferecer 50% do meu canal do YouTube, AndyLoko2001, nome que escolhi quando tinha onze anos e do qual vou me arrepender pelo resto da vida. Última proposta: a gente deveria trabalhar juntos em vídeos futuros sobre o(s) Carl(s), mas podemos falar a respeito depois.

Meu pai rascunhou um contrato dizendo que cada um de nós detém 50% do vídeo e direito a 50% de qualquer lucro que venha dele. Também significa que não posso fazer nada com o conteúdo sem sua aprovação, e que você não pode fazer nada sem a minha. Sei que é besteira, mas meu pai é advogado, e é isso que advogados fazem. E ele gostaria de propor que também te representasse no processo contra as redes de TV que estão usando nosso vídeo sem autorização. Eu falei pro meu pai relaxar, então agora ele está fazendo uma massagem.

Só para você saber, até agora o vídeo rendeu dois mil dólares. Estamos ricos, basicamente.

Andy

Uma lida rápida no restante da minha caixa de entrada me fez meio que desejar não ter disponibilizado meu e-mail no meu portfólio on-line. Muitos eram mesmo de agentes. Algumas pessoas só queriam que eu soubesse que haviam gostado do vídeo. Algumas queriam que eu soubesse que, se ia aparecer num vídeo no YouTube, havia uma série de melhorias que podia fazer quanto à minha aparência, então por que não tinha me preocupado com aquilo?

Um e-mail era claramente mais assustador que os outros e-mails assustadores. É incrível quão desconcertante uma única pessoa manipuladora e vil pode ser, mesmo se você nunca a viu e nunca vai ver (tomara). O poder que cada um de nós tem de fazer com que completos desconhecidos se sintam mal, assustados e fracos é impressionante. Não foi a primeira vez que alguém me fez sentir daquele jeito, mas foi a primeira vez que aconteceu por causa da internet, e bastou para que eu quisesse sair dela completamente por um momento. Mas só por um momento.

Havia uma mensagem do meu pai. (Na verdade, dos meus pais — eles escreviam seus e-mails juntos, o que era uma graça. Eu podia jurar que sentavam um ao lado do outro no sofá para fazer isso, como se fosse uma conferência telefônica. Deveriam fazer tablets especiais com dois teclados só para eles.) Era um longo texto sobre como eles tinham achado o vídeo ótimo, que eu parecia cansada, que mal podiam esperar para me ver no casamento de Tom e será que eu estava dormindo bem?

O assunto do único e-mail que vai ser importante para a história no longo prazo era: "Você disse que era morno?". Vou copiar aqui para você.

Você disse que era morno?

Srta. May,

Meu nome é Miranda Beckwith, e estudo ciência dos materiais em Berkeley. Assisti ao seu vídeo esta manhã e fiquei tanto entretida quanto fascinada. Achei particularmente interessante quando você se referiu a "Carl" como "ligeiramente morno". Imagino que sua vida deva estar uma confusão agora, mas, conhecendo um pouco sobre materiais, e tendo visto Carl, é inusitado que algo que parece tão pesado e brilhante não tenha um nível de condutividade térmica baixo.

Basicamente, Carl parece feito de metal, e é o auge do inverno em Nova York, então arrisco dizer que está bem frio. A temperatura do metal em temperatura ambiente deveria estar bem baixa. Os relatos iniciais dão conta de que os Carls são extremamente pesados, então não podem ser feitos de plástico revestido. Não tenho ideia do que mais não pareceria frio ao toque, sendo pesado e reluzente.

Se a sensação realmente era de algo morno, deve haver algum tipo de fonte de energia dentro dele que o mantém assim.

Tem um Carl aqui na região da baía de San Francisco, mas parece cada vez menos provável que eu consiga chegar perto dele, então estava me perguntando se você poderia saciar minha curiosidade. Carl é morno como uma espuma rígida de poliestireno? Ou morno como uma caneca cheia de café?

Notou mais alguma coisa nele que ajudaria a desvendar esse mistério?

Obrigada pela atenção. Compreendo totalmente se não puder me responder.

Miranda

Foi o único e-mail que respondi naquele dia.

RE: Você disse que era morno?

Miranda,

Obrigada pela sua mensagem! Na lista de coisas peculiares a respeito de Carl, essa não parecia se destacar, mas, agora que mencionou, é muito esquisito. Não era como se ele parecesse morno, era como se não tivesse temperatura. Eu não fui capaz de explicar sem sua ajuda, mas era tipo espuma de poliestireno mesmo, macio e rígido ao mesmo tempo. Como se não tivesse calor, e o calor da minha mão não passasse para o corpo dele com o toque. Na verdade, eu cheguei a dar uma bela batida nele com os nós dos dedos e o resultado foi um ruído surdo seguido de um zumbido baixo. Foi como bater em uma parede de tijolos.

Acho que também vou ter certa dificuldade de voltar a me aproximar do Carl aqui em Nova York, então é provável que eu não consiga te ajudar mais. Parece que, quem quer que tenha feito isso, está se esforçando muito para manter a coisa o mais bizarra possível.

April

Então considerei que estava pronta.

— MAYA! O celular, por favor!

— É muito esquisito, né? — ela gritou de volta, antes de entrar no quarto.

— O que eu perdi? — perguntei, apontando para o celular.

— Bom... de repente você ficou superpopular. Andy quer falar com você. Bastante. Por umas quatro horas pelo menos. Seus pais também ligaram.

Liguei para meus pais, que estavam bem, só um pouco estressados. Meu irmão um pouco mais velho, muito bem-sucedido e supernormal ia se casar no norte da Califórnia em alguns meses, e eles estavam ajudando com o planejamento. Tom tinha estudado matemática e trabalhava num banco de investimentos em San Francisco. Eu vivia esperando que ele mudasse para Nova York com todo mundo que trabalhava em bancos de investimentos, mas ele não parecia a fim.

Quero deixar bem claro que quaisquer traumas que eu tenha são cem por cento culpa minha. Minha infância foi muito feliz, só que eu não era uma criança muito feliz. Meus pais sempre me apoiaram e nunca me pressionaram, o que é basicamente tudo o que um filho pode pedir. Falamos sobre Carl, Tom, sobre o quanto adoravam a noiva dele e sobre como o planejamento estava caminhando bem, ainda que desse bastante trabalho. Eles queriam saber o que eu sabia sobre Carl, então contei um monte de coisas que já sabiam. Perguntaram sobre o trabalho e deram a entender que podiam me emprestar dinheiro se eu precisasse, o que sempre faziam, mas eu sempre ignorava. Tinham amado o vídeo e estavam orgulhosos de mim. Pelo quê? Vai saber. Pais são assim.

Então liguei para Andy, que parecia... instável.

— APRIL MAY, ISSO TUDO ESTÁ FICANDO MUITO LOUCO!

Afastei o celular da orelha.

—Você vai ter que manter a calma comigo agora.

— O vídeo já teve três milhões de visualizações agora. As pessoas te acham incrível! Você não está mesmo lendo os comentários, né?

— Nem vi o vídeo ainda.

— Bom, então você é a única. A história está ficando cada vez mais esquisita. Ainda não encontraram nenhuma gravação de câmeras de segurança. Tem uma câmera que mostra exatamente aquele ponto às duas e quarenta e três da manhã, então a imagem simplesmente corta... Tem cinco minutos de nada, e quando volta Carl já está ali. Os militares dizem que é possível que um pulso eletromagnético tenha derrubado a energia enquanto TODOS OS CARLS estavam sendo posicionados, o que foi feito ao mesmo tempo. E a estática que as câmeras de segurança gravaram não era aleatória, o que só torna tudo ainda mais esquisito. As câmeras que gravavam áudio, ou todas aquelas em que os noticiários conseguiram colocar as mãos, têm um som de fundo que, quando o volume é aumentado, dá pra notar claramente que é a música "Don't Stop Me Now", do Queen.

— Adoro essa música.

— Sério?

— Sério. Por quê?

— Nada, eu nem conhecia. Mas, bom, se você ouvir, está lá. Ninguém sabe como pode ter acontecido. Talvez uma onda de rádio extremamente alta?

— É muito esquisito mesmo, Andy, mas não tem nada a ver com a gente, né? Quer dizer, fizemos o vídeo, fico feliz por termos conseguido ver o Carl de Nova York...

— O Carl Nova York — ele me interrompeu.

— Oi?

— O Carl Nova York, esse é o nome dele. Não o Carl *de* Nova York. Todo mundo está chamando assim. O de Mumbai é o Carl Mumbai, tem o Carl Hong Kong, o Carl São Paulo... Até quem fala outras línguas chama seus Carls de Carl.

— Esse seu preciosismo com a nomenclatura não muda nada... Não fizemos o Carl, só o encontramos. E ele é só um entre, tipo, sessenta.

— Eu disse isso ao meu pai, mas ele tagarelou por uns dez minutos sobre narrativa, difusão memética e mitologia cultural. Me convenceu total com uma argumentação que sou completamente incapaz de repetir. O que me leva ao ponto mais importante: acabei de ganhar dez mil dólares.

Houve uma longa pausa, então eu finalmente disse:

— Hum... legal?

— Os canais de notícia adorariam entrevistar você, mas me aceitaram porque eu era a melhor opção no momento. Especialistas falam sobre Carl por cerca de cinco minutos a cada hora, mas têm pouca coisa interessante a dizer. Ninguém pode entrevistar Carl, mas é possível entrevistar você. Meu pai disse que pode conseguir um contrato de uso de imagem de dez mil dólares com os principais canais se concordarmos em dar entrevistas.

— Espera aí... no total? Ou por canal?

— Por canal! Eles estão completamente fodidos, porque já mostraram nosso vídeo sem autorização. Meu pai está com eles na palma da mão.

Minha cabeça não estava trabalhando muito rápido, mas notei na hora que dez mil multiplicado pelo número de canais de notícias em que conseguia pensar daria conta de uma parte considerável dos meus empréstimos estudantis. Eu poderia sair do meu trabalho de merda. Poderia ter tempo à noite para fazer alguma coisa por vontade própria.

— Eu teria que aparecer na TV?

— Você *ainda por cima* apareceria na TV!

— E o que eu diria?
— É só responder as perguntas deles!
— Tenho que arrumar o cabelo?
— April May, seria por, tipo, cinquenta mil dólares.
— Tá, tudo bem. Estou dentro.

Nos trinta minutos seguintes, entrevistas para dois canais de notícia foram agendadas para aquele mesmo dia. Imaginando que provavelmente deveria ter algo a dizer, eu e Maya passamos minhas horas livres antes de precisar sair lendo tudo o que podíamos sobre Carl. Não era muito — Andy tinha me transmitido o principal. Eu estava meio que morrendo de medo de aparecer na TV e, sinceramente, não tinha a menor ideia do que esperavam que eu dissesse. "Vi esse troço que pareceu legal. Não sei o que é, mas fiz um vídeo com o meu amigo" demora uns dezenove segundos. Não parece valer exatamente dez mil dólares, mas eu não sabia como as coisas funcionavam na TV. Aparentemente, eles só queriam continuar usando o vídeo que já tinham roubado de nós sem ser processados.

Acabei na página da Wikipédia sobre "Don't Stop Me Now", a música que mal dava para ouvir nas filmagens cheias de estática das câmeras de segurança nos locais onde Carl tinha aparecido.

> **"Don't Stop Me Now"** é uma música da banda britânica de rock Queen, que aparece em seu álbum *Jazz*, de 1978. Foi lançada como single em 1979. Escrta por Freddie Mercury, vocalista da banda, foi gravada em agosto de 1978 no Super Bear Studios, em Berre-les-Alpes, França, e é a décima segunda faixa do álbum.

Estranho, pensei. *Em geral não há erros de digitação como "escrta" na Wikipédia*. Como a boa usuária da internet que sou, cliquei em editar a informação, corrigi o erro e atualizei a página.

"Don't Stop Me Now" é uma música da banda britânica de rock Queen, que aparece em seu álbum *Jazz*, de 1978. Foi lnçada como single em 1979. Escrta por Freddie Mercury, vocalista da banda, foi gravada em agosto de 1978 no Super Bear Studios, em Berre-les-Alpes, França, e é a décima segunda faixa do álbum.

— Ei, Maya. Você pode abrir a página da música "Don't Stop Me Now" na Wikipédia?

— Pronto.

— Está vendo algum erro de digitação?

— Hã... Dois no primeiro parágrafo.

— Dois?

— É. Está faltando uma letra em "lançada" e outra em "escrita".

— Então corrige.

— Mais alguma coisa, mestre?

— Só corrige. Tem alguma coisa errada.

Ela corrigiu e ambas atualizamos a página.

"Don't Stop Me Now" é uma música da banda britânica de rock Queen, que aparece em seu álbu *Jazz*, de 1978. Foi lnçada como single em 1979. Escrta por Freddie Mercury, vocalista da banda, foi gravada em agosto de 1978 no Super Bear Studios, em Berre-les-Alpes, França, e é a décima segunda faixa do álbum.

— Tá — Maya disse. — Nem a pau eu deixei passar "álbu" quando você pediu especificamente para eu procurar erros de digitação. Sou detalhista pra caralho.

Ela era mesmo.

— Vou tentar de novo — eu disse.

Corrigi todos os erros de grafia e atualizei a página mais uma vez.

"Don't Stop Me Now" é uma música da banda britânica de rock Queen, que aparece em seu álbu *Jazz*, de 1978. Foi lnçada como single em 1979. Escrta por Freddie Mercury, vocalista da banda, foi gravada em agosto de 1978 no Sper Bear Studios, em Berre--les-Alpes, França, e é a décima segunda faixa do álbum.

— Sumiu o "u" de "Super"! — eu disse, ficando mais horrorizada.

Liguei para Andy.

— Oizinho! — ele disse, ainda claramente delirando.

— Você consegue entrar na página da música "Don't Stop Me Now" na Wikipédia agora? — eu disse, sem enrolação.

— Claro!

Dava para ouvi-lo procurando o notebook. Só esperei.

— Tá abrindo... Quase lá...

Ele teclou alguma coisa.

— Está vendo algum erro de digitação no primeiro parágrafo?

— Hum... sim. Falta o "i" de "escrita".

— Só isso?

— É um teste?

— E "lançada", "álbum" e "Super"?

— Tem sido um dia muito estranho, April, mas você está fazendo piorar.

— Responde.

— Não, estão todas escritas direito. Você sabe como a Wikipédia funciona, né? Dá para fazer uma alteração na página. Alguém deve ter corrigido o problema.

Atualizei a página de novo. Apareceram os mesmos erros de antes, e nenhum outro.

— Corrige o erro.

— April, a gente tem que estar na ABC News daqui a, tipo, duas horas. Há uma porção de erros na Wikipédia. Não vamos conseguir corrigir todos hoje.

— PELO AMOR DE DEUS ANDY SÓ FAZ O QUE EU FALEI — gritei.

— Fiz isso enquanto te enchia o saco. Mas não funcionou. Opa, na verdade, agora "lançada" está escrito errado também. Que esquisito. Espera, essa foi uma das palavras que você mencionou. Como sabia que isso ia acontecer?

— Põe no viva-voz — Maya pediu então, e eu pus. — Andy, aqui é a Maya. A mesma coisa aconteceu com a gente, mas nem precisei fazer a primeira mudança antes de ver a segunda, talvez porque eu e April estejamos usando o mesmo IP. Toda vez que eu corrijo um erro de digitação, vejo um novo, além do anterior. De acordo com o histórico de edições da página na Wikipédia, ninguém está fazendo essas alterações. Aliás, segundo o histórico, ninguém fez nenhuma mudança nessa página, nem mesmo a gente, nas últimas três horas, desde que um editor adicionou a informação de que esta é a música que toca na gravação das câmeras de segurança. Enquanto vocês estavam falando, tentei consertar a última letra e não surgiram mais erros. Parece que chegamos a um beco sem saída. Mas não vamos conseguir entender isso agora, porque April tem meia hora para arrumar o cabelo e pegar o metrô para Manhattan.

— Ainda vamos fazer esse negócio na TV? — reclamei.

— Sim — Maya e Andy responderam em uníssono.

— Mas vocês não concordam que isso é muito mais interessante?

Eles concordavam, mas tinha toda aquela história dos dez mil dólares.

Mais tarde, depois de ter rapidamente lavado o cabelo e passado chapinha, chamei Maya do banheiro.

— Quais eram as palavras escritas errado?

— "Escrita", "lançada"... — Ela pareceu pensar por um segundo antes de enfiar a cabeça pela porta do banheiro. — "Álbum" e "Super".

— *I, A, M, U* — eu disse.

— Hum? — ela perguntou enquanto sentava na privada. Não para fazer xixi ou coisa do tipo, só porque não havia outro lugar no banheiro.

— Essas são as letras que faltam. *I*, *A*, *M*, *U*.

— "I am you"? — ela perguntou. — Eu sou você?

— Bom, tenho certeza de que não era eu editando secretamente a Wikipédia para inserir novos erros.

— April, esse é um mistério que não vamos resolver hoje.

— Aaaaargh — eu disse em frustração. — Como você consegue fazer issooo?

— Fazer o quê?

— Não quer descobrir o que está acontecendo?

— Você vai estar em rede nacional daqui a uma hora, querida. Literalmente dúzias de aposentados vão te ver. Precisa estar apresentável.

— Isso é terrível.

Ela riu.

— Você sabe o que está fazendo agora, né?

— Hã?

— April, imagina só. Uma jovem fã fazia fanarts incríveis para sua banda favorita, até que um belo dia recebe um e-mail perguntando se toparia fazer isso profissionalmente. Então a jovem não só não responde como para completamente de ouvir a tal banda. Ah, espera. Sim, estou falando de *você*.

— Eu já estava cansando deles. Fico até com vergonha de ter curtido aquelas músicas.

— Sei — Maya disse, sem se convencer. — O ponto é que você odeia fazer as coisas por dinheiro, mesmo quando são interessantes. Entendo isso, é um saco ser conduzida pela grana. Talvez você só esteja menos acostumada com isso do que as outras pessoas.

— Não é bem assim — retruquei, um pouco ferida. — Andy está "frilando" porque o pai dele pode pagar o aluguel enquanto ele monta um portfólio.

Ela riu.

— É claro que algumas pessoas têm mais que você. Até eu tenho. Mas você ainda tem muito mais que a maioria. E tanto faz.

Você é você e não gosta de fazer coisas normais. Mas a coisa normal a fazer quando alguém te oferece dez mil dólares em troca de algo é aceitar. Mesmo que seja estressante e assustador.

— Não tenho medo de aparecer na TV — garanti.

— Claro que tem! — ela retrucou.

Então descobri que ela estava certa.

— Como você sabe?

— Porque é assustador aparecer na TV. Não é algo exclusivo seu, é do ser humano em geral. Mas você não deveria fazer isso por dinheiro. E não deveria fazer só porque tem medo. Você deveria fazer porque vai ser diferente. Você vai ver o que a maioria das pessoas não veem, vai saber como as coisas funcionam, vai me contar tudo a respeito, eu vou ficar fascinada, vamos tirar sarro das pessoas esquisitas dos telejornais e depois vamos entender essa maluquice da Wikipédia. Fora que daqui a uma semana você vai ter cinquenta mil dólares fresquinhos, o que é incrível e me deixa muito feliz por você. Faça as coisas que precisa fazer na ordem em que precisa fazer.

Maya tem um tipo de autocontrole que é como uma língua estrangeira para mim. Eu a vejo usando e sei que é real, mas nunca parece nada além de uma série de sons inarticulados ao meu cérebro.

— Então não vamos resolver essa história da Wikipédia agora — concluí por ela.

— Não. Vou pensar a respeito e vamos trabalhar nisso assim que você voltar pra casa. — Ela levantou para olhar meu cabelo.

— Ficou bom?

— Eu não diria que é um visual ousado. Mas a boa notícia é que, independente do que faça aqui — ela apontou pro meu cabelo — todo o resto — ou seja, meu rosto e meu corpo — é uma maravilha proporcionada pela genética.

Seu olhar era suave, e não pela primeira vez tive a sensação de que ambas havíamos chegado a um ritmo de apreciação mútua que era ao mesmo tempo incrivelmente confortável e absolutamente assustador.

QUATRO

Naquela noite descobri que entrevistas para a TV são uma péssima maneira de passar o tempo, mas uma maneira excelente de ganhar vinte mil dólares. Também aprendi que não precisava fazer a maquiagem em casa, porque a maior parte do tempo de preparação para os telejornais é investido em tornar tudo o que vai ao ar impressionante. Isso incluiu pintar um rosto totalmente diferente sobre o meu assim que entrei no prédio. O engraçado era que, enquanto eu passava pela "reconstrução facial", Andy comia rosquinhas de graça e descansava em sofás de couro.

Dizer que eu não assistia a telejornais seria pouco. Eu fazia de tudo para evitar não só o noticiário, mas também trechos dele nas redes sociais. Acreditava (ou talvez quisesse acreditar) que vivia em uma bolha, sem ser afetada pelo tipo de coisa que acontecia na TV.

Mas estava prestes a fazer um intensivão no assunto. Eis o que aprendi.

Os telejornais gastam muito tempo e dinheiro para parecer impressionantes porque, na verdade, não são impressionantes. Depois que vi isso de dentro, o brilho desapareceu por completo. Os estúdios são apenas salas com gente dentro. Algumas pessoas são legais e simpáticas; outras são inseguras e barulhentas. É tipo qualquer outra sala cheia de gente em que você já esteve, só que exatamente metade dela parece muito chique e importante, enquanto a outra metade é só concreto e tapume.

É como se um depósito tivesse dado um encontrão com o saguão de um hotel três estrelas e ninguém se desse ao trabalho de arrumar a bagunça.

Me ocorre que é uma boa metáfora para as pessoas dos telejornais também, que são metade entediantes e normais, metade caricaturas peculiares. São *tão* "telejornalísticas" que quase parecem estar tirando sarro das pessoas do telejornalismo. Têm uma maneira tão particular e padronizada de falar, completamente diferente do jeito como as pessoas comuns falam. Parece natural na TV, mas na vida real é tipo "Opa, espera, calma aí. Por que você está falando assim?".

Vamos ter que dar um salto na linha do tempo da história aqui, mas agora que já apareci bastante no noticiário, tenho alguns comentários a fazer.

A princípio, topei o negócio do telejornal pelas razões que Maya apontou: era diferente e novo, e quando alguém te oferece dez mil dólares para conversar por vinte minutos, você aceita. Não gosto que todo mundo tenha um preço, mas no fim das contas é verdade, e o meu fica abaixo dos trinta mil dólares a hora.

Mesmo antes de Carl, eu gastava um tempo pensando no que diria se tivesse uma plataforma. É disso que se trata a arte, certo? Não a interface de aplicativos, mas a arte.

A maioria da boa arte trata do equilíbrio entre refletir a cultura e se retirar dela para fazer comentários a seu respeito. No melhor cenário, um artista consegue dizer alguma coisa sobre a cultura que ainda não foi dita, e que precisa ser dita. É um objetivo elevado, mas positivo. Passei os quatros anos da faculdade me alternando entre acreditar que podia fazer isso (ou até que *precisava* fazer isso) e sentir que eu devia ser mais realista e deixar a arte para os artistas de verdade.

Mas, nesses momentos delirantes em que eu pensava que podia ser algum tipo de transmissora da verdade, pensei no que diria se um dia subisse num palanque. Que a desigualdade de renda é um absurdo. Que todas as pessoas são bastante parecidas, então seria ótimo se a gente deixasse de odiar uns aos outros. Que as condenações à prisão por crimes não violentos são tolas e que vício em drogas é um problema de saúde, não de segurança pública.

Bom, finalmente tive minha chance, e o que eu disse foi mais ou menos: "Não, hum... talvez seja uma maneira de dizer, uma maneira de mostrar, que não vemos o quanto não vemos. Hum, tipo o telejornal. Tantas coisas importantes acontecem que, tipo, nada parece importante. Então por que as pessoas veem?".

Isso é uma citação literal de uma entrevista que dei a um canal de notícias da TV a cabo. Ótimo desempenho, April. Eu sabia mesmo do que estava falando.

Passo 1: Fique enrolando e pareça uma idiota.
Passo 2: Insulte a instituição que está dando espaço às suas reflexões vazias, assim como as pessoas que gostam dela.
Passo 3: ????
Passo 4: Lucro!

O pai de Andy me ligou depois da entrevista para me dar algumas dicas de relacionamento com a mídia, graças a Deus. Ele literalmente queria que eu fizesse uma aula, mas logo peguei o jeito. O truque é saber qual é o ponto que você absolutamente precisa passar, mas também saber quando fechar a boca. Meu maior problema era sempre a segunda parte. Eu dizia algo ótimo e depois vinha um "hã...", como se eu tivesse mais a dizer, quando não tinha. Quando ouço minhas entrevistas, odeio ouvir aquele "hã". Fico querendo dar um soco na minha cara idiota.

Bom, tive quatro ou cinco dessas conversas, e na sexta já estava dominando a coisa. Foram quatro dias consecutivos acordando às quatro da manhã para me preparar para uma entrevista ao *Bom dia América* ou coisa do tipo. Às vezes Maya ia junto, se conseguisse escapar do trabalho, e Andy sempre ia (era parte do acordo com o pai). Era exaustivo e fascinante. Também nos distraía, impedindo que déssemos a devida atenção aos mistérios de Carl e da Wikipédia. Não que pensar a respeito teria ajudado muito.

Ainda dá para assistir a muitas dessas entrevistas no YouTube. Todo mundo parece idiota, porque estávamos completamente errados sobre tudo. As pessoas discutiam comigo que não era uma questão de arte, mas de desvio de verbas públicas. A teoria predominante (contra a qual eu não conseguia argumentar) era de que os Carls eram um golpe publicitário para um novo filme ou videogame, ou para o lançamento de um álbum perdido do Queen. É tão fácil ignorar esses erros.

A verdade é que os especialistas não querem falar sobre o que aconteceu; querem usar o que aconteceu para falar sobre as coisas de que já falavam todos os dias. Uma hora me dei conta de que quase todas essas pessoas estavam aparecendo no noticiário de graça. Não porque queriam mudar o mundo, ou porque queriam fazer algo interessante. E sim para tornar seu rosto e seu nome mais conhecidos.

Mas acho que estou sendo honesta quando digo que de início fui absolutamente relutante. Tentei manter minha distância da internet, como sempre fiz. Mas não demorou muito para que fugisse ao meu controle. Por exemplo: uma hora eu estava sentada na cama (aquela que ficava na sala) com Maya. Estávamos as duas no celular enquanto assistíamos a um reality show de confeitaria péssimo mas maravilhoso na Netflix. Àquela altura, eu ainda assumia que a atenção e a notoriedade não durariam muito, então não tirei meu e-mail do site. Quando fui ver a caixa de entrada, encontrei isto.

Sua crueldade

Nossa interação no Twitter hoje foi uma desilusão tão grande. A julgar por suas entrevistas na TV e seus vídeos no YouTube, você parecia uma pessoa sincera. Talvez até simpática. Agora vejo como estava errada. Deveria ter desconfiado. Só queria que soubesse que você é péssima.

Mary

Então respondi, porque não só não havia sido má com Mary no Twitter naquele dia como nem tinha uma conta no Twitter. Se isso parece bizarro para você, concordo. É fácil viver dentro da bolha em Nova York. É um mundinho próprio. Instagram era a única rede social que se adaptava às minhas habilidades (arte, design e fotogenia). Eu também gostava de compartilhar fotos do que quer que estivesse lendo, que em geral era Louisa May Alcott, mas também podia ser uma biografia de um artista famoso ou coisa do tipo. De que outra maneira uma garota pode mostrar ao mundo que é irreverente e sofisticada ao mesmo tempo?

Bom, Mary me mandou o link da nossa conversa no Twitter e, de fato, a pessoa que se passava por mim tinha sido horrível pra caralho com ela.

— Como se tira um tuíte do Twitter? — perguntei a Maya, que sabia um pouco mais sobre redes sociais que eu.

— Acho que dá pra denunciar. O que está rolando?

— Alguém está se passando por mim, mas não consigo denunciar.

Ela pegou meu celular.

— Ah, é porque você não está logada.

— Mas nem tenho conta no Twitter.

— Bom, então acho que dá pra entender por que estão se passando por você.

— Oi?

— As pessoas vão te procurar, pra te seguir, conversar com você ou só ver o que anda fazendo. Quando virem que não está no Twitter, uma pequena porcentagem delas vai criar uma conta falsa. Como você não tem uma real, não pode denunciar as outras.

— E por que outra pessoa não denuncia?

— Porque ninguém liga. Posso fazer isso pra você. Mas não sei se vai adiantar. Acho que eles levam mais a sério se for a própria pessoa de quem existe um perfil falso que faz a denúncia.

— Quê? — Fiquei meio surpresa. — Não posso fazer nada sem me inscrever?

— Pois é.

— Então, para que ninguém se passe por mim, preciso estar no Twitter?

— É mais ou menos isso.

— Não é justo — retruquei.

— Fico me perguntando quando você vai se dar conta de que nada é justo — ela disse, com um sorrisinho.

Então criei uma conta no Twitter e a linkamos no canal do YouTube. Tuitei algumas coisas e, no fim do dia, já tinha quinhentos seguidores reais, esperando para ouvir tudo o que eu tinha a dizer... desde que não passasse de algumas dúzias de palavras por vez. Meu Instagram, por outro lado, havia simplesmente explodido durante a semana. Eu tinha dez vezes mais seguidores que antes. Sentia uma mistura de animação e estresse. Dei uma pirada e acabei deletando um monte de coisa de que não me orgulhava muito. Toda imagem com bordas estava fora. Eu pensava muito mais a cada postagem, e sentia que não podia colocar nada que não fosse da mais alta qualidade. De repente, minhas postagens ficaram muito melhores (e exigiam muito mais trabalho).

Em sete dias, parei de ligar para o trabalho para dizer que não ia poder ir. Em vez disso, simplesmente não aparecia. Não faça isso, torna muito mais difícil conseguir um trabalho no futuro se você simplesmente não der mais as caras. Mas eu fiz. Em parte porque tinha ganhado dezenas de milhares de dólares. Mas aquela fonte de renda estava secando. Não éramos pagos por nossas aparições, e sim pelo uso do nosso vídeo, o que já tinha entrado na nossa conta. Eles adorariam que continuássemos indo aos programas, mas não iam pagar mais por isso. E, se não iam pagar, eu tinha coisas mais importantes a fazer.

O que enfim acabou ficando conhecido como a Sequência Freddie Mercury permanecia um completo mistério. Refiz as etapas dezenas de vezes na Wikipédia. A cada vez, as correções faziam surgir os mesmos três erros de digitação antes de voltar ao início. Colocaram uma observação na página dizendo que não estava dando para corrigir um erro persistente de digitação, então pelo menos mais alguém tinha notado.

Conforme os dias passavam, a busca pelo artista, pela empresa de marketing ou pela agência governamental nebulosa responsável pelos Carls ficava mais intensa. Mas saber que havia mais coisas envolvidas me levava a direções diferentes do resto do mundo.

Procurar "IAMU" no Google certamente não estava ajudando. Parecia pouco provável que tivesse alguma coisa a ver com o Instituto de Análises Meteorológicas Universais ou o Índice de Atendimento Materno com Urgência. Parecia só uma pista, vaga demais para que a desvendássemos.

— E se perguntarmos à internet?

Estávamos de novo na cama da sala. O sol tinha se posto enquanto Maya e eu continuávamos mexendo nos nossos respectivos notebooks, sem nem parar para acender a luz. A vida sem emprego era maravilhosa. Eu conseguia vê-la basicamente graças à luz da tela.

— Hum? — Maya retrucou enquanto digitava a resposta de um e-mail de trabalho. Ela não parecia ver Carl como uma força disruptiva, e sim como um evento que no futuro se tornaria uma ótima anedota para contar em um coquetel refinado com um bando de executivos enquanto usava um vestido fofo. Ela sempre se interessou tanto pelo negócio quanto pela arte, o que era muito valorizado e provavelmente o motivo pelo qual tinha o melhor emprego de nós três.

— IAMU. Eu poderia tuitar a pista da Wikipédia e deixar que as pessoas descobrissem o que significa pra mim. Como dizem, dez mil cabeças funcionam melhor do que três!

Eu estava usando meu Twitter para escrever sobre Carl e política. Também tinha criado um interesse voraz em aumentar meu número de seguidores, o que havia se tornado um jogo divertido. Meu cérebro gostava de ver os números subindo.

— Não gosto da ideia. — Ela nem levantou os olhos do notebook.

— Por quê? Prefere que eu esqueça isso?

Eu andava perturbando Maya com um monte de ideias idiotas, e suas respostas monossilábicas davam a impressão de que estava de saco cheio daquela história.

— Não, April. — Ela virou para mim. — Porque é esquisito. Já é esquisito e impossível, mas fazer isso tornaria tudo mais esquisito e impossível. E se a resposta for algo grande? Quer abrir mão disso?

Tive a distinta impressão de que Maya acrescentou a última parte para me convencer, não porque de fato achava que era um bom argumento.

— Mas outra pessoa vai descobrir o que é e vai falar disso antes. O mundo precisa saber, e quero ser a primeira a contar.

— Você prefere ser a pessoa que revela a existência de um mistério ou a pessoa que o soluciona? — Maya continuou apelando para minha vaidade recém-adquirida para conseguir o que queria.

Percebi isso.

— Argh... Tá, entendi, já fiz terapia. Quero ser ambas, mas tenho cem por cento de chance de ser uma delas se tuitar a respeito agora mesmo.

Tendo a ficar obcecada com as coisas no início, o que aconteceu com o Twitter e estava começando a acontecer com o YouTube e em certa medida até com os noticiários. Uma parte de mim só queria tuitar sobre a Sequência Freddie Mercury para que eu pudesse ter mais oportunidades de usar a plataforma, compreendê-la e... ver o que acontecia. É um péssimo motivo para tuitar qualquer coisa, mas muito comum.

— Tá, talvez a gente precise de mais de três cabeças, mas acho que ainda não é o caso das dez mil. Em quem mais podemos confiar?

— Hum...

Fiquei meio triste quando percebi que ninguém me vinha à mente. Éramos uma equipe de três, eu e duas pessoas em quem confiava. Acrescentar mais uma pessoa a esse círculo restrito parecia errado de uma maneira que adicionar dez mil não parecia. Meus pais? Meu irmão? Algum amigo da faculdade ou do ensino médio? Ninguém me parecia particularmente talentoso em resolver quebra-cabeças.

— Bom — eu finalmente disse —, tem algumas pessoas que sempre vejo na internet que parecem interessadas e dispostas a nos apoiar. É como se estivessem começando uma pequena comunidade em torno do vídeo. Elas... — Parei, incapaz de continuar.

— Elas o quê? — Maya perguntou, cética.

— Elas se chamam de "carletes".

O sorriso desdenhoso de Maya se transformou em uma risada, e depois em uma gargalhada. Embarquei com ela. A sensação constante de que Maya preferia estar falando sobre literalmente qualquer outra coisa enfim passou.

— Eu sei — continuei. — Por algum motivo, a grande maioria são mulheres. E os caras não parecem se importar com o nome.

— Mas "carletes"?

— Deve ter sido o primeiro nome que pegou.

Ela voltou a sorrir.

— Não tenho como argumentar contra isso. Você acha que conhece alguma dessas pessoas de fato?

— Não. Mas vejo muitos dos nomes se repetirem. O grupo tem uma conta no Twitter que todos os membros seguem e com a qual já interagi. Fico surpresa que nenhuma dessas pessoas tenha notado o mistério da Wikipédia. Eu poderia mandar uma mensagem privada para essa conta, acho.

Maya pareceu preocupada.

— São fãs seus ou do Carl?

— Dos dois, acho... É esquisito pensar que tenho fãs. Ficam superanimados quando os menciono num tuíte.

— Bom, é assim que o Twitter funciona.

— Pareço uma completa idiota quando falo assim?

— Só é meio surpreendente a rapidez com que você foi de um extremo ao outro. — Ela não pareceu muito entusiasmada com isso.

— Por causa da lentidão com que evoluo em outras áreas? — Era uma referência não muito sutil ao ano inteiro dividindo o apartamento antes de ficarmos pela primeira vez.

Me debrucei por cima de seu notebook e a beijei.

—Você é meio manipuladora, sabia?

— Sabia, mas você... nem um pouco.

— Não precisamos tomar essa decisão agora — ela disse.

Na manhã seguinte, eu teria que pegar um voo para Los Angeles para uma aparição num programa noturno que o sr. Skampt tinha agendado pra nós. Embora não estivéssemos mais sendo pagos, ele achava que poderia abrir portas, e queria que aproveitássemos para encontrar outras pessoas na cidade. Maya tinha que trabalhar, então precisávamos nos despedir devidamente.

Não consegui dormir muito naquela noite. Não porque sou insaciável ou coisa do tipo, mas porque nosso voo saía tipo às seis da manhã, o que significava acordar às quatro e meia. Era péssimo, porque eu nunca conseguia pegar no sono no avião. Ou pelo menos era o que eu pensava.

Andy e eu embarcamos e fomos para nossos assentos. Não íamos sentar juntos, e o meu ficava quase no fundo. Quando cheguei, encontrei alguém sentado no meu lugar e nenhuma poltrona vaga por perto. Fizemos aquela dança de comparar passagens. Eram quinze para as seis e estávamos ambos com sono e querendo morrer, mas nossos bilhetes de fato indicavam o mesmo assento. Mostrei a passagem ao comissário, que estava mais desperto do que jamais estive talvez em toda a minha vida, e com o maior sorriso do mundo ele me informou que agora eu era digna da classe executiva!

Então me levaram para a frente do avião e sentei ao lado de um homem careca de meia-idade, que é a aparência padrão dos passageiros da classe executiva. Tomei uma mimosa antes mesmo de decolarmos, mas a pequena TV nas costas do assento à minha frente estava quebrada, mostrando apenas uma série de números e cores. Tuitei uma foto dela.

> **@AprilMaybeNot:** No caminho para LA, promovida para a classe executiva. A TV está quebrada, quero todo o dinheiro que não gastei de volta.

Eu era praticamente uma celebridade das redes sociais agora, então precisava compartilhar com o resto do mundo toda vez que enfrentava algum tipo de inconveniência!

Pouco depois de decolar, descobri que não tinha dificuldade de dormir em aviões coisa nenhuma: só tinha dificuldade de dormir em poltronas desconfortáveis. Aquela cadeira se transformava em uma cama de verdade. A classe executiva era o mundo dos sonhos.

Aterrissamos poucas horas antes da gravação, então tivemos que correr pelo aeroporto, o que se provou impossível quando um grupo de estudantes nos abordou pedindo para tirarmos fotos com cada um deles.

O pai de Andy finalmente conseguiu nos livrar das crianças e nos levar até a esteira de bagagens. Havia um daqueles caras de terno segurando plaquinhas ao lado do elevador. Dizia "Marshall Skampt" (o nome do pai do Andy), o que foi meio decepcionante. Mesmo assim, tirei uma foto dele para Maya, me dando conta então de que ainda não havia mandado nenhuma mensagem a ela por causa da confusão que se seguiu à aterrissagem.

O caminho até o estúdio foi absolutamente tomado pelo excesso de animação de Andy. Ele ficava muito mais empolgado com tudo aquilo que eu.

Tá, isso não é totalmente verdade.

Andy gostava do espetáculo. Acreditava na cultura do entretenimento de uma maneira que nunca acreditei. Há uma apreciação que vai além de desfrutar de uma coisa e chega ao ponto de venerar todas as partezinhas que a constituem. Eu ainda via tudo aquilo como uma tarefa necessária. Não ficava animada, mas tinha interesse no que podia fazer por mim. Nossas visões diferentes começaram a causar atritos.

Eis uma cena dos bastidores do talk-show.

— Você não precisa odiar tudo, April.

— Já viu o jeito como eu olho um cheesecake?

— Você sabe do que estou falando. Tipo, é o único momento da nossa vida em que uma coisa legal desse jeito vai acontecer. Mas você só parece estar com o intestino preso.

— Não começa a falar do meu intestino.

— Tem um monte de gente que morreria para aparecer na TV... Para poder fazer todas as coisas que você anda fazendo. Veja de uma maneira objetiva. Você basicamente está recebendo tratamento VIP enquanto voa pelo país. Somos famosos, mas você parece determinada a odiar tudo!

— Andy... — Fiz uma pausa para me recompor. — Eu não vejo TV. Nunca vi. Não sei nada sobre esse cara com quem vamos falar. E, mais do que isso, não dormi mais do que cinco horas seguidas desde que o vídeo viralizou, não gosto de aviões, o luxo me deixa desconfortável e minha vida está tão completamente maluca que esqueci que ia ficar menstruada e tive que pedir um absorvente a uma completa desconhecida agora há pouco.

— Não tinha absorvente no banheiro?

— Nem pensei em ver, porque SOU NOVA NISSO.

E, simples assim, estávamos rindo de novo.

— Desculpa, Andy, é que não sei o que estou fazendo. Sinto como se estivessem me pedindo para ser alguém que eu não sou. Por que estão entrevistando justo a mim sobre essas coisas? Não sou ninguém. Mas às vezes também gosto. Gosto que as pessoas pensem que minha opinião importa. É só que… não sei se importa mesmo.

Andy pensou a respeito por um longo tempo antes de dizer:

— Acho que você está fazendo um ótimo trabalho.

Olhei em seus olhos e quase disse algo idiota e sarcástico, mas o que saiu foi:

— Obrigada.

Foi naquela noite que tudo mudou para mim. Depois da nossa conversa, me dei conta de algo: eu nunca ia amar a indústria do entretenimento como Andy amava, mas ele estava certo quando disse que aquela era uma oportunidade única. E minha falta de interesse me dava certo tipo de poder. Eu sinceramente não sabia que havia uma diferença entre aparecer num canal de notícia da TV a cabo ou tarde da noite na TV aberta. Para mim, TV era TV. Não fazia ideia de que estava prestes a fazer algo importante. Por todos esses motivos — o treino da semana anterior, minha imunidade a ela e o poder que me oferecia —, de repente fiquei ótima naquela coisa de televisão.

Foi assim que as coisas se deram naquela noite. (É divertido poder relatar com palavras exatas algumas das conversas que tive porque havia, tipo, doze câmeras apontadas para mim.)

— Então, recebam April May e Andy Skampt, os descobridores do Carl Nova York!

Entramos sob aplausos. Andávamos aparecendo mais em programas de notícias, então aquilo era novidade.

— Como anda a vida na última semana?

Eu costumava dar a maior parte das respostas, então começo:

— Bem estranha, Pat. Estranha pra caramba.

— Meu nome não é Pat. — Pat ri.

— Sinceramente, comecei a chamar todos os apresentadores de Pat, porque não consigo diferenciar vocês.

Andy me ajuda.

— April é nova na televisão. Ela passou a vida inteira se distraindo com romances do século XIX.

O público ri.

— Não é verdade! Passei uma boa parte da minha vida me distraindo com cheesecake. — A referência à nossa conversa anterior é intencional. Ouvimos mais risadas robustas do público.

O apresentador volta ao jogo.

— Parece que a saga do Carl Nova York fica cada vez mais esquisita. As estimativas dizem que, se for uma campanha de marketing, deve ter custado mais de cem milhões de dólares.

Quem responde é Andy.

— Pois é, produzir um pulso eletromagnético para derrubar todas as câmeras de segurança não só é caro, mas também ilegal.

— Há relatos de que os Carls chineses foram fechados ao público. Acham que há motivo para as pessoas se preocuparem?

— Quando nos deparamos com algo que não compreendemos, acho que a coisa mais natural a fazer é temer. Mas também é a menos interessante — digo, então mudo de assunto, porque estou entediada e muito confiante. — Alguém mais acha que Carl é lindo?

Na verdade, sempre há uma entrevista prévia com esses caras. Eles te dizem o que vão perguntar e às vezes até escrevem suas piadas antes para que você não pareça um completo idiota. Os apresentadores são ótimos na improvisação, mas os convidados não costumam ser, então todos preferem que sigam o roteiro.

Vendo a gravação, dá para ver os olhos de Andy se arregalando quando faço a pergunta. Está entrando em pânico.

Pat nem pisca.

— Talvez com a luz certa.

O público ri.

— O que quero dizer é que, mesmo que os Carls façam parte de uma campanha de marketing, são esculturas impressionantes. Criar uma briga de robôs gigantes num filme, por exemplo, exige um trabalho enorme, mas as pessoas nem se dão conta. Parece algo pronto, padronizado, mas é resultado de milhares de horas de trabalho. É lindo de ver, e isso se deve a todo o trabalho duro envolvido.

Pat assente em aprovação antes de mudar de assunto.

— A vida de vocês mudou muito?

Andy fica aliviado de voltar ao roteiro.

— Bom, pra mim é muito esquisito ser reconhecido na rua por causa de um vídeo que fizemos de brincadeira. Não é como se tivéssemos um talk-show.

Mais risadas.

— Pra mim, o que importa é o dinheiro! O vídeo do YouTube rendeu tipo cinco mil dólares. Continuem clicando nele, gente — digo, diretamente para a câmera.

Andy volta a ficar nervoso.

— Vocês ganharam tudo isso? — Pat pergunta.

— Ah, sim — respondo. — E vários canais de TV usaram o vídeo sem nossa permissão, então o pai de Andy, que é advogado, basicamente os extorquiu com uma taxa de licenciamento constrangedora. Paguei exatamente quarenta e dois por cento dos meus financiamentos estudantis esta semana. — Pisco para a câmera.

Então começamos a falar, claro, sobre o mistério em que ninguém conseguia parar de pensar. Pat brincou que talvez Carl tivesse sido enviado por alienígenas. Como eu sabia de uma sequência na Wikipédia de que ninguém mais sabia, me senti confiante o bastante para dizer que havia mais coisa naquela história. Mas é claro que não disse a ninguém do que se tratava. Eu parecia presunçosa, mas ou as pessoas adoravam isso ou adoravam me odiar, e no jogo da atenção (que eu estava jogando mesmo que não soubesse), dava na mesma.

Eis algo realmente idiota sobre o mundo: o segredo para parecer interessante é não se importar em parecer interessante. De modo que o momento em que você chega ao ápice do interesse também é o momento em que você não está nem aí. Eu não estava levando a sério aquele programa de TV, e a liberdade, a segurança e a confiança que vinham junto me deram um barato. Precisei de um tempo para perceber que o que eu estava sentindo era poder.

Algumas pessoas me acharam precoce e metida demais, mas não importava, porque elas continuavam me assistindo, e isso era tudo com o que o pessoal que me chamava para aparecer se importava. Outras pessoas achavam que eu era esperta e original. E, sinceramente, eu gostava daquilo. Gostava de me sair bem na frente das câmeras, de que as pessoas falassem sobre mim, de ter cada vez mais seguidores no Twitter, de ser ouvida.

Em geral, o poder significa uma vida mais fácil. Isso está tão entranhado na gente que a maioria nem percebe quanto poder tem. Tipo, uma pessoa de classe média nos Estados Unidos está entre os três por cento mais ricos do mundo. Portanto, é uma das mais poderosas que há. Mesmo assim, ela se sente apenas mediana.

O poder só desempenha seu papel *empoderador* quando é percebido como um diferencial em relação aos demais e, sobretudo, em relação ao que se tinha antes. E não vou fingir que essa estranha confiança recém-adquirida combinada com essa estranha nova plataforma não era intoxicante e viciante. Dizem que o poder corrompe, mas nunca mencionam como isso acontece rápido!

No banco de couro que não parava de chiar do Escalade com cheiro de novo que nos levava ao hotel, fiquei checando obsessivamente o Twitter e o Facebook atrás de notícias sobre Carl, enquanto Andy não estava impressionado comigo, embora tampouco estivesse irritado.

— Por que você não pode simplesmente fazer o que te pedem?

— Porque é chato.Você estava certo quando disse que um monte de gente queria estar no meu lugar. Então é melhor eu aproveitar e fazer algo interessante.

— É como... — Ele pareceu pensar a respeito até finalmente chegar a uma conclusão. — É como se você não tivesse nenhum respeito por isso.

— Andy, é exatamente isso. Não tenho mesmo. Já disse que nunca assisti a nenhum desses programas. Basicamente vejo comédias dos anos noventa na Netflix. Se Pauly Shore ligar me convidando para ir ao programa dele, vou pirar como esperado, mas a questão é que não valorizo essas coisas tanto quanto você.

—Você devia pelo menos respeitar o que todo mundo valoriza.

— Não, Andy. Pra ser sincera, fiz de tudo na vida para *não* pensar assim. Acho que é assim que um monte de gente acaba respeitando coisas ruins, na verdade. Não que eu ache que o programa que acabamos de gravar seja ruim. Tenho certeza que as pessoas adoram e ficam felizes de ver. Só não sei o bastante a respeito para me importar.

Eu estava começando a me sentir um pouco mal, mas não estava disposta a desistir da liberdade e do poder que havia sentido.

— Nem sei se sou necessário... Por que estou aqui? — ele perguntou, baixo.

Segurei seu rosto, e Andy corou de leve.

— Não seja bobo. Você está aqui porque é parte disso. E para fazer os vídeos.

— Hein?

— Como você disse ontem — e era verdade —, temos um canal do YouTube com cinquenta mil seguidores. Precisamos fazer mais vídeos. Precisamos controlar essa história.

— Você quer isso?

— Acho que sim.

— Mas... — Ele nem teve que repetir todos os motivos que eu já tinha dado para não fazer mais vídeos.

— Não começa a usar meus argumentos contra mim... Você venceu.

— Cem mil — ele disse. — Nosso número de seguidores dobrou nos dois últimos dias.

Me inclinei para a frente e disse ao motorista:

— Pode nos levar a algum lugar que venda câmeras?

Naquela noite, gravamos e postamos no canal o segundo vídeo de April e Andy. Era sobre como andavam nossas vidas depois de Carl. Eu me certifiquei de que todo mundo soubesse que éramos uma dupla. (Sempre que a gente aparecia na TV, havia certa confusão, porque no primeiro vídeo eu fingia que ele era um desconhecido passando na rua.) Fiz algumas piadas sobre a TV ser um saco, mas pelo menos dar comida pra gente. Só fiz menções muito periféricas ao Carl e não toquei no assunto da Sequência Freddie Mercury. Imaginava que Carl não ia ser notícia pra sempre, então, se queríamos transformar o canal em algo que sobrevivesse a ele, precisávamos começar a nos dissociar do assunto.

Achei que poderíamos evoluir para um programa sobre arte e design. Eu poderia ser a cara do canal, enquanto Andy cuidava da câmera e da edição. Poderíamos até chamar Maya para nos ajudar com os roteiros e fazer algumas ilustrações. É estranho olhar para como nos imaginávamos naquela época e pensar ao mesmo tempo "Aaah, a gente era tão inútil e fofinho" e "Sinto tanta falta daquela vida que mataria todos os pandas do mundo para tê-la de volta".

Em algum momento enquanto gravávamos aquele vídeo, o programa foi transmitido na Costa Leste e recebi, tipo, cinco mil mensagens de texto. Não me dei ao trabalho de responder nenhuma, nem mesmo a de Maya. Imaginei que íamos nos falar logo mais. Eu estava zonza com toda a atenção, a falta de sono e o entusiasmo com o que estávamos fazendo. Tinha entendido a magnitude do raio que nos atingia. Ou pelo menos parte dela.

Mas, talvez, o mais energizante de tudo era que não tínhamos nada para fazer na manhã seguinte. O pai de Andy queria que fôssemos a uma agência e falássemos sobre o que quer que os agentes façam, mas isso só aconteceria às três da tarde. Íamos DORMIR! Dormir de verdade, maravilhosamente bem, com direito a baba e uma cama king-size que não precisaria ser dividida com mais ninguém!

Nem me dei ao trabalho de ficar acordada para assistir à transmissão na Costa Oeste com Andy. Entrei no quarto de hotel, finalmente tirei os sapatos, o sutiã e a calça e me enfiei debaixo dos lençóis chiques de um milhão de fios.

CINCO

É claro que não foi bem assim. Olhei o celular e, em vez de responder a algumas das muitas pessoas que me escreveram, entrei no Twitter e vi todas aquelas coisas, boas e ruins, que estavam dizendo sobre mim. Então abri meu e-mail… como uma idiota.

Li e respondi um de Maya, um do meu irmão, que estava orgulhoso de mim e ansioso para me ver no casamento dele, e um dos meus pais, que esperavam que eu estivesse me cuidando. Então lembrei do e-mail que tinha mandado para a mulher de Berkeley. Procurei pelo nome para ver se ela tinha respondido. De fato ela tinha, tipo doze dias antes, mas eu nem tinha visto — eu havia esquecido completamente da nossa conversa e seu e-mail fora soterrado pelos outros.

Isso acabou sendo muito bom, porque me rendeu quase duas semanas de uma paz abençoada em vez de ansiedade esmagadora. E eu quase dormi uma última vez me sentindo assim. Quase tive uma última noite normal. Bom, não normal, claro, mas mais tranquila. Copiei a mensagem abaixo tal qual a recebi (mas corrigi alguns erros de digitação, porque Miranda teria surtado se eu não o fizesse).

RE: Você disse que era morno?

April,

As propriedades que você descreve (rigidez, ressonância, brilho, densidade elevada, condutividade térmica extremamente baixa) não parecem peculiares, mas impossíveis. Não há materiais conhecidos que apresentem todas elas. É difícil imaginar um que *pudesse* ser assim. Consegui me aproximar do Carl em Oakland e fiz minha própria inspeção. Suas propriedades térmicas não fazem sentido. Ele mostra 0% de condutividade térmica. Nada. Toda a energia que o atinge é rebatida. Isso é impossível, então imagino que meus instrumentos não sejam sensíveis o bastante. Eu também estava disputando o espaço com um monte de turistas tirando selfies, então não consegui trabalhar por muito tempo sem chamar atenção. Minha pesquisa é sobre semicondutores não convencionais, então essa questão está meio fora da minha área, mas andei perguntando e ninguém com quem conversei acha que é possível. O foco deste laboratório é estudar como a energia se desloca, e já analisamos vários materiais diferentes. O material do Carl parece um aerogel, só que é mais denso que urânio. Não faz o menor sentido.

Enfim, temos três possibilidades:

1. Esqueci algo muito básico sobre um assunto que conheço bem, assim como todo mundo com quem falei a respeito, incluindo pessoas mais inteligentes e experientes do que eu.

2. Alguém construiu algo usando um novo material, que se comporta diferente de tudo o que existe ou que deveria poder existir, e então colocou na calçada para todo mundo ver.

3. Carl é de outro mundo. E não uso "de outro mundo" no sentindo de "incrível".

Não sei se você já ouviu falar da navalha de Occam, mas, basicamente, é o princípio de que a solução mais simples tende a ser a correta. O que é bobagem. Se há uma medida objetiva de simplicidade (além das entrópicas), eu a desconheço. Cada pessoa tem uma opinião diferente sobre qual explicação é mais simples. Então, quando digo que a hipótese da origem extraterrestre é a mais simples, não deixa de ser uma opinião. Mas também reconheço que é a menos provável, porque um monte de coisa já aconteceu até agora, e "origem extraterrestre" nunca foi a resposta.

A explicação "origem extraterrestre" até hoje teve uma taxa de sucesso de 0%, o que significa que é uma resposta improvável. Mas não consigo pensar em nada mais simples. Não devo ser a única pessoa que chegou a essa conclusão, mas ainda não ouvi ninguém mencionar "origem extraterrestre". Para ser sincera, eu mesma não disse isso ainda porque, bom, além de improvável, parece ridículo.

De qualquer modo, acho que podemos esquecer a possibilidade de ser uma instalação artística, porque, mesmo que fosse possível (e não é), produzir 64 robôs de mais de três metros de altura de um material completamente novo ia custar, no mínimo, bilhões de dólares.

Olha, não te conheço, mas sinto que tenho uma responsabilidade aqui por talvez ser a primeira a lhe dar a notícia. Há uma chance muito real de que você tenha feito o primeiro contato. Caso você não seja nerd, estou dizendo que foi a primeira humana a se relacionar com tecnologia extraterreste... e talvez vida extraterrestre. Então... parabéns?

Me sinto estranhamente honrada de ter seu e-mail. Mas você deveria mudar agora. Deveria fazer um monte de coisas. Não é algo que possa "desacontecer" com alguém. Acho que tem 90% de chance de eu estar errada e sua vida voltar ao normal em algumas semanas. Mas 10% de chance de ter sido a primeira a fazer contato com um representante de outro mundo é bem considerável. Então... talvez seja melhor se preparar.

Meu nome de usuário no Skype é CAMiranda, se quiser conversar.

Miranda

Comecei a responder imediatamente, mas, meio segundo depois, abri o Skype pra ver se Miranda estava on-line. E estava. Assim que pedi que me adicionasse, recebi uma ligação dela. Atendi, e seu rosto surgiu na tela.

Miranda parecia estar à mesa de um escritório. Uma luz fluorescente azulada batia em seu cabelo loiro-avermelhado fino e descontrolado. Olhos castanhos enormes me olhavam animados.

— APRIL MAY! Isso é maravilhoso!

— Você ainda está no trabalho?

Meu cérebro ainda estava no fuso da Costa Leste, mas era depois das dez na Costa Oeste.

— Estou no laboratório. As marés e os espectrômetros não esperam por ninguém! Você sabe. Moro no campus, então quase nem vale a pena ir pra casa.

Miranda estava animada e parecia perfeitamente descansada. O Skype não costuma ser muito lisonjeador, mas ela era fofa. Gracinha demais para despertar meu interesse. Sinceramente, tentei não ser fofa a vida toda, mas não fui muito bem-sucedida nisso, e duas pessoas fofas juntas é fofura demais pra mim.

— Bom, tenho que me desculpar, porque só vi seu e-mail agora. E, bom...

Eu não sabia o que mais dizer.

— Olha, eu mudei de ideia umas seiscentas vezes desde que te escrevi. Quanto mais tempo ficamos sem uma explicação, mais óbvio me parece.

— Óbvio?

— É. Acho que ninguém está falando, mas todo mundo está pensando.

— Bom, participei de um programa de entrevistas hoje, que deve passar logo mais, e o apresentador brincou sobre Carl ter vindo do espaço. Mas, tipo, o fato de ser a resposta mais simples não quer dizer que seja a resposta. Tem certeza de que não está sendo...

Então me interrompi, sem querer insultá-la.

— Concordo. Totalmente. Como escrevi no e-mail, usar alienígenas para explicar algo nunca deu certo. Só acho que a hipótese da origem extraterrestre, que é como eu tenho chamado isso, porque não significa necessariamente que estamos falando de vida inteligente, deve ser levada a sério porque não tenho outra.

— Como assim não estamos falando necessariamente de vida inteligente? — pergunto, já sentindo que não consigo acompanhar a conversa.

— Bom, a única coisa que sei é que essas coisas estão bem distantes do modo de funcionamento de tudo o que conhecemos. Não quero dizer "alienígenas", porque não sei nada. Mas não parece possível que isso tenha sido feito a partir de uma tecnologia produzida pelo homem, e certamente não ocorreu naturalmente. Os Carls não cresceram de sementes. Então a coisa mais vaga e genérica que consigo dizer é "origem extraterrestre". O que basicamente significa que não faz sentido.

— Então você não está dizendo que Carl é alienígena.

— Não, mas estou dizendo que parece cada vez mais provável que os Carls não tenham sido feitos por humanos ou pela natureza.

Volto a pirar.

— Então você *está* dizendo que Carl é alienígena!

— Não, eu... Eu não sei, April! É empolgante, mas alienígenas são uma explicação muito específica para circunstâncias bem amplas. Há mais no universo que humanos e alienígenas. Talvez eles tenham sido feitos por nós, mas enviados do futuro. Talvez sejam algum tipo de projeção através do espaço-tempo. Talvez sejam prova de que nosso universo é uma simulação e tem alguém mudando o código. Não quero assumir que uma explicação é correta só porque não pensei em outras que batam com as informações que tenho.

Ela pareceu muito segura de si, ainda que um pouco tímida e espantada ao falar comigo.

— Falando em informações... Ainda não mencionamos isso para ninguém, mas tem mais — digo.

Seus olhos ficam ainda maiores, o que é impossível.

Explico toda a história da Wikipédia.

— Isso é impossível — ela diz, quando passei por toda a sequência — e não faz o menor sentido. I-A-M-U.

— Eu sei. Faz dias que estou queimando o cérebro pensando nisso, então não espero que você...

— Elementos — ela me interrompe.

— Quê?

— Elementos. I, Am, U. São todos elementos. Iodo, amerício, urânio.

— Tá. Mais uma opção a acrescentar à lista de oitenta quilômetros do que isso pode significar.

Ela pareceu desanimar, e me senti mal por descartar imediatamente sua primeira tentativa de explicar o mistério. Quer dizer, é claro que Miranda encontraria uma explicação científica — porque ela era da ciência. Então eu disse:

— É uma ideia interessante... Ainda não tínhamos pensado nisso.

Um sorriso voltou a seu rosto.

— Essa coisa da Wikipédia — continuei falando — torna sua hipótese mais ou menos plausível? E em algum momento vamos ter certeza do que se trata?

Seus olhos vagueiam por um momento enquanto ela parece pensar.

— Essa coisa da Wikipédia é esquisita, mas menos que a do material. Mas talvez só porque não sei muito bem como a internet funciona. Teria que falar com alguém que sabe mais. Mas o material não é apenas tecnologia desconhecida: de acordo com meu conhecimento de física, não é nem ao menos possível. E sua segunda pergunta é ótima. Não sei quando vamos ter certeza. Talvez nunca. Alguns mistérios perduram por séculos. Não sei mesmo. Só não consigo pensar em outra explicação.

Ficamos olhando uma para a outra por um bom tempo antes que ela se sentisse desconfortável e dissesse apenas:

— Então… hã…

— Você sugere trabalhar assumindo, pelo menos no âmbito privado, que Carl é… externo?

— É difícil falar, né?

— É, sim.

Estranhamente, era como dizer um palavrão na igreja. Eu não estava exatamente em choque; só sentia que era uma idiota por sequer dar ouvidos àquilo.

Miranda prosseguiu:

— Às vezes a gente tem que fazer isso. Às vezes tem que aceitar uma teoria imperfeita e… — Ela ficou em silêncio, e seus olhos saíram de mim e passearam pelo escritório. Fiquei quieta, porque parecia que, se eu dissesse alguma coisa, interromperia algo íntimo e sagrado.

— April, e se Carl estiver pedindo alguma coisa? Tipo, e se quiserem que a gente leve coisas para eles? Nenhum desses elementos é muito fácil de encontrar. Talvez os Carls precisem de alguma coisa!

Para deixar claro, eu estava perdida. Para Miranda, as coisas pareciam se encaixar muito mais rápido do que eu conseguia aceitar que aquilo pudesse ser verdade, que Carl estivesse *fazendo* algo. Que Carl fosse algo vivo. Que Carl fosse… externo. Fiz meu melhor para acompanhá-la.

— Bom, a gente não tem como fornecer urânio a Carl.

— Por que não?

— Bom, porque é urânio. O cara do *De volta para o futuro* tentou arranjar um pouco e terroristas atiraram nele.

— Era plutônio. E, de qualquer forma, é tudo uma questão de quantidade. Iodo é fácil, temos aqui no laboratório. Não tenho urânio, mas dá para comprar o minério não refinado na Amazon, porque não é perigoso a menos que purificado. Mas não sei muito sobre amerício. É transurânico, então é radioativo e raro. Vou ter que pesquisar. Quantidade e pureza podem ser complicadas quando se trata de elementos raros.

Tudo isso foi dito num disparo, e Miranda começou a digitar assim que disse "pesquisar". Depois de uma breve pausa, ela continuou:

— AH! Novidades sobre o amerício. É usado em detectores de incêndio, então dá pra comprar no Walmart.

— Miranda, é possível que Carl não queira urânio? Já comecei a receber mensagens de pessoas que acham que ele é perigoso. Provavelmente não seria bom para a imagem dele se estiver atrás de materiais radioativos.

— Bom, não sei. Foi só uma ideia.

Me senti mal por interromper seu raciocínio tão impressionante, mas meio que queria desacelerar a conversa.

— Quer dizer... — Eu não queria desencorajá-la. Era difícil não gostar de Miranda, porque era quase como se ela fosse uma criança. Uma criança genial. — Pode até ser. Só acho que talvez a gente precise ter mais certeza antes de começar a estocar urânio.

De novo, ela digitava enquanto eu falava.

— Ah, caramba — Miranda disse, parecendo assustada. O que me deixou assustada. Foi a primeira vez que achei que os Carls realmente podiam ter vindo para nos machucar. Como se ela tivesse descoberto que misturar amerício, iodo e urânio criaria uma bomba que destruiria a Terra.

— Tudo bem aí?

— Shh. — Miranda me silenciou. Como se eu fosse uma criança de cinco anos que pedia um picolé enquanto ela estava ao telefone com um cliente importante. Miranda clicava, digitava, clicava e digitava. Fiquei ali parada, porque ela claramente estava lidando com o problema muito melhor do que eu tinha capacidade para fazer.

Depois de um minuto em silêncio total, ela continuou falando exatamente de onde tinha parado.

— AH! — gritou, me assustando. — Desculpa! Sim! Ai, meu Deus! Sinto muito, April. Fiz "shh" pra você. Minha nossa. — Ela estava ficando vermelha, então pareceu lembrar que tinha outras coisas acontecendo. — Está tudo bem, April. Mas Carl estava mesmo se referindo a elementos quando disse "I-A-M-U", porque tudo na página da Wikipédia voltou ao normal, a não ser pelo erro de digitação original... e cerca de — ela começou a escrever com a caneta freneticamente na própria mão — nove números das referências. Nove números sumiram.

Ela levantou a mão, onde estava escrito 127243238.

— Como você chegou a isso tão rápido?

— Alterei a configuração de proxy do meu computador pra ver programas da BBC. Então consegui abrir a página pelo meu IP e por um IP britânico ao mesmo tempo. Notei os números faltando na comparação.

— Tá, e o que são esses números? Não podem ser de telefone.

— Hum... não. São os isótopos mais comuns daqueles elementos. Iodo-127, amerício-243 e urânio-238. Você sabe o que é um isótopo?

— Não, e acho que não preciso saber.

— Bom, talvez não neste momento. Basta dizer que Carl está pedindo esses elementos. Embora não sejam elementos muito comuns, pelo menos ele quer os isótopos mais frequentes, o que facilita nosso trabalho, se vamos nos encarregar da entrega.

— Está falando sério?

— Como assim?

— Você resolveu em cinco minutos um quebra-cabeça que sugou toda a minha energia mental nas últimas duas semanas? Não consigo acreditar que nem reparei nos números nas referências!

— Ninguém nunca olha para as referências, não se preocupe. Às vezes a gente só precisa de um olhar renovado.

— É, de um olhar renovado que já ouviu falar em amerício. — Eu nem sabia que isso existia. Foi só alguns dias depois que vi o nome por escrito e entendi que vinha de "América".

— Olhos não ouvem, April! Então você vai aparecer na TV esta noite? Que legal!

— AI, MEU DEUS, NEM UM POUCO!

Ela sorriu.

— É, talvez não seja.

— Miranda?

— Oi?

— Quer ir ao Walmart comigo?

Era meia-noite. O programa estava passando, mas de repente parecia a coisa menos interessante do mundo. O mistério tinha eclipsado minha obsessão com desconhecidos analisando meu desempenho. Eu tinha marcado de encontrar Miranda depois da reunião na agência. Ela viria de carro de San Francisco para me encontrar no Carl Hollywood. Ela estava animada para conhecer Andy também.

Subi na cama fresca, macia e sedosa do hotel, apaguei a luz e fiquei olhando para a parte interna das minhas pálpebras por uma hora antes de desistir.

Miranda estava certa: eu já tinha pensado naquilo antes. Quando era impossível explicar algo, você usava o GIF daquele cara com cabelo engraçado dizendo "ALIENS". É isso que se faz. Quer dizer, "Don't Stop Me Now"? Nenhuma gravação de quando os Carls apareceram? O fato de nenhum deles ter sido movido, embora ninguém pareça ter tentado com afinco? O fato de que ninguém, depois de quase duas semanas, assumiu o crédito sobre o que deveria ter sido uma empreitada logística impressionante?

Acho que muita gente pensou em "extraterrestre", e é claro que muita gente estava dizendo isso na internet. Mas ninguém queria ser o esquisitão defendendo a teoria "São alienígenas!" no noticiário. Não se pode nem falar essa palavra sem bagunçar o cabelo e arregalar os olhos primeiro.

Então a ideia estava lá, mas eu a ignorava pensando: "Meu cérebro está criando todo tipo de explicação idiota".

Só que Miranda não parecia idiota. Ela parecia muito legal, divertida e conhecedora de um monte de coisas sobre ressonância material e condutividade térmica, que pareciam importantes e legítimas. Também tinha sido muito clara sobre a possibilidade de não serem alienígenas; só não era uma má ideia trabalhar, pelo menos no âmbito privado, como se fossem.

Eu provavelmente teria sido mais cética, mas lembrava como tinha sido tocar Carl, e a sensação parecera mesmo estranha. Ele era diferente de tudo o que eu já tinha tocado, igual à vez em que um raio caiu na minha casa e tirei a TV da tomada enquanto os fios ainda estavam sobrecarregados. Não porque foi doloroso, mas porque foi uma sensação completamente nova.

A única outra ideia que tinha era de que se tratava de alguma coisa militar ultrassecreta, mas o quê? O que um governo teria a ganhar colocando robôs em uma série de lugares ao mesmo tempo e depois deixando um estranho rastro na Wikipédia que levava a três elementos químicos? Só a chance de dizer "Ei, posso fazer isso! Assustador, né? Então não mexe comigo!"? Fazia algum sentido... mas então eles teriam que assumir a autoria da coisa, certo? Eu já podia sentir meus olhos arregalando.

Enquanto era incapaz de dormir naquela cama gloriosa, descobri o verdadeiro motivo pelo qual estava surtando. Não porque talvez não estivéssemos sozinhos no universo, ou porque minha vida estava mudando para sempre e eu ia precisar criar outro e-mail. Era porque eu precisava tomar uma decisão. É o tipo de escolha que só se pode fazer uma vez e da qual não há retorno, ainda que mude completamente sua vida. E, mesmo que o caminho esteja claro, ainda é profundamente perturbador.

Opção 1 (a sã): Eu poderia me afastar disso tanto quanto possível. Parar de aparecer na TV, definitivamente não encontrar uma cientista que eu nem conheço num Walmart no sul da Califórnia para comprar detectores de fumaça, nunca mais fazer nada na internet e pagar minhas dívidas. Comprar uma boa casa usando o dinheiro do licenciamento, que, se isso for verdade, sem dúvida continuaria entrando pelo resto da minha vida, e organizar jantares com pessoas inteligentes até o dia da minha morte.

Opção 2 (a insana): Continuar aparecendo na TV, postar no Twitter e no Instagram e ter *opiniões*. Basicamente, usar a plataforma que me foi oferecida por acaso para ter uma voz e talvez fazer a diferença. Diferença em que sentido? Não tenho ideia, mas eu sabia que outra chance dessas não ia aparecer... nunca mais.

Dada a enorme lista de culpados em potencial, tinha sido difícil perceber que era aquilo que estava me deixando em pânico. Mas, assim que descobri, concluí que a única coisa a fazer era tomar uma decisão, o que talvez me permitisse finalmente dormir naquela montanha de travesseiros.

Com o cérebro tomado por medo, névoa e animação (e muito impressionado consigo mesmo), tomei minha decisão. Como costuma ser o caso, foi a escolha mais fácil de fazer e a mais difícil de aceitar.

Imediatamente depois, quis que alguém me convencesse a mudar de ideia, então liguei para Maya.

Ela não atendeu.

É estranho olhar para trás, para os momentos insignificantes que mudam completamente sua vida e talvez a história da humanidade. Esse foi um: Maya Não Atendeu o Celular Naquela Noite. Não caiu direto na caixa, o que significava que o celular estava ligado — ela só não o atendeu.

Mandei uma mensagem: Preciso falar com você. Então, com uma última olhada para aquela cama maravilhosa, peguei o notebook, saí do quarto e atravessei o corredor para bater na porta de Andy. Então bati de novo. Na terceira tentativa, a porta abriu. Andy apareceu como se eu tivesse acabado de tirar a coisa mais linda da vida dele, o que era meio que verdade.

— Tenho novidades — eu disse.

— Isso me lembra de outra vez muito específica em que me acordou com novidades.

— E foi bom, não foi?

— Estou concluindo neste exato momento que não foi. Por favor, o que quer que esteja acontecendo, pode esperar seis horas e vinte e três minutos?

— Não. — Passei por ele e acendi todas as luzes antes de entrar na bagunça completa do quarto, ainda que Andy só estivesse lá havia poucas horas. — Opa. Tinha uma bomba na sua mala?

— Não conseguia encontrar a escova de dentes — ele gemeu.

— Bom, preciso te explicar algumas coisas.

Sentamos na cama, e eu peguei o celular para ler a troca de e-mails com Miranda.

Ele ficou muito quieto até eu terminar, então finalmente disse:

— Carl é um alienígena?

— Eu sei, parece absurdo. E provavelmente nem é isso. Tipo, ALIENÍGENAS! Não é algo real que possa acontecer.

— Bom, é claro que existem alienígenas. A pergunta é: eles têm a tecnologia e a intenção de fazer uma visita?

— *É claro que existem alienígenas?* — perguntei, um pouco perplexa.

— April, você tem ideia de quantos planetas existem? Literalmente mais do que o número de flocos de neve que já caíram na Terra! Ou algo do tipo. Sei lá, mas é um número bem impressionante. O ponto é que as chances de haver vida inteligente em um único lugar é praticamente nula.

— Então não seria tão importante assim? — arrisquei.

— ESTÁ BRINCANDO? Se for verdade, é a coisa mais importante da história das coisas importantes! — ele literalmente gritou.

— Opa, tá bom, tudo bem, tá bom, tudo bem. Tudo bem. — Eu quase disse "tá bom" de novo, mas percebi que estava começando a parecer que meu cérebro tinha pifado. Então disse: — Sei que parece improvável, mas tenho mais novidades.

— Você está certa. Parece improvável que qualquer outra novidade tenha importância agora.

— Falei com Miranda por Skype e contei da Sequência Freddie Mercury. Ela descobriu o que é.

— QUÊ?! PELO AMOR DE DEUS, APRIL!

— Você está bravo comigo?

— Não sei! Acho que não! Acho que estou no meio de um sonho estranho e desagradável. Ou, se não for isso, só me sinto sobrecarregado e cansado. Posso me sentir sobrecarregado com essa história toda, né?

— Claro. Mas quer saber o que é?

— Bom, quero. — Ele não parecia nem um pouco certo daquilo.

Repassei os passos de Miranda, a descoberta que fez nas referências e o fato de que se pode comprar urânio na Amazon.

Então eu disse:

— Tudo isso para dizer que, se você achava que tínhamos dado o furo antes, agora temos uma oportunidade muito diferente e gostaria de sugerir que a gente aproveitasse.

— Como assim?

— Se eu fiz o primeiro contato com uma forma de vida alienígena, isso é muito mais importante do que um vídeo que viralizou no YouTube — eu disse, usando o termo de Miranda.

— E?

— E as pessoas vão falar disso pelo resto dos tempos. Talvez a gente possa ter um papel ainda maior na história.

— A gente?

— É, a gente.

— April, se, se, SE, e é um "se" bem grande, um "se" gigante, um "se" do tamanho de Júpiter, *se* isso for real, vai ser muito maior que a gente. Cada líder mundial vai estar nos jornais assim que a notícia for dada. Ninguém vai ouvir você.

— Exatamente. — Fiz uma pausa. — A menos que a gente se mate de trabalhar agora para estar à frente da história. E a menos que a gente decifre e implemente a Sequência Freddie Mercury antes de qualquer outra pessoa.

— Espera, você acha que mais gente sabe disso?

— Já estão falando disso na página de discussão do artigo. Se conseguirmos ser mais rápidos, não só teremos descoberto o Carl Nova York e feito o primeiro contato com uma civilização alienígena: seremos aqueles que decifraram o primeiro sistema que ela está usando para se comunicar com os humanos.

— April, tem certeza de que é uma boa ideia?

— Não! Na verdade, provavelmente *não é*. Mas considerei a outra possibilidade, que é deixarmos quieto e nos distanciarmos completamente disso tudo, e não parece nem um pouco divertida.

— Não consigo acreditar que sou eu quem está tentando te convencer a não fazer isso…

— NEM EU! Então para!

— Você sabe que Carl pode não ser alienígena, né?

— Sei, mas vamos agir como se fosse. Tomar decisões como se fosse. Não vamos conversar a respeito ou falar na frente dos outros. Se no fim ele não for, teremos investido na hipótese errada. Mas, se for, estaremos três passos à frente de todo mundo.

— E isso é bom? Será que, tipo, um presidente não deveria estar três passos à frente de um bando de… zés-ninguém?

— Não sei — eu disse, sincera. — Vamos iniciar o processo e descobrir.

Então fizemos o que nos ensinaram na faculdade: construímos uma marca. Os designers pensam muito nisso. Você pega algo como um perfume, um pneu de carro ou um chiclete com gosto de bunda e faz perguntas a seu respeito que não deveria ser capaz de responder. Que tipo de traje esse pneu usaria na formatura? Qual é o filme preferido desse perfume? É uma tentativa de entender o produto como se fosse uma pessoa.

O reverso disso, quando as pessoas se tornam marcas, deveria ser fácil, certo? Elas já são pessoas, problema resolvido. Só que o que você está fazendo de fato quando cria uma marca é uma simplificação. Você chega à compreensão da *essência* da porra do pneu. Então trabalhar a marca de uma pessoa também se beneficia dramaticamente da simplicidade. Pessoas são complicadas, mas marcas são simples.

Marketing tem muito mais a ver com pensar do que com fazer. Tivemos que descobrir a marca do Carl, a minha marca e como ambas seriam parte uma da outra. Tivemos que pensar realisticamente sobre o papel que eu desempenharia. Eu não seria a presidenta. Não seria especialista em segurança nacional ou cientista. Mas como me definiríamos seria consequência de como imaginávamos Carl. Decidimos que ele representaria poder, futuro, o "outro". Eu representaria humanidade, fraqueza e o mundo antes de Carl. Eu criaria um equilíbrio. Apenas uma civil, modesta e sem pretensões, que estava lidando bem com a nova realidade, então ninguém precisava se preocupar muito. Era um papel importante ao qual eu podia me adaptar. Seria útil e garantiria nosso poder.

Basicamente só seguimos o manual de campanha publicitária inteirinho, mas não era uma questão de criar um logo, escolher as fontes e a paleta de cores. Na verdade, não fizemos quase nada disso. Depois de algumas horas de trabalho, chegamos a um plano e três diferentes roteiros. Os dois primeiros só fortaleciam a ideia de April May. Quem ela era. Esperta, bondosa e sarcástica, mas aberta às belezas e às maravilhas do mundo. Íamos disponibilizar os vídeos assim que possível, mas o que importava mesmo era que definiam quem queríamos que eu fosse.

Nesses vídeos, incluímos pedacinhos de Carl que dariam dicas de sua possível origem. Mencionamos que os governos russo e chinês tinham fechado as áreas em volta dele em vez de movê-lo, provavelmente porque eram incapazes de tal coisa. Mas, no geral, os vídeos eram sobre mim.

O vídeo do último roteiro seria lançado assim que todo mundo ficasse a par da Sequência Freddie Mercury. Ele ia nos mostrar decifrando a sequência, indo à loja comprar detectores de fumaça e apresentando a Carl os resultados do nosso trabalho. O roteiro acabava aí, claro, porque não tínhamos ideia do que aconteceria em seguida.

Mais tarde, as pessoas me acusariam de ser uma marqueteira meticulosa e calculista, que aproveitara a oportunidade para enriquecer e ficar famosa. Eu negaria, dizendo que uma coisa bizarra tinha acontecido comigo e nada mais, mas era mentira. E essa mentira fazia parte da nossa estratégia de marketing meticulosa e calculista. Se pareceu natural aos outros, então acho que fizemos um bom trabalho. Mas era tudo planejado. Eu gostava de ser parada no aeroporto para fotos, gostava de ser paga, gostava da atenção, e estava preocupada que tudo isso chegasse ao fim. Mais do que preocupada, sendo honesta. Acho que, lá no fundo, estava aterrorizada. Em algum momento naquela noite, vi de relance meu futuro mais provável. Um dia, a coisa mais interessante e importante relacionada a mim teria acontecido num passado muito distante. E eu continuaria com minha vida de designer UX enquanto as pessoas diriam: "Ah! Você era a April May!" em festas e entrevistas de emprego, como se eu tivesse sido alguma coisa e não fosse mais.

Essa é a realidade de que eu queria fugir. E não vou dizer que não considerava para que direção estava indo nessa fuga, porque éramos extremamente cuidadosos, e acho que isso veio a calhar. Mas não antecipei que, criando a marca April May, eu estava praticamente criando um novo eu. E só dá para fingir até certo ponto antes de se tornar quem se está fingindo ser.

Quando tínhamos terminado de passar por todas as nossas redes sociais, escrever roteiros, filmar, editar, escrever textos de marketing e comer lanchinhos da máquina do hotel, eram dez da manhã.

Meu celular apitou — Maya. Que foi, querida?

Eu estava exausta demais para responder. Voltei para o quarto e dormi por três horas.

SEIS

Ainda tínhamos a reunião que o pai do Andy tinha arranjado, então acordamos à uma e arrastamos nossos corpos inúteis e nossos cérebros ainda mais inúteis até o carro que mandaram para nos buscar. Dormimos o caminho inteiro e parecíamos zumbis ao entrar no prédio de vidro e aço em que Marshall Skampt trabalhava. Ele era advogado de uma agência, que é uma empresa que transforma a fama (e supostamente talento) em dinheiro (coisa que não entendi na hora, mas agora entendo). Agências têm agentes, e agentes conseguem trabalhos para pessoas que atuam no ramo do entretenimento. Se você for encontrar um agente um dia, eis o que esperar (se ele for minimamente bom):

1. Você nunca vai conhecer uma pessoa mais eficiente.
2. Se está falando com você, é porque pode render dinheiro a ele.
3. São todos cuzões, mas, se tiver sorte, vai encontrar aquele que é o *seu* cuzão.
4. Desculpa, isso soou esquisito.

Então o encontro com o pai de Andy acabou sendo um encontro com Jennifer Putnam, que aparentemente era alguém importante.

O prédio, como um estúdio de telejornal, claramente tinha sido construído para impressionar. A diferença era que *funcionava*. Eu imaginava que funcionava com todo mundo, mas particularmente comigo, porque, quando um jovem estiloso chamou nossos nomes depois de esperarmos cinco minutos no pequeno saguão tomando água de poço artesiano com pepino, nós o seguimos pelo corredor e eu, que já estava mais atrás no grupo, parei de vez depois de caminhar uns dez passos porque, mesmo estando cansada e até meio morta, não pude deixar de notar a Sherman original na parede.

Eu tinha uma noção de que a maior parte das grandes obras de arte estavam em coleções particulares, escondidas em lugares onde poucas pessoas podiam desfrutar delas. Entendo que faz parte de como a arte funciona e não tenho problema com isso; só que até então era algo abstrato pra mim. Eu não esperava ver obras de arte importantes em qualquer outro lugar que não fosse um museu ou a internet. Mas ali, bem diante da minha cara, estava uma foto que custava no mínimo dezenas de milhares de dólares e valia cada centavo.

Imagino que agências sejam impressionantes para pessoas diferentes de modos diferentes. Talvez alguns se convençam com o cinema no prédio ou o papel de parede barroco. Outros poderiam gostar do fato de que havia uma orquídea natural em cada mesa.

A foto em questão tinha como alvo pessoas como eu... para que pensassem "Ah, tá, eles estão falando sério".

Todos os outros, claro, seguiram em frente enquanto eu permanecia congelada, olhando para a foto. Foi preciso um tempo para notarem que eu havia sumido, mas o assistente gatinho acabou voltando para me buscar.

— Desculpa ter te deixado para trás, April. — Sua voz doce e suave me fazia acreditar que era culpa dele mesmo ter me abandonado. — Você está olhando para *Retrato sem título #56*, parte da série Retratos Sem Título de Cindy Sherman. São fotos da própria artista, mas ela desempenha diferentes papéis com o objetivo de chamar atenção para o fato de que nossa cultura tem ideias construídas sobre gênero que podem nos controlar se deixarmos.

Eu já sabia de tudo aquilo, mas o deixo terminar porque achei legal que não tivesse simplesmente gritado comigo por estar parada no meio do corredor como uma pateta. Imaginei que garantissem que todos os funcionários soubessem um pouco sobre a foto para que a coisa toda parecesse ainda mais impressionante. Já mencionei que funcionava?

— Obrigada — eu disse, porque não sabia o que mais poderia dizer. Então voltamos a andar, deixando a foto para trás.

— A agência tem uma boa coleção. Recebemos algumas obras dos nossos clientes, outras pertencem aos nossos maiores executivos, que nos emprestam para exibição. Acredito que a Sherman seja da sra. Putnam.

Enquanto andávamos, passamos por uma série de outras obras de arte extraordinárias. As paredes eram brancas como em uma galeria, e a cada vinte passos mais ou menos havia uma foto, um quadro ou uma obra de técnicas mistas. Estimo que passamos por pelo menos dois milhões de dólares em obras de arte no caminho para o escritório de Jennifer Putnam.

Enquanto andávamos, o negócio do show business se movimentava à nossa volta. Ao que parece, ele é constituído basicamente de ligações telefônicas. Também havia uma digitação considerável e muito pouco papo furado. Passamos por uma jovem que não reconheci, mas era claramente rica e famosa. É engraçado como dá pra saber, mesmo sem nunca ter visto a pessoa em questão. A alta costura é impressionantemente diferente de roupas normais, mas eu percebi principalmente porque as três pessoas que a seguiam tinham um ar muito evidente de "nem pense em pedir pra tirar uma selfie com ela".

E era nesse estado que eu me encontrava quando entrei no escritório de uma das agentes mais poderosas do mundo.

— Robin! Você a encontrou! Seja bem-vinda, April! — A voz dela não era exatamente alta, era só... forte. Surpreendentemente enérgica. Fisicamente, ela era comum. Tinha cabelo grisalho curto, altura mediana e estava em boa forma. Sua voz era sua característica mais particular. Aquela era a mulher que podia enfeitiçar as pessoas.

O escritório não era enorme, mas tinha uma bela vista. As estantes estavam repletas de livros, videogames, DVDs e até jogos de tabuleiro. Parecia mais uma galeria de conquistas que um lugar para guardar coisas de que gostava. Cada um daqueles objetos era um acordo que a mulher tinha feito, e as estantes estavam cheias. Havia espaço o bastante para nós quatro nos sentarmos confortavelmente, mas colocar uma quinta pessoa ali seria forçar a barra.

Robin ficou de pé ao lado da porta.

— Ela estava admirando a Sherman.

— Vejo que tem bom gosto! Comprei em um leilão há alguns meses. Consegui arranjar um bom lugar nas paredes daqui, ainda que a maioria das pessoas não esteja nem aí para uma Sherman. — Isso me pareceu uma coisa estranha a dizer, considerando que ela provavelmente havia pago uns cinquenta mil dólares por aquela foto, mas fiquei quieta. — Bom, deve ter sido uma semana e tanto para vocês! Acompanhei cada segundo dela. Fascinante, e estão lidando tão bem com isso! Foram fantásticos ontem à noite! Viralizaram de novo.

Fico confusa por um momento, então lembro do talk-show que gravamos. Parecia tão distante quanto as aulas de inglês no ensino médio.

— Obrigada, hã... — Só então me ocorreu que eu não tinha ideia de qual era o plano e estava cansada demais para fingir, então disse apenas: — O que estamos fazendo aqui?

— Bom, Marshall — ela apontou para o pai de Andy — me contou tudo a seu respeito e achamos que faria sentido trazer vocês dois para conversar sobre pra onde querem seguir daqui em diante.

Muitas oportunidades vão se apresentar, e queremos garantir que nenhuma porta se feche antes de atravessarmos.

Ela falava mais rápido que qualquer pessoa que eu já havia ouvido. Num staccato, quase como se fosse uma batalha de poesia falada. Era agradavelmente peculiar. Não deixei escapar o fato de que começou falando em "vocês" e terminou com "nós".

— Bom… — Olhei para Andy, que encolheu os ombros de leve. Interpretei isso como "faça o que quiser".

Então abri o jogo.

— Ontem à noite, recebemos informações que podem mudar radicalmente a situação. De acordo com um relatório que recebi de uma fonte confiável, talvez não demore muito para que pessoas em posição de poder confirmem publicamente que os Carls não são deste planeta.

As palavras pairaram no ar por um momento. Jennifer Putnam olhou para o pai de Andy, que olhou preocupado para o filho, que olhou para mim. Eu também teria olhado para mim se fosse capaz disso, mas não era, porque eu era eu. Tive um impulso de olhar para minhas próprias mãos, mas sabia que não devia, então só olhei para Putnam, que, àquela altura, estava olhando para mim também.

— Robin, vou precisar que cancele as ligações das próximas duas horas.

— Claro, sra. Putnam.

Se aquilo era incomum, eles não deram nenhum sinal. A porta se fechou silenciosamente atrás de Robin.

— Que informações são essas?

— Uma cientista de materiais de Berkeley com quem estou me correspondendo diz que as propriedades dos Carls são impossíveis. Não esquisitas, caras ou novas. De acordo com tudo o que conhecemos, simplesmente não podem existir.

— Você confia nela?

— Ela parece… de confiança? — eu disse, me sentindo meio que uma idiota completa. Mas, se Putnam estava cética, tampouco demonstrou. — Mas não te contei a história toda. Preciso que me garanta que não vai contar a ninguém o que eu vou contar agora.

— Robin pode preparar um acordo de confidencialidade agora mesmo, mas, se minha palavra bastar... — Putnam disse.

Então contei sobre a Sequência Freddie Mercury, o que Miranda e eu descobrimos e que estávamos planejando fazer um vídeo a respeito. Não contei que acreditávamos que a sequência era um pedido de material físico e que estávamos planejando fornecê-lo. Sinceramente, no fundo eu sei que foi uma decisão egoísta e tola, porque não queria que me convencessem do contrário.

Não estou muito mais velha agora, mas, de muitas maneiras, claro, sou uma pessoa diferente. Então é fácil reconhecer que fiz algumas escolhas boas e outras ruins. Mas é revelador que eu soubesse que aquela era uma má ideia desde o início, mas ainda assim não consegui me controlar. Saber que se trata de uma má ideia nem sempre diminui as chances de segui-la. Se eu tivesse examinado minhas motivações, provavelmente não teria gostado do que encontraria, então não examinei.

Depois que terminei de contar sobre a sequência e o fato de tê-la decifrado, Jennifer Putnam disse:

— Bom, então a situação mudou, mas a pergunta não. April, Andy, o que vocês querem com isso? Se estiverem certos, podem conseguir qualquer coisa.

É comum ouvir falar de agentes de Hollywood oferecendo *tudo* a jovens talentos — o sol, a lua, as estrelas, o que quiserem, é só assinar aqui! Mas, do jeito que Jennifer Putnam falou, eu acreditei. O poder da coisa toda me preenchia. A foto de Sherman, a confiança em rede nacional, saber de coisas que ninguém mais sabia. Era como doce, Natal e primeiro beijo misturados.

Então resumi a situação pra ela.

— Já criamos uma estratégia. Queremos que a ideia de April May contrabalance a ideia dos Carls. Se eles são poderosos, vou ser fraca. Se são assustadores, vou ser fofa. Se são extraterrestres, vou ser humana. Queremos construir a ideia de April May ajudando as pessoas a lidar com a realidade dos Carls. Assim que tiver minha plataforma, posso usar para unir as pessoas, promover mudanças simples e chegar a um mundo melhor.

Eu não sabia que mudanças simples gostaria de promover — parecia o tipo de coisa que ficaria claro quando eu tivesse poder.

De todo modo, Putnam adorou cada segundo do meu discurso, mas o sr. Skampt não. Às vezes me pergunto como teria sido se ele não estivesse na sala. A questão de ficar famosa é que, com frequência, as únicas pessoas em posição de ser honestas com você sobre a realidade da vida de celebridade são as pessoas que vão ganhar montanhas de dinheiro se você for com tudo. Elas não têm nenhum incentivo para contar a verdade nua e crua, como o sr. Skampt tentou fazer naquele momento.

— April, essa é uma decisão importantíssima. Se envolver com algo desse tipo... vai tomar conta da sua vida. As pessoas vão te odiar sem motivo, ou por motivos ruins, ou mesmo por bons motivos. A fama destrói as pessoas, e a maioria lida com ela num grau muito menor. Você fala de si mesma como se fosse uma ferramenta, mas é uma pessoa. Que ainda está se desenvolvendo. Isso afetaria sua vida para sempre.

— Compartilho totalmente dessas preocupações — Jennifer disse, se dirigindo a mim. — Você nunca vai saber o que vai acontecer até que tenha se arriscado, e a fama não é algo que deva ser buscado por si só. Dito isso, acho que há maneiras seguras de abordar a situação, e ainda bem que veio aqui. Precisamos falar sobre uma série de coisas, e saiba que pode voltar atrás a qualquer momento.

— Isso não é exatamente verdade, Jennifer — disse o sr. Skampt. — Uma vez que eles entrarem nessa, nem tudo pode ser retirado.

O mar de dopamina e adrenalina envolvendo meu cérebro transformou a exaustão em impulsividade.

— Como poderíamos pular fora? Topamos!

Virei para Andy, que não havia dito uma palavra desde que entramos no escritório. Ele olhou para os próprios pés por um segundo antes de dizer:

— Como ela disse, é uma chance única. Precisamos aceitar.

— Certo. Então temos muito trabalho pela frente e precisamos ser rápidos. Como estão se sentindo? — Putnam perguntou.

— Horrível! — eu disse.

— Como se um demônio tivesse me fodido — Andy acrescentou. O pai dele não pareceu satisfeito.

Jennifer não se abalou.

— Bom, acho que é com isso que vamos ter que trabalhar! — ela disse.

Nas horas seguintes, Robin e a sra. Putnam elaboraram contratos, fizeram ligações e encheram Andy e eu de perguntas. O sr. Skampt deixou claro que, naquela situação, estava representando os clientes, não a empresa, e discutiu uma série de pontos com a sra. Putnam que eu estava exausta demais para compreender. Foi muita sorte tê-lo ao nosso lado como um cão de guarda. O pai de Andy provavelmente salvou nosso pescoço (e nossos dólares) de cinquenta maneiras diferentes no decorrer de quinze minutos.

A pior parte foi quando eles separaram Andy e eu para conversar individualmente. Queriam ter certeza de que um não estava influenciando o outro, e fizeram perguntas a esse respeito, sobre o acordo que tínhamos feito e sobre nossa amizade. Quer dizer, presumo que tenham perguntado a mesma coisa para Andy; se perguntaram alguma coisa diferente, ele nunca me disse. Fui tão aberta quanto possível. Eu e Andy estávamos bem e parecia que havia dinheiro mais do que suficiente para ambos. Para que eu precisaria de mais de vinte mil dólares por mês?

Então veio a parte pela qual eu realmente não esperava.

— Há alguma coisa sobre você que a gente deva saber? — Putnam perguntou.

— Hum, meu signo é libra?

O sr. Skampt interrompeu.

— April, é importante que a gente saiba se tiver qualquer coisa que possa vir à tona se procurarem bem.

— Ah. — Eu não tinha pensando a respeito. — Hum, bom, não consigo lembrar de nada.

— Talvez eu possa ajudar…

Então ele começou a disparar uma série de coisas terríveis que eu poderia ter feito… caso tivesse esquecido. Eu já tinha atropelado um cachorro? Uma pessoa? Havia tido um relacionamento com alguém muito mais novo que eu? Muito mais velho que eu? Já tinha pago por sexo? Me prostituído? Vendido drogas? Usado drogas? Visto drogas? Matado com minhas próprias mãos? Colecionado os dentes de inimigos vencidos? Transformado ossos de crianças em armas com as quais matei ainda mais crianças?

E, se não fosse pedir muito, eu poderia por favor escrever o nome de todo mundo em quem eu tinha dado uns pegas?

Respondi essas perguntas e fiz o que me foi pedido. Era extremamente desconfortável, mas fiquei com a impressão de que era um teste, além de um exercício prático.

— April, não pude deixar de notar que tem muitos nomes de ambos os gêneros nesta lista — Putnam disse de um jeito que ao mesmo tempo era e não era uma pergunta.

— MUITOS? Eu não diria isso — eu disse, muito confortável e com *nem um pouco* de vergonha do questionamento. (Isso é sarcasmo, aliás.)

— Jennifer — o pai de Andy disse —, acho que isso não é da sua conta.

Ela respondeu como se ele fosse uma criança.

— Marshall, você sabe tão bem quanto eu que logo pode ser da conta de todo mundo.

O sr. Skampt pareceu intimidado.

— April — Putnam prosseguiu —, você está se relacionando com alguém no momento?

— Sim, com a Maya. É com ela que divido um apartamento. É meio esquisito, mas nosso relacionamento é ótimo. — Assim que disse isso, senti uma enorme onda de culpa se abater sobre mim ao me dar conta de que não tinha mandado uma mensagem depois do Que foi, querida? dela.

— Então — Putnam continuou —, tudo bem se você fosse só lésbica? Tipo, você teve relacionamentos com garotos no passado, mas sempre foi lésbica?

— Mas o caso é que não sou... só lésbica. Sou, tipo, lésbica *e* hétero? É ótimo, nem sei como seria não me sentir atraída por uma pessoa por causa do gênero dela. Pra mim você que é esquisita.

É difícil não ficar imediatamente na defensiva quando questionam sua sexualidade, não importa qual seja. Algumas pessoas simplesmente não conseguem acreditar que eu me sinto como me sinto, então logo estão me explicando para si próprias comigo logo ali. Sou gananciosa, maníaca sexual, não consigo me decidir, sou lésbica e não admito, ou só estou fazendo isso porque os caras gostam. Se não for nada disso, é algo tipo: "Falando nisso, minha namorada é bi também, talvez a gente possa [PAUSA CARREGADA DE INSINUAÇÕES] combinar alguma coisa um dia".

— April, eu entendo totalmente. Mas nem todo mundo vai entender. Só estou dizendo que seria mais simples se você fosse lésbica ou hétero. Não tenho problemas com a bissexualidade, e gostaria muito que o resto do mundo se sentisse assim também, mas tiraria o foco da sua mensagem. Estamos olhando para tudo isso não apenas com as lentes de Nova York, mas dos Estados Unidos. Na verdade, do mundo inteiro. Sua orientação sexual vai ser uma fraqueza através da qual você pode ser atacada.

Olhei para o chão e fiquei em silêncio por dez segundos completos. Quer dizer, sim, fazia algum sentido. Mas estávamos lidando com extraterrestres, porra. Quem ia ligar se eu era lésbica ou bi?

Ergui os olhos para o sr. Skampt, que só deu de ombros.

— Bom, não é como se eu estivesse pensando em me dar bem com um cara no momento — eu disse, meio que mentindo, já que tinha acabado de pensar em dar uns beijos no Robin. Mas o silêncio do sr. Skampt me pareceu uma concordância, então cedi. — Claro, hum, tá. Posso ser só lésbica.

Foi a primeira vez que tive um vislumbre de como Jennifer Putnam era um péssimo ser humano, mas nem notei no momento. Sei que a estou culpando quando deveria culpar a mim mesma, mas eu estava confusa e perdida, e ela parecia muito competente. Para Putnam, era mais fácil vender uma lésbica excêntrica do que uma bi excêntrica, então me tornei uma lésbica excêntrica.

Embora eu não saiba se tenho o direito de reclamar, considerando que havia ficado acordada até as dez da manhã de maneira muito intencional para me transformar em uma marca. Nossos objetivos, na maior parte do tempo, convergiam.

Depois que todo mundo ficou satisfeito por eu nunca ter comido nenhum bebê sequer, fui liberada para um lanchinho, e eu e Andy fomos até um café do outro lado da rua. Apresentamos nossos relatórios e trocamos histórias de guerra. Não contei a coisa da bissexualidade, e tenho certeza de que ele não me contou algumas coisas. Não fazia diferença, porque nenhum de nós havia feito algo terrível, e era aquilo que importava.

Fiquei trocando mensagens com a Miranda o dia inteiro. Ela já tinha saído de Berkeley e estava a caminho de Los Angeles. Íamos nos encontrar na farmácia CVS (e não no Walmart, no fim das contas) mais próxima do Carl de Los Angeles (Carl Hollywood). Claro que o trânsito conspirava contra ela, mas a reunião com Putnam estava demorando muito mais do que tínhamos esperado, então daria tudo certo.

Eu ainda não tinha escrito para Maya, e não entendia o motivo. Havia tanto a fazer e a dizer… E, sinceramente, eu estava com medo de como ela reagiria aos eventos do dia. Na minha mente, já podia ouvi-la em algum tom entre a decepção e o choque. Não achava que haveria animação ou apoio do outro lado, então continuava adiando a conversa.

— Ei, April. — Andy estivera olhando o celular. — Mais esquisitice relacionada ao Carl. Ninguém está dizendo que é um alienígena, mas tentaram mover o de Oakland para um lugar um pouco mais conveniente, porque o trânsito estava um caos, mas não conseguiram. Ele quebrou o guindaste. Fizeram parecer uma falha da prefeitura, do operador do guindaste ou coisa do tipo. Imagino que seja mais do que isso.

Fiquei olhando para o café enquanto a magnitude de tudo aquilo pesava sobre mim mais uma vez. Agora aquilo acontecia constantemente. Eu estava vivendo minha vida normal, sendo eu na minha própria cabeça como sempre havia sido, até que de repente lembrava. Era meio como eu tinha me sentido alguns anos antes, quando nosso gato, Spotlight, morreu. Sempre esquecia que a vida nunca mais ia ser a mesma. Mas você só consegue chegar até certo ponto sem pensar: "Cadê o Spotlight? Não o vejo há… Ah, merda".

— Ah, meu Deus. Isso está mesmo acontecendo, né?

— Jennifer Putnam certamente parece achar que sim — ele disse, enquanto eu tomava um gole de café.

Agora, com uma maior compreensão do trabalho dela (e dela própria), tenho consciência de que Jennifer Putnam não precisava ter certeza de que Carl era alienígena para entrar totalmente no modo comando de guerra; ela só precisava que houvesse uma chance. Precisava fazer parecer que estava apostando tudo mesmo que acreditasse haver apenas cinco por cento de chance de que estávamos certos, porque cinco por cento de chance de ganhar dez milhões de dólares eram mais do que suficientes para Putnam. No fim, se Carl não fosse alienígena, ainda seríamos seus clientes, e ela poderia dizer que acreditara em nós. Putnam não tinha como perder.

Quando voltamos para a sala dela depois do café, Putnam disse, rápida e cuidadosa:

— April, você vai ficar com Robin. Precisa de um assistente em tempo integral agora mesmo, e é muito mais fácil eu conseguir um substituto do que você encontrar alguém digno de confiança. Ele é fantástico. Talvez um pouco brando demais, mas incrivelmente eficiente. Vamos continuar a pagar seu salário, mas Robin vai trabalhar pra você. Vai cuidar do seu e-mail, se não tiver problema, e talvez das redes sociais. Vamos deixar claro que ele trabalha pra você, e não pra mim.

O sr. Skampt não pareceu gostar muito disso, mas concedeu:

— Não achamos que seria sábio envolver qualquer outra pessoa nesse momento.

— Então agora você tem um funcionário — continuou Putnam para mim. — Eles tornam sua vida mais fácil, mas só se souber como usar. Se não mandar que pegue seu café pelo menos uma vez ao dia, ele vai ficar literalmente ofendido. Robin está à sua disposição. Você precisa dele, e ele quer ajudar.

— Robin sabe disso? — perguntei.

Jennifer Putnam pegou o telefone e apertou um botão.

— Robin, pode vir aqui um momento?

Dez segundos depois, ele estava na sala.

— Sim, sra. Putnam?

— Como ia se sentir trabalhando para a srta. May?

— Muito honrado. — Ele até se curvou de leve.

— Como assim?! — eu disse. As pessoas não falavam daquele jeito!

— Faz bem pouco tempo que a conheço, srta. May, mas você parece ser forte, orgulhosa e ter bons valores. Mais que isso: está no epicentro da história. Se for real, as pessoas vão lembrar disso por muito, muito tempo. Eu não — ele fez uma pausa — ia me importar de fazer parte disso.

Eu tampouco ia me importar se Robin fizesse parte daquilo. Ele parecia muito legal, consideravelmente menos imoral que Putnam, e tinha mais ou menos a minha idade, o que tornaria menos esquisito o fato de trabalhar para mim. O único problema era o fato de Robin ser... atraente.

Ele era bonito o bastante para que Maya soubesse na hora quão atraente eu o achava. E ia ser meu assistente! O cara ia ficar coladinho em mim. *Cuidado com as palavras, April!* Ele estaria... profundamente envolvido na minha vida. Mas não se pode deixar de contratar alguém porque é bonito demais, pode? Parece algo ilegal. Então pronto. Eu tinha um assistente.

— Bom, obrigada, Robin. É um prazer te conhecer e ter você como assistente. Por favor, me ajude. Sinto que cada página de e-mails não lidos faz minha expectativa de vida cair em um ano. Com as seguintes palavras concedo a você o poder de me salvar ou destruir: minha senha é peidofedido.

SETE

Só conseguimos sair da agência umas sete. A atitude mais sã teria sido ir para o hotel, dormir um pouco e fazer planos para a manhã seguinte. Mas estávamos sob efeito de cafeína e nos sentindo invencíveis (ou pelo menos eu estava). Na noite anterior, eu tinha feito planos com Miranda de visitar (e talvez fazer algumas experiências com) o Carl Hollywood. Ir para o hotel parecia absurdo. Andy depois explicaria da seguinte maneira:

— Carl tinha tanta massa que não conseguíamos escapar de sua gravidade tanto quanto não poderíamos pular até a Lua.

E não escapamos.

Presumi que pegaríamos um táxi, mas Robin parecia pessoalmente ofendido com a sugestão. Além disso, não era exatamente seguro fazer um vídeo sobre alienígenas secretos no carro de um estranho, então, se ele estivesse dirigindo, poderíamos filmar o caminho.

Sentei no banco da frente com a câmera. O vídeo começa com a câmera virada para mim.

— Oi! Bem-vindos ao carro do Robin. Este é o Robin. — Viro a câmera pra ele, que acena, mostrando os dentes brilhantes. — Tenho novidades. Alguns dias atrás, eu e Andy — viro a câmera para Andy, que acena — descobrimos o que chamamos de Sequência Freddie Mercury. É uma série de alterações que ocorrem se você tenta corrigir o erro de ortografia na página da Wikipédia de "Don't Stop Me Now", música de sucesso do Queen. O significado dessas alterações permanece um mistério. No entanto, graças à ajuda de uma cientista de materiais da Universidade Berkeley, acreditamos ter decifrado a sequência. E estamos indo para o Hollywood Boulevard agora mesmo para encontrar essa cientista e testar nossa teoria.

No vídeo editado, nesse momento aparecia uma captura de tela da página da Wikipédia e minha voz em off falando sobre a sequência, como a descobrimos e a descoberta posterior de Miranda de que os números das referências também mudavam e correspondiam a elementos químicos.

Miranda estava sentada na calçada da CVS do Hollywood Boulevard quando descemos do carro. No momento em que nos viu, levantou num pulo e correu para me abraçar.

— Isso é tão legal!

— Não posso dizer o contrário!

Ela era um pouco mais alta do que eu esperava, porque estava acima da média. Sou baixinha, mal chegando à sua clavícula quando me abraçou. E não foi um daqueles abraços distantes. Ela esmagou meu corpo contra o seu como se nos conhecêssemos desde o jardim de infância. Seus olhos brilhavam, animados. Miranda é um pouco mais velha que eu, mas parece um pouco mais nova. Vê-la foi outro choque de realidade. Aquilo estava acontecendo. Íamos visitar Carl e fornecer os elementos para ver o que acontecia. De verdade.

— Desculpa, exagerei no abraço? — Ela parecia preocupada.

— Não, foi perfeito.

Miranda sorriu para mim, parecendo que não acreditava muito e que depois ia se punir por seu entusiasmo.

— Comprei detectores de incêndio hoje de manhã. Eles não facilitam a retirada do amerício... Ainda bem que fiz isso no laboratório. — Ela pegou uma caixinha da bolsa e abriu para mostrar um pequeno frasco com algumas tiras metálicas dentro.

Andy saiu pelo outro lado do carro e Robin foi procurar um lugar para estacionar.

— Que bom que você conseguiu tirar — ele disse a Miranda —, mas vamos ter que comprar outro detector pra mostrar de onde saiu.

— Ah! — Um pouco de constrangimento pareceu se misturar à animação de Miranda. — Nem pensei no vídeo! Ah, isso é tão legal! Vou aparecer nele?

— Se não tiver problema… — Andy disse.

Ele fez uma tomada mostrando a fachada da farmácia e então gravamos uma introdução rápida com Miranda.

— Chegamos à CVS que fica a um quarteirão de distância do Carl Hollywood e estamos com Miranda Beckwith, a cientista de materiais que decifrou a Sequência Freddie Mercury. O que estamos fazendo aqui, Miranda?

— Estamos comprando detectores de fumaça.

— Parece algo bem estranho de fazer.

— Este não é um dia normal!

A empolgação dela fica fantástica no vídeo.

— E por que estamos comprando detectores de fumaça?

— Pra mim, a sequência é bem clara — Miranda começou a explicar. — Carl está pedindo suprimentos. Um deles é amerício, um elemento razoavelmente raro, mas que é usado em alguns produtos comerciais como fonte de partículas alfa. — Ela evitou propositalmente a palavra "radioativo".

— Preciso saber o que significa?

— Na verdade, não. Mas é interessante. Talvez a gente coloque uma explicação na descrição. Tudo o que importa é que, dentro deste detector de incêndio — ela levanta a caixa —, tem cerca de cinco vezes menos que um milésimo de grama de amerício.

— E vai ser o bastante?

— Ah, não faço ideia! Depende de pra que Carl precisa disso. Se for para uma catálise, qualquer quantidade deve servir. Se for para construir alguma coisa, então provavelmente vai precisar de mais.

— Preciso saber o que *isso* significa?

Miranda olhou para a câmera.

— Mais informações na descrição do vídeo. E não deixe de se inscrever!

É claro que a localização dos Carls tinha sido alvo de consideráveis discussões. Era impossível movê-los, e todos haviam aparecido em áreas urbanas onde não poderiam deixar de ser notados. O ponto exato em cada cidade não parecia aleatório, ainda que não houvesse consistência. Por exemplo, todos estavam em calçadas, mas a região da cidade variava. O Carl Oakland era o único na área da baía de San Francisco, o que deixou os moradores da cidade francamente injuriados. Manhattan inteira desperta mais ou menos o mesmo nível de interesse. Carl Nova York apareceu em uma rua movimentada, mas quase todas as ruas da ilha têm um tráfego pesado de pedestres. Não é como se tivesse aparecido na Quinta Avenida, na Times Square ou na Madison. Não havia nada de particularmente especial no ponto em frente ao fast-food mexicano.

O Carl Hollywood, por outro lado, apareceu em frente ao Teatro Chinês, na Calçada da Fama, um dos maiores pontos turísticos da cidade e provavelmente aquele com o maior tráfego de pedestres de Los Angeles. E não só isso: também é um lugar cheio de artistas de rua e de pessoas vestidas de super-heróis que cobram vinte dólares a foto.

Sabendo tudo isso sobre o Hollywood Boulevard e a obsessão americana pela fama, eu não deveria ter me surpreendido tanto quando nos aproximamos do teatro e encontramos uma fila que saía do Carl e se estendia até tão longe que podia muito bem ser infinita.

Era, afinal de contas, um Carl de verdade! As pessoas iam até a Calçada da Fama para tirar fotos com a estrela de uma celebridade ou com a marca de suas mãos no cimento. Ninguém quer levar uma recordação para casa tanto quanto elas. O teatro tinha até voltado suas luzes para Carl de modo a torná-lo mais visível nas imagens noturnas. Elas refletiam forte em suas partes brilhantes. Não sei por que havíamos assumido que não haveria fila, mas havia.

— Ah, não — Andy disse.

— Vamos ter que esperar? — perguntei.

Começamos a acompanhar a fila para tentar descobrir onde terminava. Até que desisti e simplesmente andei até uma jovem que era mais ou menos a vigésima da fila e questionei:

— Há quanto tempo está esperando?

Seus olhos se arregalaram e sua boca formou um círculo perfeito.

— AI, MEU DEUS! — ela disse, com o mesmo peso em cada palavra. Então ela virou para a amiga. — AIMEUDEUS, ALISON, ALISON, É A APRIL MAY! APRIL! AIMEUDEUS!

Miranda e Andy só ficaram olhando.

Toda cultura tem sua própria maneira de fazer com que duas pessoas se conheçam pela primeira vez. Não pensamos muito sobre esses procedimentos; eles só existem. E o processo quase sempre começa com você dizendo seu nome ou permitindo que uma terceira pessoa te apresente. Por isso minha reação a alguém que tinha acabado de gritar meu nome pra mim foi confirmar que era meu nome.

— Oi, hum, é, e aí? Legal te conhecer. Meu nome é April — eu disse.

— É CLARO QUE SEU NOME É APRIL! — ela respondeu.

Talvez valha a pena dizer que em geral a outra parte envolvida na apresentação entre dois desconhecidos costuma responder dizendo o próprio nome. No entanto, isso não aconteceu, o que tornou a conversa ainda mais difícil.

Acabei me acostumando com tudo isso, mas, naquele momento, enquanto o sistema cultural da conversa entre desconhecidos sofria um colapso total, eu não tinha ideia do que dizer.

Robin apareceu do nada, aparentemente tendo encontrado um lugar onde estacionar.

— Quer que eu tire uma foto sua com April? — Ele parecia calmo e bonzinho, e soava como se realmente se importasse.

Então houve uma confusão de câmeras, e, *opa, na verdade eu estava gravando, e você pode tirar uma comigo, outra com a Alison e depois uma com nós duas? Ah, e o celular da Alison é do século passado, então pode tirar tudo com a minha e eu mando pra ela depois*, até finalmente acabar.

De repente, um burburinho tomou conta e todo mundo à nossa volta estava consciente de que alguém *famoso* tinha aparecido. Tive a sensação de que, mesmo que não soubesse quem eu era, todo mundo na fila ia querer uma foto. E Alison e suas amigas não se comportavam como o grupo de alunos que encontramos no aeroporto: estavam completamente piradas.

As boas notícias eram:

1. Todo mundo que estava por ali queria uma foto, então...
2. Acabamos furando fila ali, com apenas umas vinte pessoas na nossa frente, mas ninguém reclamou.

Fomos salvos pelo fato de existir uma fila. Ninguém queria sair dela depois de ter esperado tanto. Caso contrário, eu teria sido completamente cercada e alguém talvez tivesse que chamar a polícia.

Por sorte, conseguimos abrir caminho com as selfies e só perdemos uns cinco minutos. Assim que chegou nossa vez, Andy (que havia filmado grande parte da interação com os fãs) fez um anúncio para todos que conseguiam ouvir.

— Vamos fazer um vídeo rápido com o Carl Hollywood. Só vai levar alguns minutos, e April e eu vamos estar disponíveis para fotos por alguns minutos depois. Muito obrigado pela paciência de vocês!

Todo mundo pareceu adorar.

Assim, retomamos a gravação do vídeo. Nele, eu parecia quase comicamente baixa ao lado do corpo alto e esguio de Miranda, enquanto o peito de Carl nem ficava no enquadramento, já que ele tinha mais de três metros. No fundo, espectadores se reuniam à nossa volta para nos ver filmar; mais atrás, estava o Teatro Chinês.

— Os fãs de Carl que aguardavam na fila foram muito simpáticos de nos deixar passar — uma imagem da fila passou enquanto eu falava isso — para que pudéssemos dar a Carl um pouco do que ele pediu. Miranda, acreditamos que Carl precise de três elementos químicos, certo?

— Certo — Miranda respondeu, confiante e na hora certa. — Isótopos de iodo, amerício e urânio. Iodo pode ser encontrado em inúmeros produtos, e eu tenho aqui cristais purificados para uso em laboratório. Já o amerício, extraímos cuidadosamente de um detector de incêndio caseiro.

Ela tinha feito aquilo com alicate.

— E amerício é algo seguro?

— Na verdade, não. A ingestão pode matar. Por isso, estou usando luvas. Então nunca leve à boca.

— Vou manter isso em mente.

— Bom, por último, decidimos não fornecer urânio para Carl. Embora ele seja seguro quando não purificado e esteja disponível para compra, pareceu demais para esse experimento inicial.

— O que acha que vai acontecer, Miranda? — eu perguntei.

— Hum, não tenho ideia. — Ela pareceu surpresa que eu fizesse uma pergunta não científica.

— O que espera que aconteça?

— Não é assim que eu penso nas coisas. Na ciência, você não tem que esperar nada, só testar e observar. Mas acho que espero que *algo* aconteça.

— Então o que fazemos agora?

— Vamos começar com o iodo. Coloque as luvas.

Eu obedeço. Para ser sincera, a constatação de que estávamos de fato fazendo aquilo, e quais poderiam ser as consequências, nunca me atingiu por completo. Só fizemos. Como Andy dissera, não tínhamos como escapar do campo gravitacional de Carl. Eu estava tomando decisões, e decisões bem idiotas, mas não pareceu assim no momento.

— Iodo é perigoso?

— Não, na verdade é usado como suplemento nutricional. Até colocam no sal para prevenir bócio. Também é usado como catalisador em reações químicas orgânicas. Acho que é para isso que Carl quer esse elemento.

Miranda tirou um floquinho prateado de dentro de um frasco e colocou na minha mão estendida. Então eu o entreguei para Carl.

Andy afastou o zoom para me mostrar em meu mero metro e cinquenta oferecendo a mão protegida por uma luva de látex para o Transformer de três metros. Fiquei parecendo um macaco confuso tentando fazer as pazes com uma forma de vida superior.

Nada aconteceu, claro.

— Tenta fazer contato direto — Miranda disse.

— Corta — Andy disse. — Quero filmar isso de perto.

Andy então aproximou o zoom para me pegar tirando o floco de iodo da palma da minha mão esquerda e, sem qualquer sinal do medo ou da ansiedade que percorriam todo o meu corpo, eu o coloquei nas costas da mão direita de Carl.

Calor. Senti calor. Então, de repente, fiquei zonza e enjoada.

— Aaaaah… — eu disse, cambaleando um pouco.

De repente, Robin apareceu ao meu lado.

— April, você está bem? — Andy disse de trás da câmera. Todo mundo de repente parecia assustado, talvez se dando conta de que na verdade não tínhamos ideia do que estávamos fazendo.

Então a sensação passou.

— Estou — eu disse, balançando a cabeça. — É, acho que... acho que senti o dedo esquentar. Então fiquei meio zonza por um momento.

Olhei para minha mão. O floco de iodo tinha desaparecido.

Se algo tinha mesmo acontecido ou era fruto da minha imaginação, não estava claro para mim. Havia uma porção de motivos para minha tontura, e a sensação de calor através de uma luva de látex não era um fenômeno mensurável ou preciso. E não passava de um floquinho. Eu poderia ter derrubado.

Miranda imediatamente tentou fazer a mesma coisa com seu floco, sem resultados. É claro que cortamos aquilo do vídeo, porque... não tinha graça.

Conversamos rapidamente sobre continuar ou não. Eu estava me sentindo totalmente normal, e o fato de Miranda não ter sentido nada me fazia pensar que talvez eu não tivesse sentido também.

A próxima fala era de Miranda, que disse:

— Bom, eu diria que os resultados são inconclusivos, April May. Quer tentar com o amerício?

— Parece a coisa mais natural a fazer!

— Esta pequena tira de metal — Miranda a mostrou para o público — contém uma fração muito, muito pequena de um grama de amerício, um metal radioativo produzido como parte do ciclo de desintegração do plutônio. April, gostaria de ver se Carl está interessado nele?

De novo, peguei a tira e pressionei com firmeza nas costas da mão de Carl.

— Acho que sinto uma sensação quente outra vez, mas nada de tontura. — Puxo a mão de volta, mas a tirinha de metal fica presa ali. — A tira não desapareceu, como aconteceu com o iodo — relatei, mais para Miranda que para a câmera.

— A tira não é de amerício puro, então é claro que nem tudo seria absorvido.

— Você deveria ter feito isso no meu lugar, para sentir o calor e confirmar que não estou imaginando — eu disse.

— Isso melhoraria um pouco o procedimento deste experimento — Miranda diz. — Mas, sinceramente, a coisa toda não passa de um simulacro de ciência. Nada do que fizemos hoje teria sido considerado pela arbitragem.

Ficamos ali por mais alguns segundos enquanto nada continuava acontecendo. Finalmente, Andy baixou a câmera e disse para Robin:

— Bom, talvez seja melhor você ir buscar o carro antes que... Puta merda.

Andy congelou, com os olhos fixos por um breve momento no lugar em que eu havia pressionado o amerício, antes de pegar freneticamente a câmera e começar a gravar. Bem a tempo.

Em silêncio e suavemente, a mão de Carl começou a se mover. Andy conseguiu gravar cerca de dois segundos desse movimento antes que a mão se soltasse do corpo com um *clique* alto e caísse no chão. O silêncio chocado se transformou em exclamações da multidão e minhas. O que eu disse teve que ser cortado do vídeo final, porque queríamos que crianças pudessem assistir também.

A mão de Carl — do tamanho de um prato — atingiu o cimento, com os dedos tocando o chão, e então saiu correndo.

Eu digo "saiu correndo" porque é o termo mais apropriado para o que fez, que foi se erguer nas pontas dos dedos e deslizar rapidamente pelo mármore sagrado da Calçada da Fama, provocando gritos e pulinhos de surpresa conforme os turistas a avistavam. A fila atrás de nós logo se desfez conforme as pessoas tentavam ver o que estava acontecendo ou fugiam com medo.

Passamos preciosos segundos observando em choque absoluto, o que eu acho compreensível, antes que Miranda fosse atrás dela, seguida por mim e Andy um milésimo de segundo depois.

Abrimos caminho pela calçada mais tumultuada de Los Angeles como criminosos em um filme policial. Tive que desviar de um Chewbacca que estava posando para uma foto com um adorável casal de meia-idade. Vislumbrei a mão quando virou à direita na Orange e aumentei a velocidade para garantir que aquilo estava realmente acontecendo, o que só foi possível graças à completa ausência de tráfego de pedestres a apenas três passos da Calçada da Fama.

Assim que virei a esquina a vi, entre seis e nove metros à frente, de alguma forma trotando. Em vez de passos individuais, ela meio que se movia a uma marcha saltitante. Andy parou ao virar na Orange para me filmar perseguindo-a um pouco antes de ir atrás também.

Miranda e eu seguimos em frente. Passamos voando pelos estacionamentos, hotéis e prédios residenciais da Orange. Eu não era e nunca fui uma atleta. Miranda, por outro lado, não mostrava sinais de reduzir o ritmo, então fiz tudo o que podia para acompanhá-la.

A Orange acaba na Franklin, que Miranda e eu vimos claramente a mão de Carl atravessar e depois saltar um muro de contenção baixo e laranja. Eu continuei alguns passos atrás dela, passando por uma entrada de carros íngreme e sinuosa para chegar a um... castelo?

— Que porra — eu disse, enquanto puxava o ar — é essa?

Embora estivesse escuro, o prédio era iluminado por uma série de luzes dramáticas. Tinha detalhes arquitetônicos esquisitos e surpreendentes, como torreões e ameias falsas. Depois dos prédios residenciais e shoppings pelos quais havíamos passado, tive a sensação desorientadora de que talvez Carl tivesse criado um portal e nos transportado para algum tipo de Nárnia kitsch. Olhei para trás e vi que a Franklin continuava ali, com tráfego intenso.

Decidi que ainda era o mundo real e passei pela placa de serviço de valet para ir até o jovem de smoking.

— Você viu uma mão gigante de robô passar por aqui agora há pouco? — perguntei, tendo recuperado o fôlego o bastante para falar.

— Hum? — ele disse, como se só então se desse conta de que eu estava falando com ele. — Ah, sim. Acabou de entrar.

— O quê?

— Bom, ela veio até aqui e olhou como se quisesse entrar, então eu deixei. Não obedecia aos critérios de vestimenta, mas embora as regras sejam detalhadas e abrangentes, achei que fazia sentido abrir uma exceção em caso de mão autônoma. — Ele não parecia achar aquilo nem um pouco esquisito.

Miranda tentou contra-argumentar.

— Hum, bem, a gente…

E falhou.

— Precisamos entrar — eu disse.

O homem, que parecia estar saindo dos vinte e usava luvas brancas, nos olhou de cima a baixo antes de dizer, como se já soubesse a resposta:

— Vocês são sócias?

— Hum, não. Mas você acabou de deixar uma mão robótica entrar no clube, então por que não a gente?

— Bom, em primeiro lugar, vocês não são sócias. Em segundo lugar, e isso não é de modo algum uma crítica, vocês não estão vestidas de acordo.

— Mas a mão robótica estava? — pergunto, embasbacada.

— As regras não falam sobre mãos robóticas.

— Olha — eu disse —, podemos só dar uma olhadinha?

— Vocês são sócias?

— Não, continuamos não sendo! — eu disse, perdendo a paciência.

— Sinto muito, mas…

Então simplesmente forcei passagem. Quer dizer, não sou grande, mas ele não era um segurança de verdade. Claramente não se tratava de um bar caótico qualquer, e sim de um clube refinado, e o cara não tinha que recorrer à força com frequência pra botar gente pra fora.

Então passei pela porta, com Miranda no meu encalço, e me vi em um cômodo pequeno com painéis de madeira escura nas paredes, alguns vasos com pequenas árvores e muitas estantes. Havia dois outros jovens de vinte e poucos anos atrás de uma mesa. O cara da entrada chegou logo depois de nós.

— Nika, desculpa, elas me empurraram! — Ele parecia chocado.

— Uma mão robótica passou por aqui? — perguntei, firme, mas ainda sem fôlego da corrida.

— Olá, meu nome é Nika. Bem-vindas ao Castelo Mágico. Vocês são sócias? — Ela não ia nos deixar entrar.

— Castelo Mágico?

— Castelo Mágico — Nika respondeu. — O clube da Academia de Artes Mágicas, exclusivo para mágicos.

— Isso existe mesmo?

Ela não respondeu.

— Foi por isso que você não achou esquisito que uma mão autônoma entrasse — eu disse.

— Já vimos coisas mais bizarras.

Decidi colocar algumas das minhas habilidades televisivas em prática em uma tentativa de virar o jogo.

— Bom, uma mão robótica de cerca de vinte e cinco centímetros entrou aqui há alguns minutos e é muito importante que a localizemos.

— Temo não ter autorização para dar informações sobre nossa clientela a quem não é sócio, senhora. Além disso, não podemos permitir sua entrada, porque seria contra nossa política, que é bem clara. Esta conversa está encerrada.

Como o empurrão tinha dado certo da outra vez, comecei a forçar passagem por eles para entrar no que quer que fosse aquele culto bizarro de esquisitões. Então percebi o que havia de estranho naquele cômodo diminuto.

— Fique à vontade para tentar passar por nós — Nika disse, abarcando a sala, que não tinha outra porta, com um gesto.

— O que é esse lugar? — meio que gritei. Olhei para Miranda, que estava com o cenho tão franzido que achei que pudesse dar câimbra.

— O Castelo Mágico. E receio ter que pedir para irem embora.

— Tá, olha só, descendo o Hollywood Boulevard tem um robô de três metros que ninguém consegue explicar, certo? A mão dele acabou de cair e correr até aqui. Se não vai me deixar entrar, pode pelo menos procurar por ela?

Nika finalmente pareceu pelo menos interessada.

— Vamos fazer isso, mas primeiro vocês têm que ir.

Sem alternativa visível naquela sala que não tinha porta, saímos.

O celular estava vibrando direto no meu bolso há uns bons minutos, então o peguei. Andy e Robin eram os culpados. Mandei mensagem para os dois dizendo que estávamos no cruzamento da North Orange com a Franklin, porque não queria parecer doida pedindo que nos encontrassem no "Castelo Mágico".

Os dois chegaram em menos de um minuto.

Entramos todos no carro de Robin.

— Que cheiro bom é esse?

— Comprei hambúrguer — Robin disse. — Tive que chutar do que cada um gostava. Não tenho nem certeza absoluta de que vocês comem carne, mas tem batata frita com molho e cebola caramelizada pra quem não comer.

— Você é um santo! — exclamei, percebendo que estava morrendo de fome.

— Aceito as batatinhas! — Miranda disse. É claro que a gatinha genial era vegetariana. Uma vegetariana devoradora de batatas trazidas até mim pelo homem cujo trabalho era me servir.

Preciso mandar uma mensagem pra Maya, pensei. Mas de repente havia um cheeseburguer duplo no meu colo, então não mandei.

Passamos as sacolas de mão em mão no carro enquanto Robin nos levava de volta ao hotel. Eu e Miranda contamos sobre os acontecimentos bizarros no Castelo Mágico.

— Posso colocar vocês lá dentro — Robin disse.

— Como? — Miranda perguntou.

— Só mágicos podem se tornar sócios, mas dá para entrar se um sócio te der um cartão de visitante. Provavelmente consigo um até amanhã.

— Vai ser tarde demais. Além disso, temos um vídeo para editar. E tuítes a tuitar.

Peguei o celular.

@AprilMaybeNot: Acabei de realizar uma experiência dramaticamente bem-sucedida com Carl Hollywood. A mão dele se soltou e saiu correndo. Sei que parece absurdo, mas foi o que aconteceu. Gravamos e vamos disponibilizar o vídeo assim que terminarmos de editar.

@AprilMaybeNot: A mão de Carl correu para o Castelo Mágico, onde proibiram nossa entrada porque estávamos de jeans e não fazemos mágica. ¯_(ツ)_/¯ Mas, enfim, conseguimos interagir com Carl Hollywood e a mão dele está desaparecida.

Pouco depois disso, recebi cerca de oitenta tuítes com links para uma matéria da Associated Press com a manchete "MÃOS DOS CARLS DESAPARECEM NO MUNDO INTEIRO". Então não tinha acontecido só com o Carl Hollywood. Todos eles tinham perdido a mão direita na última hora. O texto só tinha algumas linhas e não fazia nenhuma menção ao paradeiro das mãos, nem mostrava fotos ou vídeos das mãos galopando pela Cidade do México. Naquele momento, ainda não sabíamos que na verdade havia apenas uma mão desaparecida. Só sabíamos que todos os Carls que haviam sido verificados estavam sem a mão direita.

— PORRA! — gritei para o carro inteiro, assustando Andy, que já tinha pegado no sono.

— O que foi, April? — Robin perguntou do assento do motorista, preocupado.

— É maior do que pensávamos. A Associated Press já está na nossa frente.

Fazer bem-feito pode ser melhor que ser o primeiro, mas dá *muito* mais trabalho, então fiquei frustrada. Queria que meus tuítes viralizassem tanto quanto meu primeiro vídeo. Queria estar no controle da história. Os números subiam depressa, mas não tanto quanto subiriam se eu tivesse dado o furo. Jornalistas logo começariam a ligar, então pelo menos eu seria parte da história, mas não seria a *minha* história, então eu não tiraria daquilo tudo o que poderia tirar se tivesse começado a tuitar imediatamente em vez de correr atrás da mão.

Imaginei que a notícia da mão de Carl Hollywood correndo fosse se espalhar rápido, claro, mas se todas as sessenta e quatro mãos direitas de Carls de repente estavam percorrendo sessenta e quatro metrópoles em seis continentes diferentes, já era uma notícia gigantesca! E estávamos atrasados. Fiquei tão assustada e frustrada que nem sabia direito o que estava fazendo.

— Andy, pega a câmera. Vamos filmar um encerramento rápido para postar o vídeo agora. Robin, consegue encontrar um lugar por perto com internet rápida?

— Não — ele disse.

— Como? — eu disse apenas, chocada com a ideia de que Robin era incapaz de... de qualquer coisa, na verdade.

— Vocês não precisam fazer isso. Escreva um roteiro para o encerramento, filme hoje à noite, mas não poste ainda. Deixe a imprensa surtar. Se fizer isso agora, vai ser ofuscada por ela. Você tem algo importante gravado, mas os jornais já têm a notícia do dia. Já amanhã ou depois de amanhã...

— Eles vão estar atrás de qualquer coisa — Miranda disse.

— Exatamente — Robin disse.

— Mas já tuitei a respeito — eu disse, incerta se estava atrasada ou se tinha me precipitado.

— Então vai receber um monte de pedidos da imprensa. Vamos ignorar todos até que o vídeo esteja disponível. Assim todo mundo vai ficar ainda mais ansioso para ver — Robin disse.

— É um bom plano — Andy disse —, porque também significa que não preciso surtar por, tipo, pelo menos quatro horas inteiras. Posso editar o vídeo no avião e dormir agora. — Então ele acrescentou, parecendo entediado: — Chofer, me leve à minha inconsciência e para longe desta mulher ridícula. — Em seguida, ele se inclinou contra a janela.

— Andy, estamos no cerne da história — eu disse, virando do banco da frente para olhá-lo enquanto fazia minha melhor imitação de uma Hermione Granger americana.

— April, estou no cerne da violência — ele disse, sem nem abrir os olhos.

— O que é o cerne, hein? — Miranda perguntou.

— A parte de dentro do tronco? Tem algo a ver com árvore, certeza — Robin disse.

— A gente fez isso, pessoal — eu disse. — Estamos fazendo isso.

Olhamos uns para os outros dentro do carro. Todos abaixo dos vinte e cinco, atravessando o Santa Monica Boulevard, planejando nossa estratégia de mídia para o anúncio do primeiro contato com um alienígena.

Estávamos meio estupefatos, então alguém começou com as risadinhas. Em poucos segundos, contagiaram a todos. Ríamos do absurdo de tudo, daquela noite, daquelas semanas, do fato de que éramos nós. Não tínhamos o direito de desempenhar tal papel, mas desempenhávamos. Gritamos, relembramos, batemos nossos punhos cerrados. Andy despertou de sua sonolência por tempo o bastante para que um sorriso tomasse conta de seu rosto.

Quando nossas bochechas estavam doendo e tínhamos discutido a noite inteira mais uma vez, abri o aplicativo de notas do celular e comecei a escrever um roteiro, que gravei no caminho até o hotel, enquanto Andy e Miranda dormiam, a cabeça dela no ombro dele.

— Perseguimos Carl Hollywood pela Orange até o Castelo Mágico, um clube exclusivo, onde negaram nossa entrada. Seus funcionários, no entanto, alegaram ter visto uma mão entrar no estabelecimento. Parece que nossa interpretação da Sequência Freddie Mercury estava certa, e que disponibilizar amerício, iodo ou ambos a Carl foi a causa da desconexão da mão dele e de sua fuga independente por Los Angeles. Não sabemos onde a mão está agora. Foi divulgado que todos os Carls em todos os continentes perderam a mão direita, mas enquanto a de Hollywood foi observada em sua fuga, inúmeros vídeos mostram que as de outras localidades apenas sumiram no mesmo instante. Não sabemos o que isso significa e, sinceramente, não sabemos o que fizemos. Mas eles nos pediram alguns materiais e os fornecemos. Agora me ocorre — e só demorou tanto para me ocorrer porque eu tinha me proibido de pensar a respeito — que hoje tomamos algumas atitudes em nome da humanidade sem ter pedido permissão antes... Talvez devêssemos ter deixado o governo decidir se era o rumo certo a tomar. Não fiz isso. Não achei que o resultado do nosso experimento seria tão substancial ou significativo. No entanto, até este momento não tenho razão para acreditar que os Carls sejam qualquer coisa além de amistosos... Bom, talvez só muito, muito estranhos.

E foi assim que encerrei o vídeo. Olhei para o banco de trás. A cabeça de Miranda continuava descansando no ombro de Andy. Parecia a coisa certa a fazer, então nos últimos cinco minutos antes de chegar ao hotel, dormi, e foi a primeira vez que tive o Sonho.

Estou no saguão de um escritório chique. Brilhante, reluzente e novinho em folha. A luz vem de toda parte, mas não há janelas, só painéis de madeira nas paredes e carpete cinza no chão. Uma música toca, mas não a reconheço. Não tem ninguém por perto, a não ser um pequeno robô atrás da mesa da recepção. Bom, não pequeno. De tamanho humano. Parece mais suave e elegante que Carl, em azul e branco, sem nada de cromo. Parece acessível, então me aproximo.

— Olá — ele diz, com a voz suave de um homem.

— Olá. Vim ver o Carl — digo.

— Você tem a senha? — o recepcionista robô pergunta.

— Não — digo, com ceticismo.

Então acordei, porque tínhamos chegado ao hotel. Os outros tinham conversado enquanto eu estava dormindo. Miranda precisava de um lugar para dormir, então Robin se ofereceu para pagar um quarto no nosso hotel para facilitar as coisas. O voo que eu e Andy pegaríamos saía em seis horas, então íamos finalmente ter quatro horas de sono em uma cama de verdade! Estávamos todos meio zumbis, mas meu estado e o de Andy eram os piores. Ele ficou cantarolando uma musiquinha estranha enquanto esperávamos Miranda fazer o check-in. Era familiar, mas eu não conseguia identificar.

Pegamos o elevador todos juntos. Miranda começou a cantarolar a mesma música esquisita.

— Que música é essa, hein? Parece tão familiar. Vocês dois estão cantarolando — eu disse a Miranda e Andy.

— Hum? — foi tudo o que ele conseguiu dizer.

— Desculpa, nem percebi — Miranda respondeu, com sono.

Olhei para Robin, que era bom em solucionar problemas.

— Desculpa, April. Acho que nunca ouvi.

Cada um de nós foi para seu respectivo quarto.

Não tirei as roupas, mas tirei o celular do bolso. Passei pelos montes de tuítes. Eu tinha conseguido mais dez mil seguidores com as postagens sobre a mão. Não estava mais interagindo ou aprendendo mais sobre meu público. Só o observava crescer. Parecia que o celular pesava cinco quilos nas minhas mãos. Quase peguei no sono, então me dei conta de que andava negligenciando o Facebook e nem tinha entrado nos e-mails. Repliquei meus tuítes no Face e fiquei observando a postagem ganhar importância ali. Aquele público parecia ignorar completamente os últimos acontecimentos, e a postagem cresceu tão rápido quanto no Twitter. Chequei meus e-mails e escrevi para os meus pais dizendo que ia ligar no dia seguinte. Fiquei passando de uma rede social para outra, atrás de novidades e do que as pessoas estavam dizendo para mim (e sobre mim). Então chegou uma notificação de mensagem de Maya. Te vejo amanhã, acho. Eu estava tão cansada, e ela parecia tão dramática, que não quis lidar com aquilo. Dispensei a notificação. Continuei mexendo no celular até que o sono finalmente venceu a guerra contra minha consciência.

Estou no saguão reluzente do escritório. Música toca e o robô aguarda atrás da mesa. Eu me aproximo.

— Olá — ele diz novamente.

— Oi. Pode me dizer algo sobre você? — peço, esperando que se envolva na conversa.

— Você tem a senha? — ele pergunta.

— Não, mas...

Então acordei. Mas pelo menos descobri de onde vinha a música: era a mesma que tocava no lobby do sonho. Parecia a versão instrumental de uma música pop dos anos 1960, do tipo que toca no elevador. Tipo "It's Not Unusual", só que outra. Ela não saía da minha cabeça, e ficaria grudada praticamente o tempo todo pelos próximos seis meses.

Concluí que devia ter cantado no carro. Andy e Miranda deviam ter ouvido. Tinha ficado na cabeça deles também.

Eu nunca fui do tipo que tinha sonhos recorrentes. Havia um em que eu havia faltado às aulas o semestre inteiro e então precisava fazer uma prova, mas todo mundo tinha esse. Fora isso, foi a primeira vez que eu consegui lembrar de um sonho que parecia tanto com outro que eu já havia tido.

Mas, se havia uma parte de mim que achava isso esquisito, não fazia barulho o bastante para me impedir de voltar a dormir, o que fiz imediatamente.

E sabe o que eu não fiz? Não peguei o celular para olhar as mensagens de texto antigas. Se tivesse feito isso, eis a sequência de mensagens de Maya nas vinte e quatro horas anteriores que teria visto:

April

2:00 Preciso falar com você

Maya

9:52 Que foi, querida?

12:12 April?

19:02 Tudo bem?

21:30 Oi?

0:12 Te vejo amanhã, acho

Nem vi Miranda na manhã seguinte. Num feito digno de um herói, Robin nos encontrou no saguão, nos acompanhou até o aeroporto e nos ajudou a passar pela segurança. Só na hora do embarque me dei conta que ele tinha conseguido uma passagem de último minuto para voar conosco para Nova York. E, surpreendentemente, ainda tinha conseguido um upgrade para Andy e eu, que viajaríamos de executiva.

— Você dormiu um pouco que seja? — pergunto depois de nos levarem aos assentos reclináveis.

— Não, tinha um monte de e-mails para responder. Vocês vão escrever um livro — ele acrescentou bruscamente.

— Por quê?

— Vai ajudar a atrair a opinião pública. Todo mundo que ler vai tender a ficar do lado de vocês. Os livros são a mídia atual mais intensiva. As pessoas estão dispostas a passar horas e horas com um. Além disso, ainda *pagam* por eles.

— Também me pagam pelos vídeos do YouTube — eu disse, enquanto dava uma olhada no Twitter. As pessoas estavam pirando. Não consegui me segurar e comecei a escrever um tuíte: "Estamos editando o vídeo, que vai ser liberado ainda hoje. Bem esquisito. Estou animada".

Robin continuou falando:

— O YouTube paga bem mal pelos vídeos. Você só recebe uma fração de centavo para cada pessoa que vê. Aposto que vamos conseguir mais de cinco dólares para cada um que comprar seu livro.

Isso fez minhas orelhas levantarem.

— E quantas pessoas acha que vão comprar o livro?

— Centenas de milhares. — Ele fez uma pausa antes de dizer: — É uma estimativa conservadora.

— Vou escrever um livro então. E andei pensando... queria alugar um apartamento no quarteirão do Carl.

— Ah! Boa ideia. Gostei. Você pode ficar de olho nele, se manter informada. Posso dar uma olhada. Alguma exigência?

— Tipo o quê?

— Faixa de preço, estilo... — Ele fez uma pausa. — Número de dormitórios.

Ah, tá.

— Maya e eu... É estranho. Dividimos um apartamento, mas também somos um casal, só que ainda não estamos na fase de "morar juntas". Só que já estávamos morando juntas quando começamos a ficar.

— Parece complicado — Robin comentou.

— Bom, preciso de um conselho.

— Não sei se posso ajudar com isso. Sei que a vida vai ficar complicada pra você nas próximas semanas e meses, e que não vai sobrar muito tempo. Mas também sei que ter alguém de quem gosta e que gosta de você pode ajudar a manter uma conexão com a realidade.

— Toda vez que repasso a cena na minha cabeça... não consigo me imaginar chamando Maya para morar comigo. Meu cérebro simplesmente se recusa a fazer isso.

— Só porque você não consegue imaginar não significa que não possa fazer — ele disse.

— Parece um bom conselho.

Mas, ainda assim, a mera ideia fazia minha cabeça doer. E eu estava exausta.

— Então, quantos quartos? — Robin perguntou.

— Argh. Dois, acho — eu disse, mantendo minhas opções abertas e pegando no sono quase imediatamente.

É claro que tive o Sonho de novo. E, de novo, não encanei muito com aquilo na hora.

Você pode achar esquisito que Andy e eu não tenhamos compreendido o Sonho ainda, mas era meio sem graça no geral, e até falar sobre sonhos interessantes com alguém é chato pra caramba. Procuro não fazer isso em circunstância nenhuma, porque odeio que as pessoas façam comigo. Além disso, Andy e eu provavelmente dissemos umas quatro palavras um ao outro aquele dia.

Eu tinha falado um pouco mais com Robin, mas ele ainda não havia dormido. Então, embora quase definitivamente tivesse o Sonho na própria cabeça àquela altura, não tinha como saber. Mas saberia logo, como pelo menos metade das pessoas naquele avião e inúmeras outras com quem interagi no aeroporto.

Vá em frente e acrescente isso ao meu currículo:

April May, ex-detetive de animais, herdeira dos laticínios, iniciadora do primeiro contato com alienígenas, vlogueira e paciente zero do único sonho contagioso conhecido. Além de péssima namorada.

OITO

Aos vinte e três, eu já tinha me tornado mestre em não assumir relacionamentos. Eis algumas dicas se você também gosta de se isolar completamente do amor dos outros por causa de um medo profundo e subconsciente que você se recusa a admitir que existe.

1. Se alguém com quem você está saindo usar um apelido amplamente difundido, responda em dobro. Por exemplo:
   — Pode me passar o controle, amor?
   — Aqui está, chuchuzinho do meu coração.
2. Quando a conversa vai numa direção que pode levar à definição de seu relacionamento como um "relacionamento", dispense por completo todas as regras de uma conversa normal. Por exemplo:
   — Você acha que isto... está indo para algum lugar?
   — Esse meu jeito de viver, ninguém nunca foi igual.
   — Você está cantando a música da abertura do *Pokémon*?
3. Esteja sempre preparado para se distanciar de forma cruel e sem dó de pessoas com quem se importa que precisem de mais do que oxigênio. Por exemplo:
   — Então, April, minha mãe vem fazer uma visita.
   — Beleza.

— Acha que vocês devem se conhecer?
— Moro aqui, não moro?

Basicamente, faça seu melhor para zombar e escarnecer da conexão que a pessoa tem com você e da admiração que sente, porque, lá no fundo, você se odeia tanto que não consegue acreditar que alguém que valha a pena queira ficar ao seu lado. Quer dizer, se alguém gosta de você, é porque tem algum problema, certo?

Isso deve parecer estranho a você, que está familiarizado com a April May dos vídeos e das redes sociais. Sempre confiante, clara, confortável. Como aquela pessoa poderia agir de tal modo sendo tão insegura? Bom, se eu não fosse tão insegura, não teria nem a oportunidade nem a motivação de passar todos os dias da minha vida aprendendo a parecer confiante.

Meu relacionamento com Maya foi o mais longo que já tive. Acho que o fato de ela ser uma ótima pessoa para dividir apartamento e fazer trabalhos em dupla provavelmente me impediu de acabar com tudo, o que tive o impulso de fazer inúmeras vezes. Mas continuávamos juntas basicamente porque Maya compreendia que se eu ridicularizava seus sentimentos era porque odiava a mim mesma, não ela.

O resultado do relacionamento de mais ou menos longo prazo com uma mulher linda e inteligente era que, se eu parasse pra pensar por um momento sequer na minha vida com e sem Maya, perceberia quão profundamente apaixonada por ela eu estava. A consciência de que eu teria que contar a Maya tudo o que tinha acontecido e os sentimentos decorrentes (a noção de que eu queria sua opinião, o medo de decepcioná-la, a preocupação com o que pensava, a constatação de que me conhecia de verdade), me fazia fugir disso como se fosse uma anaconda me perseguindo. Uma cobra de vinte metros que queria MUITO me abraçar.

Estou falando sobre tudo isso agora como entendia na época. Ou *não* entendia. Tudo o que sabia era que, depois daquela primeira ligação perdida, me pareceu cada vez mais impossível imaginar a conversa que finalmente teríamos. E estou dizendo isso porque não quero que você me odeie. Você provavelmente vai me odiar em algumas páginas, então estou fazendo um relatório completo da minha turbulência psicológica para diminuir a intensidade do seu ódio.

O apartamento estava limpo quando cheguei. Como fazia tempo que não ficava.

— Opa, baixou a mãe? — gritei para a sala vazia, sabendo que Maya estava em algum lugar do apartamento.

— APRIL! Ah, que bom ver você. Estava preocupada! — ela disse ao sair do quarto. Estava com uma regatinha da Mulher Maravilha e calça de pijama xadrez.

— Preocupada? Então baixou a mãe mesmo. — Sorri, meio como se fosse uma piada, meio como se não fosse.

— Você não me escreveu mais depois que disse que precisava falar comigo. Dá pra entender minha ansiedade. — Ela parecia mesmo ansiosa, mais do que eu esperava.

Então duas coisas me ocorreram simultaneamente. Primeiro, que ela talvez já estivesse esperando um término. Segundo, que de fato haveria um término, e pra valer, como nunca tinha acontecido antes. Como eu havia deixado chegar àquele ponto?

Pânico.

— Bom, precisamos falar sobre umas coisas. — Isso não a deixou mais tranquila, e me dei conta de que já não tinha começado bem. Continuei: — Tenho muitas novidades da viagem a Los Angeles.

— Ficou sabendo que as mãos direitas de todos Carls desapareceram?

Tive que rir.

— Sim. Bem, na verdade não foi bem assim. — Eu tinha acabado de ver um vídeo no Twitter que mostrava um turista em choque diante do desaparecimento da mão do Carl Tóquio. Ela não se desprendeu e saiu correndo, como o Carl Hollywood. Simplesmente sumiu. Outros vídeos mostravam que foi isso que aconteceu com todos os Carls. Exceto o Carl Hollywood. Expliquei tudo isso para Maya, mas confesso que fiquei surpresa ao constatar que ela não estava me seguindo no Twitter ou no Facebook.

E então contei que eu estava lá quando a mão do Carl Hollywood saiu correndo.

— Ah, sim, claro que estava! — Os olhos dela se iluminaram.

— Maya, muita coisa aconteceu. Hum... — Não era fácil. — Carl provavelmente é alienígena e Andy e eu...

— CARL O QUÊ?

— Provavelmente é alienígena. Tipo, de outro planeta, extraterrestre, "E.T. telefone minha casa" e tal. — Esperei um pouco para ver se precisava me explicar melhor. Aparentemente não, então voltei a falar. — Já filmamos...

Ela me interrompe.

— Volta pra coisa do extraterrestre, por favor.

— Hum, bom, a gente decifrou a sequência. Quer dizer, Miranda decifrou.

— Quem é Miranda?

— Uma estudante de Berkeley que me mandou um e-mail sobre as propriedades físicas de Carl. Falei sobre a sequência e ela resolveu em, tipo, seis minutos. Foi bem impressionante.

Aquilo pareceu deixar Maya desconfortável. Expliquei tudo passo a passo, torcendo para que não parecesse que eu tinha arranjado outra namorada.

— O material de que Carl é feito, o modo como se comporta, sua interação com os arredores, não faz nenhum sentido. Não é possível. Carl não é uma coisa possível, mas está aqui, em frente a um fast-food mexicano, levando à conclusão de que não é uma criação humana.

— E?

— E Miranda descobriu que ele estava pedindo elementos químicos. I, Am, U: iodo, amerício e urânio.

— URÂNIO???

— É a reação da maioria das pessoas. Bom, fornecemos um pouco de iodo e amerício a Carl, por isso sua mão se soltou e saiu correndo. Espera aí, por que estou te contando isso em vez de mostrar um vídeo? Andy vai liberar no YouTube logo mais.

Entrei na conta e mostrei aquele que seria o terceiro vídeo do canal aberto para o público. Quando terminou, Maya virou para mim e disse:

— Ela é bem bonita, né?

É, não demorou muito. Pensei em algo negativo e ainda assim verdadeiro sobre Miranda que fizesse Maya se sentir menos ameaçada.

— É, mas também é bem esquisita — foi o melhor que consegui fazer.

Houve um longo silêncio, durante o qual esperei que fôssemos voltar ao terreno mais estável da discussão sobre como encontrei um alienígena nas ruas de Nova York, fiz alguns vídeos sobre ele e me tornei embaixadora para o espaço sideral.

— Vocês vão liberar esse vídeo logo mais?

— Sim! Ninguém mais tem uma gravação da mão se mexendo, só a gente! E somos os únicos que temos alguma ideia de como ou por que isso aconteceu. Ninguém nem sabe sobre a sequência! É como você disse: agora não sou só a pessoa que identificou a sequência, mas a pessoa que a decifrou!

Maya tinha conseguido o que queria, então pelo menos aquilo eu podia pôr na conta dela.

— E você sabe o que vai acontecer depois? — O rosto dela parecia petrificado.

— Vou ter uma plataforma própria? Vou ser capaz de comunicar mensagens simples e positivas num momento oportuno? Não é muito diferente de publicidade, e Andy sabe tudo sobre redes sociais.

— Andy. Então foi ideia dele. — Não era uma pergunta.

— Não seja idiota. Andy não conseguiria me fazer trocar uma lâmpada. A ideia é só minha.

— April. — Ela sentou na minha cama, e ficou quieta por mais tempo que me pareceu confortável. — Do que acha que isso realmente se trata?

Maya disse aquilo como se soubesse a resposta melhor do que eu. E de fato sabia, mas era irritante mesmo assim.

— Ninguém tem uma chance assim, Maya! Sim, tem a questão do dinheiro, mas não é só isso. Acho que posso fazer uma coisa boa.

Não sei por que nunca me senti alguém que valesse mesmo a pena. Simplesmente é assim. É o que me motiva. É quem eu sou. Maya sabia daquilo melhor que eu. Sabia que tocar no assunto não ia ajudar, então não tocou... naquele momento.

— E você acha que pode fazer tudo sozinha. — De novo, não era uma pergunta.

Contei sobre a sra. Putnam, o pai de Andy e meu novo assistente, que já estava ajudando com os e-mails. Não falei muito sobre Robin porque, se alguém ia se dar bem comigo, era mais provável que fosse ele, não Miranda. Contei do possível contrato para um livro e que Andy e eu já tínhamos construído uma marca e bolado uma estratégia de lançamento.

— E em algum momento você pensou que seria uma boa ideia falar comigo a respeito?

Eis o momento em que uma pessoa sã teria resolvido a situação. Era muito fácil separar tudo isso. Provavelmente teria sido uma boa ideia dar um espaço entre as conversas "não estamos sozinhos no universo", "quero ter poder para fazer alguma coisa positiva com ele" e "nosso relacionamento é assustador". Mas eu *queria* transformar a discussão em término — a ideia de um "nós" não podia concorrer com a ideia de "April May" —, então taquei fogo em tudo.

— O que isso tem a ver com você? — perguntei.

Ela pareceu verdadeiramente chocada. Só ficou lá, congelada, ainda de pijama, com o queixo literalmente caído por alguns segundos antes de compreender o que de fato estava acontecendo.

— Vai se foder, April.

— O que foi? Dividimos um apartamento, somos amigas. Mandei uma mensagem naquela primeira noite porque queria um conselho, mas então ficamos todos completamente envolvidos com a situação. Achei que era melhor contar tudo quando voltasse.

— Dividimos um apartamento. Legal.

— Falando nisso... — Eu queria ter dito isso de maneira natural, mas as palavras saíram tensas e trêmulas. — Eu estava pensando, pelo bem dessa história do Carl, que deveria mudar para Manhattan. Robin encontrou um apartamento que tem uma janela com vista para ele.

— Robin?

— Meu assistente.

— Encontrou um apartamento. — O restante saiu como fogo. — E imagino que tenha espaço para uma pessoa só.

— Só dividimos este lugar, Maya.

O silêncio se fez então. As emoções dela estavam por toda parte. Raiva, dor, decepção. Decepção comigo, especificamente, não com a situação. Tive a impressão de que Maya nem se surpreendeu, porque provei ser exatamente quem ela pensava que eu era.

Em seguida, todos esses sentimentos fortes se transformaram em tristeza. Maya claramente tinha começado a chorar quando me deu as costas e foi para o quarto. Quando chegou lá, olhou para trás, com os olhos já inchados, e disse, suavemente:

— Meu Deus, April, você não faz a menor ideia. Não tem a menor noção do que está fazendo. Só está tentando achar um público pra te amar, porque não sou o bastante. Bom, isso também não vai ser suficiente, mas acho que você vai ter que descobrir sozinha.

Foi a primeira vez que ela disse que me amava. Ou, pelo menos, o mais perto disso que havia chegado. Porque sabia que, se dissesse com todas as letras, eu ia surtar.

— Peso cinquenta e cinco quilos e sou a coisa mais assustadora que você já viu. Me liga quando crescer — ela disse, e fechou a porta atrás de si.

Em retrospectiva, a única emoção que me recordo de sentir naquele momento foi alívio. Peguei o celular e entrei no Twitter.

Cara, eu era uma idiota.

NOVE

A maioria dos atributos de uma pessoa decorre, de algum modo, dela mesma. Você é bom no futebol, engraçado, conhecedor da história de Roma, tem cabelo loiro. Teve que trabalhar por algumas dessas coisas, enquanto outras são inerentes, mas todas são características suas.

A fama não é assim.

Imagine se você parecesse diferente para cada pessoa. Não, tipo, como se te achassem mais ou menos atraente, mas como se uma pessoa pensasse que você é um cowboy de sessenta e cinco anos do Wyoming, com botas, chapéu e pele enrugada, enquanto outra visse uma garotinha de onze anos usando uniforme de beisebol. Você não tem nenhum controle sobre isso, e sua aparência não tem nada a ver com a vida que leva ou mesmo seu genoma. Não tem ideia do que cada um vê quando olha para você.

A fama é assim.

Pode parecer que estou falando de beleza, por causa da expressão que diz que ela está nos olhos de quem vê. E, de fato, não somos nós que definimos se somos bonitos ou não. Pessoas diferentes têm opiniões diferentes, e quem decide se sou atraente é a pessoa que está me olhando. Mas há certo consenso sobre o que é bonito. Esse é um atributo definido pela nossa natureza e cultura. Quando vejo meus olhos, lábios e peitos no espelho, sei como pareço.

A fama não é assim.

A fama está na cabeça de todo mundo, menos da pessoa que é famosa. Você pode estar fazendo check-in no aeroporto enquanto novecentas e noventa e nove pessoas te veriam como só mais um rosto na multidão. Só que uma talvez ache que você é mais importante que Jesus.

Como pode imaginar, isso torna a fama bastante desorientadora. Nunca se sabe quem pensa o quê. Nunca se sabe se alguém está te olhando porque acha que você é atraente, porque fizeram faculdade juntos ou porque faz anos que assistem aos seus vídeos, ouvem suas músicas ou leem a seu respeito nas revistas. Nunca se sabe se te conhecem e te adoram. Pior: nunca se sabe se te conhecem e te odeiam.

E, embora eu consiga me olhar no espelho e saber que sou bonita, ninguém nunca sabe se é famoso, porque sua fama não é vista igualmente por todos. Você fica em um ponto diferente de um amplo espectro a cada pessoa que encontra.

Porém, estranhamente, chega um momento em que se é famoso o bastante para que as pessoas reconheçam isso mesmo se nunca ouviram falar de você. Só de saber que se trata de alguém famoso é o suficiente para que se importem, tenham o interesse despertado, queiram uma foto, um autógrafo, um pedacinho de quem você é.

Lembro de quando estava no ensino fundamental e vi algumas pessoas tirando foto no aeroporto com um cara que parecia famoso. Ele usava óculos escuros enormes, um monte de anéis brilhantes e dois relógios. Fui lá tirar uma foto com ele também. Depois descobri que era um produtor musical que tinha trabalhado em algumas faixas do Lil Wayne. Eu nem sabia quem era Lil Wayne.

Tive a oportunidade de pensar mais a respeito da fama do que a maioria das pessoas, mas ela não é um monólito; não é a mesma coisa para quem dá a previsão do tempo no jornal local e para a Angelina Jolie. Então vamos falar um pouco sobre a teoria da April May sobre as camadas da fama.

Primeira camada: popularidade

Você é muito importante na escola ou na vizinhança. Tem um carro diferente que as pessoas reconhecem, é o pastor de uma igreja de média para grande, foi a estrela do time de futebol americano do ensino médio.

Segunda camada: notoriedade

Você é conhecido e/ ou reconhecido em determinados círculos. Pode ser um lepidopterista que todos os lepidopteristas idolatram. Pode ser o prefeito ou o meteorologista de uma cidade de médio porte. Pode estar entre as um milhão e cem mil pessoas vivas que têm uma página na Wikipédia.

Terceira camada: fama do trabalhador

Muitas pessoas ao redor do mundo sabem quem você é. Há uma grande chance de um desconhecido se aproximar para dar oi num mercado. Você é atleta profissional, músico, autor, ator, apresentador de TV ou personalidade da internet. Talvez ainda tenha que trabalhar para viver, mas a fama faz parte do seu trabalho. Provavelmente vai aparecer nos Trending Topics do Twitter se morrer.

Quarta camada: fama de verdade

Você é reconhecido por fãs com frequência suficiente para isso se tornar um verdadeiro fardo. Tiram foto de você sem permissão e ninguém zombaria se você se autodenominasse celebridade. Quando começa a sair com alguém, não fica surpreso ao ver a notícia nas revistas. É um artista, político, apresentador ou ator que a maioria das pessoas no seu país reconheceria. Sua humanidade é tão degradada que as pessoas ficam encantadas quando descobrem que você é "exatamente como elas" porque, de vez em quando, precisa comprar comida. Nunca mais vai ter que se preocupar com dinheiro, mas precisa instalar um portão com interfone na entrada de casa.

Quinta camada: divindade

Você é conhecido por todos no mundo e é tão importante que nem te consideram mais uma pessoa. Sua história é muito maior do que poderia estar contido numa vida, e sua memória vai persistir por muito tempo depois que sua forma terrena se decompuser. Você é um dos fundadores de uma nação, o criador de uma religião, um imperador ou uma ideia. Não está vivo no momento.

Olhando de perto essa escala, você vai notar que há dois componentes diferentes em cada nível de fama: primeiro, o número de pessoas que sabe quem você é; segundo, o nível médio de devoção que elas têm por você. O nível de devoção a líderes de cultos está na quinta camada, mas o tamanho do seu público está na primeira. Pensar na fama desse modo me ajudou a encarar o que ser famosa significa, entender onde estou na escala e decidir o que fazer a respeito.

Nas semanas depois que Andy e eu liberamos o primeiro vídeo do Carl Nova York, abri meu caminho rumo à terceira camada da fama. Os nova-iorquinos ainda me ignoravam, mas perto de pontos turísticos sempre tinha gente querendo tirar selfies comigo. Uma mulher simplesmente se aproximou e começou a falar comigo como se fôssemos amigas. Depois de cinco minutos, eu estava tipo "mas a gente se conhece?". Então descobri que ela só assumira que sim porque reconheceu meu rosto e queria impedir que as coisas ficassem desconfortáveis me contando sobre a escola nova dos filhos.

Estratégia errada, diga-se de passagem.

Eu estava ganhando tanto dinheiro que nem sabia o que fazer com ele, mas não o bastante para, tipo, comprar uma casa legal em Nova York ou Los Angeles. E minha condição era precária. Devido à grandiosidade da história do Carl, eu provavelmente sempre teria alguma renda daquele primeiro vídeo da qual viver, mas, antes de visitar o Carl Hollywood, já estava sentindo uma queda brusca de volta à notoriedade. Em breve, só fãs obstinados ou, pior, *historiadores* iam se importar comigo, enquanto os outros lembrariam vagamente que eu tinha sido... alguma coisa.

O vídeo do Carl Hollywood mudou isso, me catapultando para uma estável quarta camada. E há uma grande diferença entre as camadas 3 e 4. Se eu tivesse que chutar, há cerca de trinta mil pessoas na terceira camada nos Estados Unidos, incluindo bandas, artistas, autores, políticos, apresentadores, atores etc. Na quarta camada, provavelmente há menos de quinhentas.

Foi então que as coisas começaram a andar rápido demais.

Deixei de ser uma estranha anomalia e passei a fazer parte da narrativa de um modo muito diferente. A partir de então, se eu quisesse participar de um programa de TV, Jennifer Putnam simplesmente fazia isso acontecer. Esperavam que eu tivesse opiniões, e eu tinha muitas. O Castelo Mágico se tornou um epicentro das conspirações relacionadas a Carl, e o outro epicentro, ainda maior, era eu. O clube teve que deixar a ilusão de lado e permitir que os investigadores entrassem, mas ninguém encontrou a mão (ou melhor, ninguém contou quando a encontraram). Mas eu era uma pessoa; o FBI não podia me revistar a menos que houvesse um crime, e não havia muita legislação que se aplicasse àquele tipo de coisa. Ficamos aguardando para ouvir de uma fonte oficial, mas não ouvimos.

Enquanto isso, Robin cuidava dos pedidos de agências de notícias do mundo todo para utilizar o vídeo. Agora elas sabiam que era melhor não fazer isso sem autorização. Ele tirava cinco, dez, vinte e cinco mil dólares a cada licenciamento. Também estava organizando uma turnê de imprensa, mas não queria que fosse realizada até que houvesse algo a promover, de preferência exemplares em pré-venda do livro que em algum momento eu teria tempo de escrever.

Os comentários no YouTube, no Facebook e no Twitter, que antes vinham de uma comunidade pequena, amistosa e solidária, imediatamente se tornaram uma seleção das opiniões mais barulhentas e extremas que alguém poderia imaginar. Eu era uma traidora da minha espécie. Supercomível. Uma alienígena. Uma alienígena supercomível. E daí em diante.

Isso vai parecer horrível, mas o término com Maya veio na hora certa. Naquela noite, fui com Andy visitar o Carl Nova York. Todo mundo ali nos reconheceu, então, mais uma vez, furamos a fila tirando fotos. Mas, agora, as pessoas tiravam fotos de mim mesmo que elas não aparecessem. Eu me sentia um pouco inibida, como se devesse ter feito a maquiagem com mais cuidado de manhã (eu nunca saía de casa sem maquiagem). Mas Andy aproveitou para arrumar o equipamento e fazer um monte de tomadas em close-up da multidão e de Carl enquanto eu mantinha a galera distraída.

Eu tinha um pressentimento de que não íamos ter acesso livre a Carl por muito mais tempo, então queria ter tanto material guardado para usar no futuro quanto possível.

— Você está bem? — Andy perguntou quando fomos pra casa dele importar as filmagens.

— Hum?

— Não pude deixar de notar que você não foi para casa. E parece que não está falando com Maya.

— Ah, é, a gente terminou. — As palavras saíram como refrigerante velho e morno. — Vou mudar para um apartamento na 23.

Ele me olhou como se estivesse surpreso, e então como se não estivesse.

— Então você saiu comigo para filmar Carl e tirar umas mil fotos com desconhecidos, como se nada tivesse acontecido?

— Hum, acho que sim. — Eu tentava impedir meu cérebro de ir para um lugar ruim.

— É exaustivo?

Por um segundo, achei que ele estivesse perguntando se ser uma pessoa horrível era exaustivo, e fiquei assustada demais para responder. Mas Andy continuou:

— Parece muito puxado, acho que eu não conseguiria dar conta. Atender uma pessoa depois da outra, ter que dizer as mesmas coisas, fazer as mesmas coisas. Ser engraçada, estar sempre ligada, sempre no personagem.

— Hum, não. Sinceramente, não. Sinto que é natural e divertido. Como ser boa em um jogo.

— Bem, você é muito boa nisso. E está melhorando.

Andy mexeu um pouco no computador e então disse:

— Sinto muito sobre Maya. Quando quiser conversar, é só dizer.

Então lembrei por que gostava dele.

— Obrigada, Andy. Depois que a vida fica esquisita, não importa muito se ficar ainda mais.

Ele riu e começamos a assistir às filmagens.

Dormi na casa dele aquela noite, mas não ia durar. Eu sabia que Andy tinha consciência de que não íamos ficar juntos, e ele não ia tomar nenhuma iniciativa, mas uma hora as coisas ficariam esquisitas e eu acabaria perdendo meu melhor amigo. Que estranho. Andy Skampt, meu melhor amigo.

Eu precisava tirar minhas coisas do apartamento de Maya. Ela ainda trabalhava das nove às cinco, então Robin e eu acompanhamos o pessoal que fez minha mudança da casa antiga para a nova nesse horário, para que eu não precisasse vê-la. Tanto ele como Jennifer Putnam me aconselharam fortemente a não aparecer em nenhuma outra mídia. Eles queriam que as pessoas acessassem as redes que eu controlava: meu Facebook, meu Twitter, meu Instagram e o canal no YouTube. Eram coisas que eu podia fazer sem viajar para estúdios-satélite ou abrir o Skype. Eles me asseguraram que a postagem constante ajudaria a fidelizar seguidores, além de deixar os meios de comunicação ainda mais sedentos para falar comigo. Eles estavam trabalhando nisso, mas queriam esperar até que fossem artigos completos em revistas renomadas, não só entrevistas rápidas focadas em Carl.

Meu novo apartamento não era tão impressionante, a menos que você esteja familiarizado com o mundo bizarro do mercado imobiliário de Manhattan. É possível resumir a vida na ilha contando o número de portas que você tem. Ter apenas uma, a da entrada, não é o ideal, mas pelo menos você não mora em Jersey. Já duas portas — a da frente e a do banheiro — são puro luxo!

O apartamento que Robin conseguiu para mim tinha *seis portas.* Isso se você não contar os armários, que elevariam esse número a oito! Havia a porta da frente, uma para cada um dos dois quartos, uma para cada um dos dois banheiros, e uma para a sacada da suíte. Ela tinha dois closets, que, juntos, eram do tamanho do quarto de Maya. Se Robin tivesse me mostrado antes, eu nunca teria aceitado, e foi por isso que ele não mostrou. Só assinou o contrato de aluguel por uma quantia certamente exorbitante e me enviou o endereço. Era grande demais, mas o verdadeiro motivo que me impediu de recusar foi a sacada. Se eu me inclinasse sobre a grade, podia ver o Carl do outro lado da rua. Isso nos dava a oportunidade incrível de ficar de olho em praticamente todo mundo que passava por perto.

Eu podia pagar esse apartamento de dois quartos no distrito de Flatiron com portaria vinte e quatro horas, serviço de valet incluso e academia? Bom... mais ou menos...

Eis um fato sobre o sucesso repentino: você sabe que aconteceu, vê os números nos contratos, mas não tem dinheiro de fato. A página de dados do YouTube era bem específica. O primeiro vídeo tinha gerado cem mil dólares, que eu e Andy dividimos. O segundo vídeo estava chegando a isso em poucos dias. Os rendimentos das aparições e dos licenciamentos estavam na faixa dos seis dígitos. Os números subiam a cada dia que Carl continuava no noticiário, e não parecia que aquilo ia mudar por um bom tempo.

Mas nenhum cheque tinha sido de fato entregue ou (melhor ainda) nenhum dinheiro havia sido transferido para a nossa conta. Só fazia algumas poucas semanas, e aparentemente as empresas pagavam suas contas seguindo uma programação bem estranha, enquanto os contratos tinham frases como "de seis a oito semanas depois da primeira lua cheia e/ou quando Saturno estiver em virgem, mas só se estivermos a fim". Então, outra vantagem de ter um agente era que Jennifer Putnam simplesmente pagava pelo apartamento com o entendimento de que isso seria descontado numa futura entrada. O modo como ela me disse que não havia problema e que eu não deveria considerar um favor de forma alguma deixava bem claro que eu estava devendo uma. Mais uma.

Tenho quase certeza de que a noite em que me mudei foi a primeira noite da minha vida que dormi sozinha. Não, tipo, sozinha na cama, mas sozinha em casa. De algum modo, apesar do porteiro, das trancas e da ótima vizinhança, tive medo. Tinha passado de um apartamentinho cheio de rastros das duas jovens que o dividiam para um monte de caixas largadas na sala de estar/ jantar gigante, e um enorme quarto vazio.

O trânsito da 23 estava livre e as janelas tinham vidros duplos, então estava estranhamente silencioso. Sempre amei os sons da cidade: as buzinas, os motores, as britadeiras, as vozes altas. Não fui criada em meio a isso, mas já na primeira noite que passei em uma cidade de verdade soube que ia amar. Os barulhos da humanidade misturados aleatoriamente eram tão relaxantes para mim quanto grilos cricrilando perto de um riacho.

O vazio e o silêncio daquele apartamento marcavam a constatação de que eu era, pela primeira vez na vida, a única pessoa dormindo ali. Aquilo me forçou a admitir que, embora quisesse muito ser independente, também queria que houvesse alguém por perto para testemunhar.

Bom, pelo menos eu tinha meu celular e as centenas de milhares de pessoas que queriam dizer alguma coisa sobre mim. Postei uma foto da minha janela no Instagram para que todo mundo soubesse que eu estava morando do lado do Carl. Achei que não tinha problema saberem onde ficava minha casa, agora que tinha porteiro. Pensei em ligar pros meus pais ou talvez meu irmão. Talvez ele tivesse algum conselho sobre morar sozinho. Então deitei na cama para dar uma olhada no Twitter. Eu nem tinha lavado os lençóis. Só os jogara em uma caixa com o resto das minhas coisas e os colocara de volta sobre o colchão depois que os caras da mudança trouxeram tudo. Viro de lado, verificando as menções a meu perfil. Alguns criadores famosos da internet tinham começado a me seguir. Então senti o cheiro do xampu de toranja de Maya na fronha e chorei em meio ao silêncio até pegar no sono.

Eu estava no lobby. Tudo permanecia igual. A música, a mesa, o robô, as paredes, o chão. Só que, dessa vez, eu queria tentar fazer com que durasse mais. Todas as vezes que havia tido aquele sonho, ele terminava quando eu falava com o robô na recepção. Então, em vez disso, passei direto por ele e me dirigi à porta logo atrás.

Fiquei surpresa ao encontrá-la aberta e com o fato de ninguém ter me impedido. Era um escritório, moderno e refinado. Não como o de uma start-up da internet, sem obras de arte esquisitas ou uma bateria, mas com cubículos legais ocupando a maior parte do espaço e salas de conferência no fundo, com uma das paredes de vidro fosco. Olhei pela janela e notei que por toda a volta havia prédios de diferentes eras. Cabanas, chalés e moinhos de vento se juntavam a casas coloniais e construções de tijolinhos. Não havia nenhum arranha-céu como aquele em que eu estava. O terreno era marcado por colinas, e muitos imóveis tinham estilos arquitetônicos que eu nem reconhecia.

Virei e fui até um cubículo. Havia um monitor de tela plana, um teclado e mouse na mesa, todos sem fio. Sentei na cadeira e movi o mouse. A tela piscou. Havia um único ícone na área de trabalho branca, chamado "Jogo".

Cliquei nele, e o que parecia ser uma imagem abriu. Era uma grade de seis por quatro, com um dos quadrados vermelhos. Fechei a imagem e abri de novo.

Tentei alguns atalhos de teclado, mas não conseguia obrigar o computador a fazer nada além de abrir aquela única imagem. Era sempre a mesma grade com um quadrado vermelho. Examinei a mesa cuidadosamente, levantando o teclado e o mouse e olhando embaixo dela e da cadeira, mas não parecia haver nada de extraordinário ali.

Fui para outro cubículo e repeti os mesmos passos. A imagem "Jogo" estava em todos os computadores que acessei. Era oficialmente o sonho mais chato do mundo. Mas insisti, e no sexto computador que tentei, a imagem era diferente. A mesma grade, mas agora outro quadrado estava preenchido, desta vez de azul. Fui para a mesa seguinte e a imagem aberta tinha os mesmos dois blocos coloridos. Voltei para a primeira mesa e a imagem tinha passado a mostrar tanto o quadrado vermelho quanto o azul.

Sentei na cadeira. Havia um padrão ali, que eu não estava enxergando. Não achei estranho estar tendo experiências que pareciam lúcidas e conscientes enquanto sonhava. Nunca me sentia daquele jeito no Sonho. Parecia estranho depois que acordava, mas nunca quando ainda estava lá.

Desisti. Decidi que aquele sonho era bobo e que ia acordar para acabar com ele. Como no passado tinha feito isso ao falar com o robô, voltei para o saguão. Quando me aproximava da porta, virei para dar uma última olhada na sala, e foi então que enxerguei.

Os cubículos formavam uma grade de seis por quatro.

A partir daí, ficou bastante claro. A grade mostrava a localização da mesa para a qual eu devia ir em seguida. A orientação tinha início na mesa do quadrado vermelho, então fui para aquela representada pelo azul. Então um quadrado laranja apareceu, e eu fui para a mesa que indicava, depois um roxo, um verde, um rosa, um vermelho, e logo eu tinha passado por todas as mesas menos uma.

Então sentei diante dela, pensando que uma coisa fantástica ia acontecer. Mas não aconteceu. Abri o arquivo e, em vez de uma grade, apareceu a frase "Tulipa fina".

Meio que corri até a recepção. Eu ia encontrar Carl? O robô à mesa ia me dar algum tipo de prêmio? Eu tinha passado pelo teste da Sequência Freddie Mercury e decifrado outro logo em seguida?

— Olá — o robô disse quando me aproximei.

— Sim, olá — soltei. — Vim ver Carl.

— Você tem a senha?

— Tulipa fina.

Então acordei. Furiosa. É claro que não era nada — como poderia ter sido alguma coisa? Era só um sonho. Eu estava física e emocionalmente exausta. Minha vida tinha sido virada do avesso e de cabeça para baixo, então liquidificada, temperada, remendada e renomeada. É claro que eu estava tendo sonhos estranhos. E para piorar, estava com aquela mesma música na cabeça. Só que agora tinha letra: "seis, sete, seis, quatro, cinco, F, zero, zero, quatro, D, seis, um, sete, quatro".

Fui dormir cantando aquilo. Sabia que era absurdo, mas estava cansada e decepcionada demais para me importar.

Na manhã seguinte, o governo americano anunciou que restringiria as áreas em volta dos Carls no país, citando muito vagamente preocupação com a saúde pública. O quarteirão inteiro ia ser fechado. O governo federal ia compensar todos os negócios na região por suas perdas. Só as pessoas que moravam ali poderiam entrar (o que, ainda bem, me incluía).

Ninguém confirmou, no entanto, que Carl era alienígena.

De qualquer maneira, aquilo deu origem a uma enorme onda de especulações. Como eu era a coisa mais próxima de uma especialista nos Carls, meu número de seguidores explodia toda vez que eu postava qualquer coisa que fizesse o mínimo de sentido sobre a situação. Com calma e bastante cuidado, procurei dar pistas de que sabia mais que as outras pessoas, embora, àquela altura, já tivesse divulgado praticamente tudo... todas as informações preciosas e assustadoras que eu tinha. Um conselho: quando se tem informações privilegiadas, é melhor ser mais cuidadoso do que fui.

Mas, de repente, recebi mais informações.

Robin apareceu naquela manhã para tentar me fazer entender por que eu precisava abrir uma empresa. Era tudo uma questão de impostos, responsabilidade fiscal, seguro e financiamento, e eu odiava aquele tipo de coisa. Estava cantarolando baixinho enquanto tentava não pensar em mais nada quando Robin parou de falar e me encarou como se minha pele tivesse ficado roxa.

— Onde você ouviu essa música? — perguntou, o que era incomum para ele. Robin parecia muito disposto a manter nosso relacionamento profissional, então fiquei meio surpresa que fizesse uma pergunta que não tinha relevância para o trabalho.

— Sinceramente? Acho que é de um sonho. Esquisita, né?

Se minha pele estava roxa antes, agora Robin me olhava como se fosse feita de lava.

— Está tudo bem?

— Pode me contar mais sobre esse sonho?

— Hum, claro, mas é bem esquisito. Tive o mesmo sonho quatro vezes. Estou no lobby de um escritório todo chique, mas meio estranho...

Ele terminou para mim:

— Com um robô recepcionista, enquanto toca uma musiquinha que não sai da cabeça no fundo. Essa que você estava cantarolando agora.

— Como você sabe?

— Faz dias que estou tendo esse sonho, April. Toda vez que tento falar com o robô…

Foi a minha vez de terminar a frase para Robin:

— Ele pede uma senha. Se não tiver uma, você acorda.

— *Se* não tiver uma?

— É! — Fiquei toda animada, porque sabia mais do que Robin. — Resolvi um enigma no sonho e descobri a senha. Então voltei ao robô e acordei cantando. "Seis, sete, seis, quatro, cinco, F, zero, zero, quatro, D, seis, um, sete, quatro."

— Isso é… — Não o deixei terminar.

— Andy e Miranda! — gritei.

— O que tem eles?

— Andy estava cantarolando essa música quando estávamos em Los Angeles — eu disse enquanto já pegava o telefone para ligar. Ele atendeu depois de dois toques.

— Alô?

— Espera aí, vou incluir Miranda na conversa — pedi.

— Alô? — ela disse ao atender.

— Oi pra todo mundo. Vocês já tiveram um sonho em que estão no saguão de um escritório chique com um robô que pede uma senha na recepção enquanto uma musiquinha que não sai da cabeça toca no fundo?

Silêncio total.

— Isso é… — Miranda disse.

Então mais alguns segundos se passaram antes que Andy dissesse:

— April…

Permaneci em silêncio enquanto processavam aquilo.

— Que porra é essa? — ele finalmente conseguiu concluir.

— Vocês dois tiveram esse sonho.

— Sim — eles concordaram simultaneamente.

Houve um longo silêncio enquanto eu oscilava entre empolgação e medo.

— Robin está no viva-voz comigo. Ele teve o mesmo sonho. Vocês passaram da recepção?

Nenhum deles tinha passado. Então contei sobre o enigma e a estranha sequência de letras e números.

— De repente fiquei muito ansioso para dormir — Andy disse.

A voz de Miranda saiu estridente do alto-falante do celular:

— April, você pode repetir o código?

— Seis, sete, seis, quatro, cinco, F, zero, zero, quatro, D, seis, um, sete, quatro. — Aquilo estava tão entranhado na minha mente que nem precisei parar pra pensar.

— Parece um hexadecimal.

— Tá, e o que é isso? — Robin perguntou.

— Tipo, nossa base numérica é o dez. A base dos hexadecimais é o dezesseis. Em programação, todo número até dezesseis é representado por um símbolo diferente. Tipo, zero, um, dois, três, quatro, cinco, seis, sete, oito, nove, A, B, C, D, E, F.

— Oi? — interrompi.

— Não é muito fácil de explicar — ela respondeu. — Mas é um dos modos mais básicos como um computador fala. É melhor porque dezesseis é dois elevado à quarta potência, e computadores só falam de dois em dois.

— Ainda não faz sentido, mas acredito em você — Andy disse.

— Bom, acho que a coisa mais importante a perguntar é: somos só nós? — eu disse.

— Quem está mais cansado? — Robin perguntou.

— Provavelmente April — Miranda falou, ao mesmo tempo que Andy disse "April", e eu disse "Eu".

— Tá, foi uma pergunta boba. April, você conseguiria dormir agora?

— Posso dormir quase sempre.

— Tá, então esse é o seu trabalho. Veja o que consegue descobrir. Nós três vamos pesquisar se alguém mais está tendo esse sonho e o que significa. Embora pareça impossível.

— E é impossível mesmo — Miranda disse.
— Mas ainda assim... — Andy acrescentou.
— Tá, então vou pra cama. Boa sorte, pessoal!

Quando eu estava na escola, ganhava um dinheirinho extra procurando animais de estimação perdidos. A cidade no norte da Califórnia onde morávamos tinha cerca de cinquenta mil habitantes, e a maioria vivia a alguns quilômetros quadrados dos vizinhos. Começou quando eu era voluntária da HSI, uma entidade internacional de proteção aos animais. Eu levava cachorros para passear, pulverizava gaiolas, limpava caixas de areia e "socializava" (brincava) com os animais. Era um ótimo trabalho, só que não pagava nada.

Com alguma regularidade, um cachorro ou gato aparecia no abrigo, e no mesmo dia alguém ligava procurando seu bichinho. A sensação era maravilhosa, de reunir um animal de estimação e seu dono. Mas também havia muitos casos em que os bichinhos procurados não estavam com a gente. Aquilo acabava comigo. Os funcionários do abrigo me aconselharam a não me envolver, mas eu odiava a ideia de que o bichinho que alguém amava estava sozinho, encolhido sob um alpendre, talvez ferido ou doente, e certamente assustado. Ainda por cima tinha os donos, e com frequência crianças estavam envolvidas. Essas pessoas fariam qualquer coisa para recuperar seus bichinhos, inclusive oferecer recompensas.

Ser detetive de animais não parece um trabalho de verdade, mas procurei no Google e descobri que tinha mesmo gente que fazia isso. Mandei e-mail para uma porção deles dizendo que estava fazendo um trabalho para a escola e fazendo perguntas para descobrir mais sobre o negócio. Uma mulher foi particularmente sincera ao dizer que o mais importante era receber caso encontrasse o animal ou não, e certamente receber se o encontrasse morto. Aquilo, aparentemente, era muito comum. Animais eram pegos, ficavam presos e morriam de fome, caíam em armadilhas para guaxinins ou raposas e, mais que qualquer outra coisa, eram atropelados.

Eu tinha catorze anos, então não recebia pelo dia de trabalho nem nada do tipo, mas sempre ligava para dizer que ia investigar e para confirmar que receberia a recompensa independente de encontrar o bicho vivo ou morto.

Em sua maior parte, era um trabalho bem chato. Você aprende tanto quanto pode sobre o animal, seus hábitos e medos, então sobe e desce ruas lotadas esperando não descobrir que o pior aconteceu.

A descoberta do ocasional animal vivo valia muito mais do que os duzentos dólares que eu recebia. Embora, para ser clara, os duzentos dólares da recompensa fossem bem valiosos para mim. Alguns casos eram de fato intrigantes — com pistas, suspeitos e bastante drama envolvido. Era muito importante aprender a fundo sobre os donos. Um número surpreendente de animais perdidos na verdade tinham sido roubados, em geral por um amigo ou membro da família, com frequência por vingança.

Um dos casos mais estranhos se prolongou por semanas. Eu tinha noventa por cento de certeza de que Bitters, o gato da raça Maine Coon que pertencia a Andrea Vander, tinha apenas saído para passear e encontrado uma família diferente. Isso costuma acontecer com gatos que saem de casa: eles encontram alguém de quem gostam mais e param de voltar para casa. Andrea Vander não era uma pessoa particularmente amorosa e, se eu fosse um gato, provavelmente também teria encontrado um novo lar. Mas já tinha batido em todas as portas num raio de quase um quilômetro e não encontrara nenhum sinal de Bitters. Eu estava na casa dela um dia, pronta para abandonar o caso, quando uma jovem de vinte e poucos anos veio entregar comida.

Fiquei olhando enquanto Andrea Vander, com todo o cuidado, contava o dinheiro para entregar o valor exato do pedido, sem deixar nada de gorjeta.

— Isso parece bom — eu disse para a sra. Vander depois que a entregadora tinha ido embora. — Com que frequência você pede comida desse lugar?

— Todo dia — ela disse.

No dia seguinte, pedi comida naquele mesmo restaurante. A mesma entregadora apareceu na minha casa, e eu propus um acordo. Não ia dizer nem fazer nada se Bitters aparecesse na minha porta em até vinte e quatro horas. Caso contrário, começaria a investigar a vizinhança dela muito em breve.

— Mas ela é horrível! — a jovem choramingou.

— Shhhh — aconselhei.

Sei que não parece grande coisa, mas Bitters voltou para casa, consegui meus duzentos dólares e todo mundo ficou feliz.

Contei essa história porque, aos dezesseis, eu me considerava uma detetive de certo talento. E, aos vinte e três, me dei conta de que devia ser melhor do que pensava. Eu tinha resolvido e implementado a Sequência Freddie Mercury antes que qualquer outra pessoa descobrisse sua existência. É claro que tive ajuda, mas um bom detetive trabalha assim. Eu estava muito orgulhosa de mim mesma.

Então, quando finalmente consegui dormir depois de uma hora revirando na cama, eu estava pronta para pegar o Sonho de jeito. Comecei perambulando pelas partes do escritório que eu podia explorar, evitando o recepcionista, que parecia ótimo em acordar as pessoas.

Além da porta para a sala do enigma, talvez houvesse outra saída da recepção, como o elevador na parede oposta. Eu não tinha considerado pegá-lo a princípio, mas se eu conseguira entrar na área dos cubículos, por que não tentar?

Apertei o botão e as portas se abriram imediatamente. Era um elevador normal, sem nada especial além do número de botões. Eles subiam dos dois lados da porta, mais altos do que eu podia alcançar. Pensei em subir, mas tinha apertado o botão para descer ao chamar o elevador, então fui para o térreo. Eu já tinha visto aquela cidade peculiar pela janela da outra vez; agora queria ver se conseguia passear por ela.

As portas do elevador se abriram para o saguão de um prédio chique. Todos parecem diferentes, mas também iguais. O piso era de mármore; o teto ficava a dez metros de altura. Havia arranjos de flores nas mesas, uma recepção grande, quadros nas paredes e, no centro, com o dobro do tamanho, assomando sobre todo o resto, estava Carl.

Bom, uma dúvida tinha sido solucionada. Qualquer chance de que se tratava de um mistério diferente tinha desaparecido.

O que estava claramente faltando na cena eram pessoas. Saguões de edifícios empresariais são epicentros de atividade humana e movimento. O lugar parecia ter sido sugado da realidade e colocado em algum tipo de museu. "Aqui está um exemplo do design e da decoração do saguão de um arranha-céu do século XXI. Dá para ver a ênfase no uso de pedras em contraste com os arranjos de flores meticulosamente bem cuidados. O rígido e o suave, o permanente e o efêmero, ambos caros, transmitiam àqueles que ocupavam esse espaço uma sensação de luxo da classe alta."

Na verdade, mais tarde eu notaria que toda a paisagem do Sonho parecia um tipo de diorama, um lugar construído para ser observado, não ocupado.

De qualquer maneira, superei o desejo de explorar aquele saguão gigante e saí pela porta. Do lado de fora, tudo permanecia terrivelmente parado, mas o conflito de estilos era gritante. Do outro lado da rua havia um Arby's, mas não, tipo, um fast-food no meio da cidade espremido em uma fileira de fachadas de lojas. Um Arby's do tipo que o resto do país tem, isolado, cercado apenas por um estacionamento. Um pouco à frente, havia um prédio de madeira que parecia uma igreja, rodeado por um gramado que devia chegar à altura do joelho. Não havia uma cruz no alto da torre, mas as ripas de madeira e as portas duplas deixavam claro que era um lugar de veneração.

Nenhuma daquelas construções parecia estranha por si só, mas elas estavam dramaticamente fora de contexto, e mais ainda considerando o enorme saguão de mármore do qual eu havia acabado de sair. Virei para olhar para o prédio. Depois de alguns anos morando em Nova York, você passa a olhar menos para cima, mas joguei a cabeça para trás e percebi que, até onde a vista alcançava, o prédio do qual eu havia acabado de sair não tinha fim. Joguei o corpo mais para trás para tentar enxergar mais longe. De repente, tropecei, cambaleei para o lado e acordei.

Meu celular estava tocando. Era Andy.

— Por que me acordou, seu idiota? Eu estava do lado de fora do prédio. Tem uma cidade inteira. E um Arby's!

— É, eu sei. Olha, não somos só nós, e está se espalhando. Se espalhando rápido.

DEZ

— A sequência que você decifrou... estão chamando todas de sequências... aquela do recepcionista robô, já tinha sido decifrada. Mas é bem legal que tenha conseguido sozinha.

— Quê? Andy, você tem que explicar as coisas antes de falar. — Eu ainda estava grogue de sono.

— O Sonho é cheio de enigmas, pistas e quebra-cabeças estranhos. Não sei como deixamos passar, mas tem dezenas de comunidades na internet falando disso. O mistério do robô recepcionista foi o primeiro a ser decifrado, ninguém sabe por quem exatamente. É esquisito, porque as pessoas demoraram pra perceber que não eram as únicas sonhando isso, mas agora tem gente por aí resolvendo todos esses mistérios. Já tem uma wiki, uma seção no Reddit e um monte de chats sobre o assunto.

O baque foi grande. Não o fato de haver uma seção no Reddit, mas a constatação de que eu estava atrasada. Fazia tanto tempo que eu estava à frente do jogo. Mas agora o mundo sabia coisas que eu ainda não tinha descoberto... que eu *deveria* ter descoberto! Era desagradável por motivos que, naquele momento, eu não compreendia.

— Espera aí. Tem alguém ligando.

Era Jennifer Putnam. Atendi.

— É sobre o Sonho? — perguntei.

— É e não é — ela disse, direta e reta.

— Quero aparecer em alguns programas hoje. Pode ver isso com o Robin? Também vou precisar do máximo de informações possível sobre o Sonho.

— Tudo bem. Nesse meio-tempo, a presidenta quer falar com você.

Depois de uns dez segundos de silêncio, eu perguntei, só para deixar claro:

— A presidenta dos Estados Unidos?

— A própria. Ela vai te ligar em breve.

— Por quê? — De repente me sinto mais *calma*, o que é bizarro.

— Recebi uma ligação da Casa Branca pedindo seu número, e isso é tudo o que eu sei. Gostaria de saber mais. Boa sorte, April. É uma ocasião muito especial. Vou te mandar uma garrafa de champanhe.

— Sou mais do tipo limonada batizada.

— Bom, talvez seja uma chance de desenvolver um gosto mais refinado. Vou liberar sua linha. Tchau, April.

Voltei a falar com Andy.

— Me conta tudo o que você sabe sobre o Sonho — eu disse. — Rápido.

— Seu desejo é...

— RÁPIDO! — eu interrompi.

— Afe, April, tá bom. Algumas pessoas estão tendo o Sonho há três dias, mas a maioria só teve uma vez. Miranda e eu estamos tendo há quatro, então desconfio que tudo isso está acontecendo porque mexemos com o Carl Hollywood. Ninguém sabe como se espalhou, mas começa do mesmo jeito pra todo mundo, em todo lugar. Em um escritório, com a mesma música tocando e o mesmo robô na recepção. Todo mundo pergunta a mesma coisa, em sua língua materna. Se você não tem a senha quando o robô pede, acorda na hora. Quem vai dormir em seguida não volta ao Sonho. Mas quem fica acordado por um tempo, volta. Do lado de fora do escritório tem centenas, se não milhares, de prédios. Estão tentando catalogar todos, mas é complicado, porque a cidade é grande pra caralho. Tem construções de diferentes épocas e estilos, e pelo menos algumas parecem ter correspondentes no mundo real. Com certeza não é o caso do prédio em que o sonho começa. É um negócio impressionante, com mais de duzentos andares, maior que o Burj Khalifa. Estão achando que cada construção tem pelo menos um enigma dentro. E alguns são impossíveis de decifrar a menos que se fale determinada língua, saiba tudo sobre Shakespeare ou as regras de um esporte iraniano obscuro. Resolvendo um enigma, você consegue uma senha. Quando a passa ao recepcionista do prédio, ele te dá uma série de letras e números que parecem formar um hexadecimal. Como Miranda disse, é uma coisa de programação. Tipo, a gente usa dez dígitos simples, de zero a nove, e então coloca o um na frente e começa tudo de novo, certo?

— Hum... — foi tudo o que eu disse.

— Depois do nove, entramos na casa dos dois dígitos.

— Certo — eu disse, sem muita certeza.

— Bom, os computadores não gostam de dez por algum motivo, e... argh! Miranda deveria estar explicando isso. Basicamente, em vez de usar dois dígitos no dez, um hexadecimal passa a dois dígitos no dezesseis. Então os números depois do nove são letras: A, B, C, D, E, F. De zero a quinze seria de zero a F. E o dezesseis seria dez.

— Pode ser...

— Bom, o ponto é que acham que os trechos que as pessoas recebem quando descobrem a senha são parte de um código hexadecimal, e se forem organizados corretamente e inseridos em determinado computador, vai abrir um programa, que vai fazer algo ou revelar alguma informação. Ou pelo menos essa é a ideia.

— Quantos trechos de código são?

— Ninguém sabe. Centenas, talvez milhares.

— Milhares?! — eu disse. — Milhares de senhas? Recebendo uma por noite, levaria anos!

— Talvez, mas já descobriram algumas dezenas delas e estão compartilhando. Alguém que usa o nome de Proletamiado já descobriu seis por conta própria.

Meu coração saltou para a garganta, mas não fiz nenhum barulho, então Andy continuou. Aquele nome parecia... familiar.

— De jeito nenhum alguém conseguiria resolver tudo sozinho. As pessoas ficam com o crédito, claro, mas já tem uma página na Wikipédia com os quebra-cabeças resolvidos, apontando a localização e o código recebido em seguida.

— Ah, que legal — consegui dizer.

— É, parece que nem todo mundo fica regulando informação como a gente.

Então ouvi o sinal de uma nova ligação, o que fez meus batimentos cardíacos já elevados dispararem ainda mais.

— Tá, valeu, Andy, mas tenho que desligar. — Apertei um botão. — Alô? — eu disse, torcendo para ter conseguido atender.

— Aguarde um momento. A presidenta já vai falar — disse uma voz feminina. A isso se seguiram cerca de vinte e cinco segundos excruciantes.

Finalmente, ouvi um clique leve, então veio uma voz que era com toda a certeza, sem a menor sombra de dúvida, da presidenta dos Estados Unidos.

— April May, muito obrigada por sua disponibilidade tão rápida.

— É claro, excelência — eu disse.

— Vejo que conhece o protocolo. — Sua voz dava a entender que estava sorrindo. — Sinto muito por não poder encontrá-la pessoalmente, mas não temos muito tempo agora. Vou ao ar em cerca de dez minutos para falar sobre tudo o que está acontecendo, mas queria conversar com você antes.

— Que legal — eu disse, sem saber o que mais falar.

— Que bom que pensa assim. — Ela era concisa, confiante e enérgica. — Primeiro, não quero repreendê-la, mas sinto que devo dizer que não estou inteiramente satisfeita com a maneira como se comportou esta semana.

Era algo assustador de ouvir.

— Sinto muito, excelência. O que eu deveria ter feito? — perguntei, porque de fato ignorava a resposta.

— Bom, por mais estranho que pareça, deveria ter entrado em contato comigo.

— Quê?

—Vivemos em uma democracia, April. Os cidadãos têm acesso a seus representantes no governo. Às vezes é difícil colocar isso em prática, mas acredito que conseguiria chegar em mim relativamente rápido. E eu ficaria te devendo uma.

— Sério? — perguntei.

— Sério — ela respondeu, seca. — Não temos como voltar atrás agora, mas, no futuro, se ficar sabendo de uma forma de vida alienígena ou de uma mensagem que tiver sido mandada para os humanos e estiver planejando agir com base nessas informações, seria fantástico se o governo do seu país estivesse ciente disso antes. Aliás, se tiver qualquer outra informação a respeito, seria apropriado compartilhar comigo agora. — Ela disse "apropriado" de um jeito que mais parecia significar "legalmente exigido".

Olhei pela janela por um momento, pensando se eu sabia de mais alguma coisa e chegando à conclusão de que, de repente e pela primeira vez, estava na mesma que o resto do mundo. Então ouvi o sinal de uma nova chamada. Meus pais. Ignorei.

— Hum, não sei de nada que já não seja do conhecimento público — eu disse, talvez mentindo só um pouquinho. Eu sabia que era a causa do Sonho, porque fora a primeira a tê-lo, mas outras pessoas já achavam o mesmo e, sinceramente, eu não queria chamar atenção para aquilo.

— Então você não sabe nada sobre o Sonho, como funciona ou o que significa?

— Não. Nada disso é muito plausível — eu disse.

Ela não fez nenhum comentário a respeito antes de dizer:

— April, acredito que seja uma boa pessoa. Acho que tomou algumas decisões questionáveis, mas li bastante do que escreveu sobre os Carls, e achei bom. Gosto que seja uma voz calma e controlada quando poderia assumir com facilidade um tom perigosamente inflamado. Dito isso, vou te passar um número de telefone para o qual deve ligar de imediato caso descubra mais alguma coisa. Você parece estar no centro disso tudo. Quero muito que fiquemos no mesmo time.

De alguma maneira, a última frase pareceu ao mesmo tempo um belo presente e uma ameaça pesada.

— Obrigada, excelência — eu disse, com a voz tremendo de leve. — Posso fazer uma pergunta?

— Não garanto que vou responder.

— Claro — eu disse. — Mas é possível? Digo, isso tudo é mesmo possível? Você… — Eu queria perguntar se ela estava com medo. Se *eu* deveria estar com medo. Publicamente, minha cabeça estava feita. Eu tinha escolhido um caminho e ia me ater a ele. Mas, lá no fundo, sabia que tinha sido infectada por um sonho impossível, e que a maioria dos filmes de alienígena terminava com uma guerra. Só que eu não disse mais nada.

— April, vou ter que fazê-la esperar pela resposta. Vai ficar sabendo junto com todo mundo. Tenho que ir agora. Gostaria muito de conhecê-la pessoalmente. Espero que possamos agendar isso logo. — Então ela desligou.

Andy ainda estava na outra linha, o que não chegou a me surpreender. Cliquei para voltar a ele.

— CAAAAAAARA — eu disse.

— O que foi? — ele perguntou, com a voz marcada pela animação e pela confusão.

— Não só acabei de falar com a presidenta como acho que levei uma bronca, como se ela fosse a diretora da escola. Não sei por que isso parece mais esquisito que ficar visitando um robô alienígena, mas parece.

— Por que ela estava brava?

— Ah, você sabe, essa história toda de se comunicar com alienígenas e dar presentes a eles em nome do país, da espécie e do planeta em vez de deixar alguém mais qualificado e com autorização para isso tomar a decisão.

— Agora que você disse, parece que faria muito mais sentido mesmo. Vamos ser presos?

— Ah, não. Mas tive a sensação de que, se fizermos de novo, passaremos a ter inimigos muito poderosos.

— Os mais poderosos de todos — Andy retrucou.

— Acho que não é exagero dizer isso — eu concordei. — Ela falou que estava prestes a fazer um pronunciamento na TV sobre os Carls. Alguém deve transmitir ao vivo na internet também. — Abri o notebook e, de fato, já estavam comentando sobre o pronunciamento que tinha sido anunciado uma hora antes.

Andy e eu ficamos ao telefone até começar, e nem então desligamos: só permanecemos em silêncio juntos, um ouvindo o outro ouvir o discurso.

A argumentação da presidenta era bem construída. Primeiro, ela queria deixar claro que não havia perigo. Todas as preocupações de saúde foram descartadas quando se avaliou que os Carls não eram uma ameaça nesse sentido. O Sonho parecia ser um chamado inofensivo para que pessoas do mundo todo trabalhassem juntas. A mão de Carl Hollywood ainda estava desaparecida, mas o Castelo Mágico estava cooperando. Então ela falou um pouco sobre como tinham eliminado outras possibilidades e terminou com a revelação de que os Carls na verdade não estavam sobre as calçadas: pairavam micrômetros acima delas, completamente imóveis e incapazes de ser deslocados independente da força aplicada. Haviam usado uma britadeira sob o Carl que estava em Oakland. Ele continuou ali, suspenso sobre o local onde a calçada estivera.

A presidenta disse que era um momento maravilhoso para se estar vivo. Garantiu que o governo estava trabalhando muito para resolver o mistério dos Carls, mas que a humanidade teria que se unir para decifrar os enigmas do Sonho. Aquilo era bom. Pareceu surpreendente para quase todo mundo, mas não para mim. Tinha sido mais como uma sensação lenta e gradual, tipo quando seu cachorro morre um ano depois de ter sido diagnosticado com câncer: você meio que vai se preparando. Ainda assim, quando seu cachorro enfim morre, é definitivo. Acontecera, era oficial, a presidenta dos Estados Unidos havia confirmado, cientistas tinham sido consultados: os Carls eram alienígenas e não estávamos sozinhos no universo.

— Puta merda — Andy disse em seguida.

— Puta merda — confirmei.

ONZE

Tá, tenho muita a coisa a dizer agora. Primeiro, vamos voltar cerca de seis meses no tempo. Eu estava saindo do banheiro e vi Maya na minha cama, com a mesa digitalizadora conectada ao notebook. Olhei por cima do ombro dela e disse:

— O que você está fazendo? É tão fofo... — Ela fechou o notebook na hora. — Opa! Desculpa, não quis ser intrometida.

— Não, tudo bem. Não sei, é...

Aquilo nunca tinha acontecido. Maya sempre me parecera um livro aberto.

— Você... tem um segredo? — perguntei, surpresa de verdade.

Ela me olhou, primeiro irritada, depois parecendo se animar.

— April... — Um sorriso começou a se esgueirar por seu rosto. — Eu tenho um segredo.

Então, depois de seis meses de relacionamento, descobri que minha namorada tinha *toda uma vida paralela.*

Como já mencionei, Maya é uma ilustradora incrível. Ela faz *letterings* à mão fantásticos, mas também é excelente em design de personagens e sua especialidade são gatinhos. Maya pode desenhar trinta gatinhos diferentes e fofinhos em, tipo, quinze minutos. Da primeira vez que vi um, não tinha ideia de que o design daquelas bolinhas de pelo era um processo que estava em andamento desde o ensino fundamental. O produto final era ao mesmo tempo elegante e fofo. Não ficava claro onde as cabeças terminavam e os corpos começavam, e cada um deles era único, embora todos estivessem dentro da mesma linguagem visual.

Em algum momento da faculdade, antes que eu a conhecesse bem, Maya uniu dois de seus hobbies (desenhar gatos fofinhos e criticar a financeirização do capitalismo tardio) no *Proletamiado*, uma série de tirinhas na internet sobre gatos anticapitalistas. Tinha um número considerável de seguidores e estava rendendo uma boa grana, tanto pelo financiamento coletivo quanto pela venda de camisetas, de modo que ela não podia simplesmente abandonar as tiras. Mas, por motivos profissionais e pessoais, Maya gostava de manter o *Proletamiado* como um projeto secreto. Criar conteúdo sem receber crédito por isso, nem usá-lo para se autopromover, parece muito distante agora, mas era o que eu costumava fazer, e eu adorava (e ainda adoro) aquilo em Maya.

Bom, foi por isso que surtei um pouco quando ouvi falar em alguém usando o nome Proletamiado. Talvez não fosse ela, mas talvez fosse.

Depois que Andy e eu terminamos nossos comentários pós-pronunciamento, peguei o celular pensando em escrever para Maya. É claro que não fiz isso. Tinha uma tempestade de tuítes e postagens no Facebook a escrever. Andy estava trabalhando num roteiro, mas eu tinha certeza de que ia querer fazer uma série de mudanças nele. Robin estava me mandando mensagens sobre possíveis entrevistas. Em meio a tudo isso, meus pais voltaram a ligar.

— Oi, mãe. Oi, pai. — Eu tinha certeza de que os dois estariam do outro lado da linha.

— Oi, April. — Minha mãe soava preocupada. — A julgar pelo horário das suas postagens no Facebook, você não anda dormindo direito. Como está se sentindo?

— Hum... — Eu não pensava muito naquilo. — Bem, acho. Eu... acabei de falar com a presidenta.

— Quê?! — os dois disseram.

Então meu pai acrescentou:

— Isso é incrível. Foi depois do discurso?

— Antes, na verdade. Eu estava falando com ela quando vocês me ligaram.

— Bom, em geral ficamos frustrados quando você não atende, mas dessa vez foi por um ótimo motivo! — minha mãe disse, como se já estivesse se sentindo culpada. — Sobre o que vocês falaram?

— Falamos sobre o Sonho e que talvez eu devia ter sido um pouco menos... descuidada. Mas ela me passou seu número de telefone.

— Uau! — meu pai disse.

— April, acha que talvez ela esteja certa sobre...

Não a deixei terminar.

— Acho, mãe. De verdade. — A bronca tinha sido apropriada. Eu estava finalmente começando a entender que havia ultrapassado os limites. — Desculpa, corri um risco bobo. Não estava pensando. Estávamos todos envolvidos e empolgados demais com o mistério. Sinto muito se ficaram assustados.

— Só estamos felizes que nada tenha acontecido com você, April — meu pai disse.

— Eu sei. Vocês são os melhores. E é tudo tão empolgante! Quer dizer, a presidenta! É tão estranho!

— April... — O tom da minha mãe não refletia minha animação. —Você acha que talvez haja... bons motivos para se preocupar com esse Sonho?

Aquilo cortou um pouco meu barato. Quer dizer, não sou neurocientista nem nada, mas tenho noção de que um sonho não deveria passar de uma pessoa a outra. E os noticiários estavam falando sobre como os Carls claramente tinham alterado o cérebro da humanidade, numa intrusão clara. Significativa. Assustadora.

—Vocês sonharam com isso? — perguntei.

— Não, ainda não. — Havia certa apreensão na voz do meu pai.

— Não é assustador. É até divertido. Acho que Carl está tentando dar à humanidade um projeto coletivo. Talvez esteja nos testando para ver se somos capazes de cooperar.

— Quanto tempo vai demorar até todo mundo estar sonhando isso?

— Não sei, mãe. Mas não precisa ter medo.

— Eles estão agindo no cérebro das pessoas. Já fizeram com você, não? Não é um sonho como outro qualquer. E se tiver mudado você mais do que imagina?

Era uma ideia assustadora, e ouvir minha mãe dizendo em vez de um troll da internet a tornava mais real e muito mais preocupante.

— Não sei, mãe. Só sei que, se os Carls quisessem nos machucar, provavelmente já teriam feito isso. Não sei de nada que você não saiba, sinceramente, mas... — Eu não queria dizer o que estava prestes a dizer, mas já tinha começado, então segui em frente. — Acho que é uma questão de fé.

— April — meu pai disse —, sei que você tem uma quantidade assombrosa de trabalho aí, e sei que nunca desiste antes de terminar alguma coisa. É algo que sempre respeitei em você. Mas faça umas pausas. Ligue pra gente. Passe um tempo com Maya. Vai dar uma volta de vez em quando.

— Ah... Maya e eu terminamos.

E lá estava eu de novo, confrontando a realidade da minha idiotice e inutilidade. Justo quando meu pai estava sendo gentil, tive que lembrá-lo de como eu era complicada.

— Ah, April... — minha mãe disse. — Sentimos muito. Não precisa falar sobre isso se não quiser.

Eles me conheciam o bastante para não insistir que eu contasse a história toda. Sabiam o que tinha acontecido. Não os detalhes, mas que eu cortaria qualquer laço que achasse que estava me prendendo. Não gostavam daquilo, mas não tinham como resolver.

Enfim, meu pai disse:

— O casamento do Tom está chegando, então vamos poder conversar direito sobre tudo. Vamos dar um jeito. Ele não precisa ser o foco das atenções o tempo todo. Te amamos, April.

Então minha mãe acrescentou:

— Liga pra gente!

Depois, me voltei para a tempestade de notícias. A presidenta não tinha mencionado meu nome no discurso, mas fizera referência ao meu trabalho. Eu agora estava intrinsecamente ligada aos acontecimentos. Não porque havia descoberto Carl, ou porque tinha sido a primeira pessoa com um número relevante de seguidores a falar em alienígenas, ou porque eu parecia ter sido o motivo pelo qual sua mão caiu e saiu correndo por Hollywood, mas por causa *dessas três coisas.*

Robin mandou um carro para me levar a um estúdio-satélite. De lá, minha imagem diante do panorama de Manhattan poderia ser transmitida ao vivo em qualquer programa, de qualquer lugar. Um produtor me disse com quais entrevistadores eu ia falar. A única conexão que eu teria com eles era através de um aparelhinho no ouvido. A qualidade seria melhor do que se fizéssemos tudo por Skype, mas é claro que seria pior do que se eu estivesse no estúdio com cada entrevistador. Mas, daquele modo, eu poderia estar em todos os telejornais importantes de ambas as costas do país sem sair do lugar.

Como era a maior notícia de todos os tempos, absolutamente todo mundo estava disponível para falar a respeito, e participei de mesas de discussão com as mais diferentes pessoas, independente de termos alguma coisa em comum. Falei com generais aposentados, médicos, terapeutas do sono, neurologistas, atores que haviam interpretado alienígenas em filmes, cientistas da comunicação famosos... Todo mundo queria ser parte da notícia, e os telejornais formavam mesas com os maiores nomes possíveis, tentando vencer um ao outro.

Então, sim, falei com muita gente famosa e importante naquele dia e me senti surpreendentemente confortável no processo. Só tive uma entrevista bem desagradável.

— Para falar sobre essa notícia fantástica — disse a apresentadora —, recebemos April May, que descobriu o Carl Nova York — acenei para a câmera — e Peter Petrawicki, autor de *Invadidos*, que encabeça a lista de mais vendidos da Amazon — ele assentiu.

— Peter, vamos começar com você. Só faz algumas horas que foi confirmado que Carl é extraterrestre, mas você já tem um livro a respeito à venda na Amazon. Como isso é possível?

A participação de Petrawicki também era via satélite, então ele aparecia em um quadradinho na tela, ao lado do meu. Parecia exatamente com todos os caras que eu já tinha visto descendo a Wall Street na hora do almoço: tinha quarenta e poucos anos, cabelo escuro, pele bronzeada, dentes brancos, terno cinza, camisa azul-clara sem gravata e com alguns botões abertos perto do colarinho. Se ele estava atrás de um visual específico, era o de homem comum. Mas, naquele momento, eu não o estava vendo. O programa inteiro se resumia às vozes no meu ouvido.

— Bom, exatamente como April, senti que estava cada vez mais claro que tinha algo estranho acontecendo, e o número de explicações que faziam sentido diminuía. É claro que não falo do discurso da presidenta no meu livro, embora já esteja trabalhando numa versão atualizada, mas parecia o acontecimento do século, e senti que tinha a obrigação de trazer a verdade à tona.

— April, o que acha da afirmação do sr. Petrawicki de que os Carls são uma ameaça em potencial e uma força invasora?

Dá pra ver na gravação que fui pega totalmente de surpresa. A reação correta, agora que já estou familiarizada com toda e qualquer situação possível numa entrevista, seria começar com "Não conheço o trabalho do sr. Petrawicki, mas..." e então dizer o que queria dizer. Em vez disso, reagi na defensiva.

— Acho que é bobagem.

Fiz uma pausa para organizar meus pensamentos, mas, antes que pudesse continuar...

— É bobagem? É bobagem pensar na segurança da população quando uma força muito mais poderosa de repente aparece nas nossas cidades? Uma força que tem paradeiro desconhecido e perambula sabe-se lá por onde? Uma força que não apenas invadiu nosso país, mas nossas mentes? Acha que um pouco de precaução é bobagem?

Se ele esperava que eu respondesse, não consegui. Por sorte, a âncora assumiu a palavra.

— Mas, sr. Petrawicki, o que sabemos de fato sobre as intenções dos Carls?

— Sabemos que usam armaduras, sabemos que chegaram sem ser anunciados, sabemos que violaram leis internacionais e domésticas, sabemos que pediram por materiais radioativos, um dos quais foi providenciado pela sua outra convidada.

Congelei. Eu não teria ficado mais imóvel mesmo se ele apontasse uma arma para a minha cabeça. Lancei um olhar rápido para Robin, como quem diz "QUE PORRA É ESSA?", mas ele só fez sinal para que eu voltasse a encarar a câmera. Desviar o rosto fazia com que você parecesse estranho.

A âncora já voltava a conversa para mim.

— Parece mesmo um passo importante demais para vir de um cidadão comum, April.

Ainda bem que eu estava preparada para aquilo.

— Amerício, o elemento fornecido, é um produto comum a nossos lares. Compramos na farmácia um pouco adiante do Carl Hollywood. É radioativo, mas até aí o Sol também é. E concordo que nos deixamos levar. Devíamos ter repassado nossas descobertas ao governo, para que decidisse o que fazer com a informação.

Era a linha de defesa que tínhamos escolhido. Quem estava assistindo à entrevista (que eu vi repetidas vezes nos dias que se seguiram), notou a expressão no rosto de Petrawicki, que dizia algo como "É, dã, você também não deveria ter sido uma pentelha sabichona de merda".

A âncora assumiu de novo.

— A presidenta parece concordar que os Carls não representam ameaça...

Fiquei esperando que ela fizesse uma pergunta, mas Peter disparou a falar.

— Não quero alarmar ninguém, mas você e eu sabemos tanto sobre o assunto quanto a presidenta. É melhor para ela que pensemos nas criaturas como mensageiros da paz. Mas por que assumiríamos o melhor diante de uma ameaça desse tamanho? Não faria mais sentido sermos pelo menos um pouco mais cautelosos?

— Acho que, se os Carls quisessem nos machucar, já teriam usado seu poder para nos varrer do planeta — eu disse.

— Então qual é sua sugestão? Que a gente fique parado diante de todo esse poderio e deixe que façam o que querem?

— Não... Quer dizer... Eles não fizeram nada ameaçador até agora. São esculturas espalhadas igualmente pelo mundo que disponibilizam jogos acessíveis pelos sonhos.

— Você não sabe do que está falando. Ninguém tem ideia de quais são as intenções deles, de onde vieram, o que querem conosco. Mas posso dizer que, na nossa história, sempre que civilizações mais avançadas depararam com civilizações menos avançadas, em geral não terminou bem para as segundas. E isso não é uma tendência, é uma regra, uma lei. A presidenta e todos os cidadãos deste país têm a obrigação de considerar que se trata de uma ameaça.

— E como isso funcionaria? — a âncora perguntou.

— Somos os Estados Unidos. Nunca tivemos medo de briga. É quando somos pressionados que nossa grandeza se revela. Que vamos mais longe.

— Nosso tempo acabou. Depois do intervalo…

E pronto.

O produtor só disse:

— A próxima entrevista é para a rádio KCKC, em dez minutos.

— Quem era esse PUTO? — perguntei, arrancando o aparelho da orelha.

Vou te poupar de toda a pesquisa que Robin e eu tivemos que fazer para descobrir isso antes da entrevista seguinte. Eis o que descobrimos.

Como eu, Peter Petrawicki estava em evidência. O livro dele, *Invadidos*, mais parecia um texto de blog com uma capa. Tinha vinte páginas, e ele ia atualizando sempre que havia novidades. Só estava disponível on-line, mas era o livro mais vendido na Amazon. Custava três dólares. Também era o único livro sobre Carl no mundo inteiro, o que ajudava. Peter tinha sido convidado a escrever para alguns jornais de linha mais conservadora. Ele vinha aparecendo em programas de TV desde o lançamento do livro, no dia seguinte ao vídeo do Carl Hollywood.

Alguns políticos tinham começado a repetir sua argumentação — a presidenta era fraca; os Carls eram uma ameaça; se robôs gigantes podiam aparecer do nada em todas as cidades dos Estados Unidos (de alguma maneira o resto do mundo foi deixado de fora), o que impediria que ogivas nucleares gigantes aparecessem… e explodissem? Proteja seus filhos e sua esposa! Tem um terrorista alienígena na rua 23!

Antes de Carl, Peter Petrawicki era um "jornalista" agressivo, conservador e insignificante, e uso aspas porque ele parecia nunca ter feito apuração na vida. Ele era um dos milhares que ganhavam a vida vendo a realidade com as lentes de sua ideologia e propagando isso a todo volume na internet. Mas seu pensamento rápido (e sua escrita rápida, já que ele só precisou de dois dias para escrever o primeiro rascunho de seu manifesto) o tornou uma voz relevante imediatamente.

Talvez aquilo me incomodasse ainda mais porque minha trajetória era bastante parecida. Eu havia me inserido na conversa, mas aquele não era meu lugar. Eu tinha outra ideologia, que batia com a de algumas pessoas, mas não com a de outras. Fazia todo o sentido que outra perspectiva parecesse mais legítima às pessoas que temiam o desconhecido. Era inevitável que uma ideologia concorrente surgisse, só que não me dei conta na hora. Por isso fiquei chocada de verdade ao ver que as pessoas estavam dando atenção a Peter Petrawicki. A perspectiva dele era absurda por uma série de motivos bem óbvios. Primeiro: se os Carls quisessem nos destruir, como ambos concordamos, poderiam ter feito aquilo sem preâmbulos. Só porque alguém tem mais poder não significa que vai usá-lo para machucar você. Normalmente, quem acredita nisso são pessoas que:

1. Já foram vítimas desse tipo de comportamento;
2. Se tivessem o mesmo poder, usariam para machucar você.

Peter parecia ser do segundo tipo.

Nos nossos dez minutos de pesquisa, meu vago entendimento de que o cara era um babaca se transformou em um mapa mental bem detalhado da máquina de ódio que era Peter Petrawicki. Ele assustava as pessoas desnecessariamente em benefício próprio, e esse medo se transformava numa onda emergente de ódio contra Carl que me instigava a reagir.

Ele tinha aparecido nos noticiários todos os dias desde que a mão do Carl Hollywood caíra. Enquanto eu terminava com minha namorada, mudava de casa, respondia e-mails e comentários no YouTube, o cara tinha construído uma ideologia contrária ao Carl e inspirado um exército crescente de seguidores. Eu até já tinha visto essas pessoas comentando nas minhas redes, mas apenas ignorara, como se fossem haters comuns. Mas há uma grande diferença entre um troll isolado e um movimento. Aquilo era um movimento, e eu tinha fracassado completamente em identificá-lo, ou optara por ignorá-lo.

Eu percebi que, nos dias que se seguiram ao término com Maya, eu só reagia ao que acontecia. Estava tentando manter a chama da atenção viva, e quem podia me culpar? Tinha muita coisa acontecendo, e eu estava sobrecarregada. Mas também estava ficando sem combustível, e já podia sentir. Tinha resolvido meu mistério, e o seguinte era grande demais para que qualquer pessoa pudesse encarar sozinha. Achava que podia ser o fim. Que talvez ficaria surfando para sempre na onda do que havia feito em duas semanas. O combustível da ambição chegara ao fim. Talvez já tivéssemos feito tudo o que podíamos.

Falar com a presidenta tinha sido um combustível temporário. A importância do vídeo do Carl Hollywood também. Até mesmo a consciência de que eu entraria para a história como a pessoa que fez o primeiro contato com um alienígena era uma motivação fugaz. Aquilo tudo era bom, mas com o tempo a sensação se dissipava, perdia importância. Imediatamente depois, eu já sentia o buraco que deixava dentro de mim, o qual só crescia.

Mas aquilo era diferente. A irritação se transformou em frustração, que se tornou raiva, que se tornou ódio, e o ódio é um combustível que queima por muito tempo. Peter Petrawicki tinha enchido meu tanque.

Aquilo era excelente para minha saúde mental e minha produtividade no curto prazo, mas terrível para absolutamente todo o resto.

Peter Petrawicki também me forneceu um monte de estratégias. Peguei seu manual e o usei contra ele, só que eu tinha um público maior e uma mensagem melhor.

Assim que cheguei em casa, chamei Andy para gravar um vídeo acabando com Peter Petrawicki. Li e vi tudo que consegui achar a seu respeito. (Até desembolsei três dólares pelo livro.) Então peguei seus argumentos um a um e enfiei de volta no lugar de onde nunca deviam ter saído. Outra coisa que aprendi com ele foi pegar o que seus apoiadores diziam e fingir que a autoria era dele. Petrawicki estava mexendo com fogo, e destacar o pior de seu público era um jeito fácil de mostrar isso.

É claro que eu não tinha noção disso na época, mas, discutindo com ele, eu estava dando mais espaço a Petrawicki e seus lunáticos. Suas ideias passaram a atingir um público maior, e eu (e é claro que todos os canais de jornalismo existentes) só reforçava a ideia de que havia apenas dois lados. Foi um erro enorme, mas ótimo em termos de popularidade.

Houve uma mudança bem dramática nas minhas redes sociais. Elas eram informativas, claro, mas até então minha abordagem vinha sendo simpática, cativante, espirituosa e bem deslumbrada com toda a situação. A marca era feliz, animada, interessada. De repente, também era afiada, mordaz e, sim, política. Não se tratava mais de uma novidade, e sim de um conteúdo sobre o qual todo mundo tinha uma opinião.

Se Peter tinha algo a dizer sobre o motivo pelo qual os Carls estavam aqui, então eu também tinha. Comecei a ser mais aberta na minha suspeita de que eram vigilantes, mandados para observar como a humanidade reagia à informação de que não estava sozinha. Isso fazia sentido quando se considerava o Sonho: eles tinham nos dado uma tarefa que não conseguíamos cumprir sozinhos. Se fôssemos bem-sucedidos, mostraríamos que éramos uma espécie capaz de cooperar globalmente.

As consequências de reprovar no teste de Carl poderiam ser nefastas ou inexistentes. As consequências de passar, no entanto, poderiam ser o fim da fome e a cura das doenças. Quem havia feito os Carls obviamente tinha tecnologia muito superior à nossa e, se quisesse, poderia nos oferecer tudo, de viagem interestelar a imortalidade.

É claro que eu estava tirando tudo aquilo do chapéu. Eu não sabia se os Carls eram inofensivos ou se minha mente estava sendo controlada. Quem se importava, desde que as porcarias que eu inventava não fossem tão venenosas quanto as porcarias que Peter Petrawicki inventava?

No fim, minha marca era *eu*, então o que quer que eu dissesse se tornava aquilo em que eu acreditava.

DOZE

E foi assim que passei meses da minha vida sendo exatamente aquilo que eu mais odiava no mundo: uma argumentadora profissional, uma comentarista. Não porque fosse boa naquilo ou porque precisasse do dinheiro, mas porque estava brava, com medo e não sabia mais o que fazer. Os Carls tinham se tornado mais do que a minha vida; eram minha identidade. Eu costumava ser boa naquela coisa de TV porque não me importava, e a irreverência era algo de que as pessoas gostavam. Agora eu tinha que ser boa porque de fato me importava.

E é isso que procuro levar como aprendizado desse período. O que quer que tenha feito, fiz porque me importava. Eu acreditava que Carl era uma força benigna no mundo, e a opinião que a humanidade tinha dele me importava porque eu tinha passado a acreditar de verdade que os Carls estavam aqui para nos julgar. Nem importava se eu estava certa, porque aquele era o mundo em que eu queria viver; aquele era o mundo que fazia sentido para mim. E, mesmo que eu estivesse errada, eu acreditava que o mundo estaria melhor se todos agíssemos como se eu estivesse certa.

Cada pessoa que se juntou ao movimento internacional (e quase todo on-line) vagamente definido de que Peter fazia parte (que é claro que ficou conhecido como os Defensores) era um ponto a menos para a humanidade.

Foi necessário quase meio livro para repassar cerca de três semanas da minha vida. Agora as coisas vão começar a ficar mais espaçadas. Espero que não se importe. Não me orgulho daqueles meses, mas o mais importante é que eles foram chatos. Você sabe que ainda estamos bem distantes de 13 de julho e deve estar se perguntando quando é que vamos chegar lá. Acho que posso dar uma boa ideia do que aconteceu durante esses meses com algumas subseções, e vou começar cada uma com um tuíte que postei naquele dia. Tipo assim:

12 de fevereiro

@AprilMaybeNot: Pauly Shore é o herói que merecemos.

Estava sentada no estúdio/ escritório que Andy e eu montamos no segundo quarto do meu apartamento. Estava tudo uma bagunça, a não ser pela área atrás da minha escrivaninha, que deixamos apresentável para que pudéssemos gravar os vídeos com facilidade. Tinha um retrato semi-impressionista de Carl na parede atrás de mim, que encomendamos de uma colega da faculdade. Uma das melhores coisas de ter dinheiro é poder pagar as pessoas para fazer um bom trabalho.

Outra coisa boa do dinheiro é que ele faz os problemas desaparecerem. Por exemplo, Robin não só trouxe pizza como um celular novo, para uso exclusivo de April May, a personalidade da internet. Ele podia ir de mão em mão, de modo que Miranda, Andy e o próprio Robin pudessem tuitar como se fossem eu, enquanto continuava usando meu celular antigo como um ser humano normal.

A câmera e as luzes estavam todas voltadas para mim, mas desligadas. Robin estava sentado na cadeira giratória em que Andy normalmente ficava enquanto gravávamos.

Estávamos ambos comendo a pizza que ele acabara de trazer do Frank's, embaixo do prédio. Fazia uma semana que eu estava tentando escrever o que ia se tornar *Minha vida com Carl.* Até aquele momento estava horrível, mas precisava começar de algum lugar. Putnam disse que estávamos perdendo muito mais do que dinheiro. Ela estava com medo de que acabássemos perdendo nossa posição no mundo. Acho que suas palavras exatas foram: "Toda vez que alguém diz 'o autor best-seller Peter Petrawicki' e não pode dizer 'a autora best-seller April May', perdemos nossa credibilidade".

— Robin, acha mesmo que não teria problema usar um ghost-writer? — perguntei com a boca cheia de pizza. Eu já me sentia bem confortável perto dele.

Andy estava na sala, onde tinha montado um escritório particular, provavelmente editando um episódio de seu podcast (sim, depois de tudo aquilo, ele continuava gravando o programa bobo com Jason).

— É a prática de mercado — ele disse, parecendo um pouco desconfortável.

— Olha, Robin — eu disse, virando em sua direção —, gosto de você. Acho que é inteligente. Preciso que me ajude e, para isso, vai ter que ser sincero. Gosto que não minta descaradamente como Putnam faz, mas preciso que seja totalmente direto comigo sempre que possível.

Ele pareceu ainda mais desconfortável.

— Jennifer não mente pra você.

— Ah, é? E quando ela me disse que ninguém mais acha que usar um ghost-writer é desonesto? Eu nem sabia direito o que era, mas quando Putnam me explicou, achei que parecia sim desonesto, então tenho certeza que outras também pessoas acham.

— Jennifer só queria que você se sentisse bem para dar um passo adiante da melhor maneira possível.

— Você acha que passar o livro para outra pessoa escrever e então assinar é avançar da melhor maneira possível?

A rua 23 continuava fechada, então estava estranhamente silencioso.

— Certamente seria um avanço, mas, para mim, não parece o tipo de coisa que April May faria.

— Ai, meu Deus, até meus amigos pensam em mim como duas pessoas diferentes.

Ele corou de leve, o que não entendi na hora.

— É como você fala de si mesma, fica difícil não se acostumar — Robin disse, sorrindo.

Eu ainda era April May, a designer sarcástica, mas não queria que o mundo me visse assim. Aquela não era a pessoa que tinha feito o primeiro contato com uma raça alienígena. Então eu era April May, a surpreendente, peculiar, despretensiosa e apaixonada porta-voz dos Carls.

— Então você não acha que deveríamos contratar um ghost-writer.

— Não parece o tipo de coisa que April May faria — ele repetiu.

— ARGH! Concordo *totalmente* com você, o que é muito irritante. Que tamanho tem um livro? Qual é o mínimo para participar do NaNoWriMo, o Mês Nacional de Escrever Romances?

— Vou dar uma olhada. — Ele mexeu no notebook.

— Cinquenta mil palavras — Andy gritou da sala, sem perder tempo.

Virei para Robin com um sorrisinho de escárnio.

— Sempre use todas as ferramentas à sua disposição. Isso quer dizer que preciso escrever uma palavra cinquenta mil vezes. Quer dizer, não a mesma palavra de novo e de novo. Quantas palavras tem em média um tuíte? Tipo vinte? Então são uns duzentos e cinquenta tuítes. Posso tuitar duzentas e cinquenta vezes. Provavelmente já tuitei. Não podemos publicar um livro com meus tuítes?

— Não, mas você também não precisa fazer *tudo* sozinha. Não tem que ficar trancada aqui o mês inteiro sem fazer nada além de escrever. Acho que o que precisamos é de um bom editor, alguém que já trabalhou em livros desse tipo. Se ele acabar escrevendo uma boa parte do negócio, vocês podem dividir a autoria. É o tipo de coisa que April May faria. — De novo, ele sorriu para mim.

Robin tinha o corpo esguio e olhos azuis muito brilhantes. Não sorria muito, mas era gostoso quando o fazia.

Me inclinei em sua direção.

— Fico feliz que tenha uma ideia tão elevada de mim.

Ele se afastou e colocou o notebook sobre as pernas.

— Vou mandar um e-mail para Jennifer sobre a possibilidade de marcar reuniões com editores. Imagino que você vai poder escolher qual prefere.

Observei enquanto suas mãos se moviam sobre o teclado, pensando: *Ele devia aparecer mais nos vídeos.*

19 de fevereiro

@AprilMaybeNot: Qual vocês acham que é a melhor profissão de um cônjuge?

@AprilMaybeNot: Estão dizendo "Massagista!" ou "Médico!". Mas acho que "comentarista político" é a resposta, porque assim você pode acordá-lo amanhã e dizer que vai pedir o divórcio se ele/ ela não largar esse trabalho terrível que está acabando com o país.

@AprilMaybeNot: E sim, eu sei que sou uma comentarista política.

Estava sentada em um restaurante Pret a Manger. Por causa do estresse constante de ser April May, já tinha esquecido como era dormir uma noite inteira e me tornei uma grande fã de café. Em geral pedia duas doses de café americano, sem deixar espaço para o creme. Mas enchia de açúcar, para parecer chocolate quente.

Sylvia Stone estava à mesa com Robin e eu. Era a segunda editora que conhecíamos. O primeiro cara tinha certeza de que sabia exatamente o que eu queria fazer com meu livro, mas ficou frustrado quando discordei dele. Odiei tanto a reunião que fingi que estava com diarreia para escapar. Sylvia tinha trinta e poucos anos, usava uma camisa de seda preta, jeans e óculos. Tinha mais a ver com a imagem que eu tinha de alguém com quem queria trabalhar.

— Tem dois problemas principais nessa história — ela disse. — Primeiro: é grande demais. O mundo inteiro está envolvido, e as pessoas vão recorrer a você atrás do relato completo. Não pode produzir qualquer lixo porque todo mundo vai ler. Você tem uma obrigação, e isso pode ser um fardo pesado.

Robin olhou para mim. Assenti, porque era pelo menos parte do problema que eu vinha enfrentando.

— Segundo: não acabou. Você ainda está vivendo a coisa toda. Se o Sonho nunca tivesse acontecido, haveria um arco narrativo claro. Terminaria em mistério, mas com uma quantidade apropriada de soluções. Mas há milhões de pessoas trabalhando duro para decifrar os enigmas do Sonho. E, de fato, mais e mais deles são resolvidos a cada dia. Não podemos nem nos propor a contar a história toda, porque ela ainda está se desenrolando.

— Tá, acho que você deixou bem claros pelo menos dois dos muitos problemas que tenho — eu disse. — Mas isso não me ajuda.

— Você tem que definir uma linha do tempo e o que exatamente quer comunicar. Quais são seus objetivos com esse livro? O que quer que as pessoas pensem quando terminarem de ler? Quer que compreendam você? Quer que compreendam sua história?

— Sinceramente, só quero que sintam que é uma oportunidade para a humanidade. Que os Carls são uma coisa boa, não um pesadelo alienígena.

— Isso é bem bom, na verdade. Fala de novo, só que mais.

— Oi?

— Ah, desculpa, eu... — Ela parecia um pouco afobada. — Já estava editando você. É um hábito. Só queria que me contasse mais a respeito.

Dei risada.

— Isso é ótimo, na verdade. Gostei do feedback. Bom, eu estou sinceramente preocupada, porque acho que estamos começando a nos acostumar com o impacto que as redes sociais têm sobre nós nos níveis cultural, emocional e social. Antes disso elas não estavam exatamente nos unindo, certo? Mas agora a gente tem outra mudança gigantesca com que lidar. Se continuarmos discordando, se ficarmos cada vez mais assustados... — Me interrompi, porque não sabia de verdade qual seria a consequência, só que seria algo ruim. — É tipo quando o inverno vem. O tempo fica horrível e o sol começa a se pôr às quatro e meia da tarde. Você pode olhar para isso e ficar puto, triste, rabugento. Ou pode chamar seus amigos para ficar contando histórias bobas dos tempos de escola à luz de velas enquanto tomam chocolate quente debaixo do cobertor. São dois modos muito naturais de reagir ao frio da porra que faz lá fora, ambos combinam superbem com o inverno, mas um é ótimo e o outro é péssimo. É tipo assim, só que com alienígenas em vez de frio. — Finalmente fiz uma pausa. — Era isso que você queria?

— April, quero te ajudar a escrever este livro. E a boa notícia é que um manifesto provavelmente é o tipo de livro mais fácil para você escrever. Você pode incluir um pouco da sua história, mas o principal vai ser a tese que estará defendendo. É um formato muito tradicional, que não exige muitas páginas. Você só tem que falar com especialistas, e todos vão atender sua ligação. Você os cita, constrói um argumento e publica um livro. Eu poderia estabelecer as linhas gerais hoje mesmo. E seria ainda mais rápido se você me ajudasse.

Robin tinha dito que aquela mulher não era de enrolar. Ela já havia trabalhado para os principais jornais e revistas do mundo, e tinha inúmeros livros publicados. Eu tinha baixado o audiolivro do mais popular deles, *A sorte mente*, e ouvido um pouco. Era sobre como as pessoas se deixavam enganar por padrões imaginários ou insignificantes e acabavam acreditando em coisas muito erradas. Eu tinha gostado.

— Tá, vamos nessa — eu disse.

— Certo — Sylvia disse. — Na sua casa ou na minha?

— Por que não aqui mesmo? Vamos estabelecer as linhas gerais — eu disse, sem saber muito bem do que estava falando.

Robin não disse nada. Acho que estava morrendo de medo de mostrar como estava satisfeito, porque se eu notasse talvez mudasse de ideia só por implicância.

Em uma hora, tínhamos estruturado o livro. Não estava escrito, mas tinha sido construído. Teria uma introdução, em que eu basicamente contaria um pouco sobre mim. Fora isso, os capítulos seriam basicamente argumentos contra o medo dos Carls, e pronto. Fácil! Levei a estrutura para casa naquela noite e rascunhei algumas seções. Sylvia as devolveu com alguns comentários e ideias de com quem poderíamos falar para conseguir citações e dar um apoio mais robusto às minhas ideias.

10 de março

@CADDY95: A April May é bem bonitinha, pena que é tão cheia de si.

@AprilMaybeNot: E do que exatamente você acha que eu deveria ser cheia? Só tem eu aqui. E uma quantidade constrangedora de Doritos.

Eu estava tão sobrecarregada que até me machuquei. Tinha vinte e três anos e minhas costas simplesmente arregaram, talvez por dormir torto, talvez por ficar acordada até tarde trabalhando nas revisões finais do livro, talvez por puro estresse. Vamos ser honestos: foi por estresse. Fazia dois meses que eu dava entrevistas direto para TVs, rádios, revistas e jornais. Primeiro contando minha própria história, depois defendendo Carl, e logo defendendo a presidenta, a Constituição e a liberdade de expressão. Robin tinha contratado especialistas em imprensa, questões governamentais e lei internacional para me ensinar, de modo que parecesse que eu entendia de que porra estava falando.

A parte mais assustadora foi que comecei a entender mesmo de que porra eu estava falando. E acreditava naquilo apaixonadamente.

Robin agendou um dia de spa para mim. Era pra ser um momento só meu, com um desconhecido esfregando meu corpo inteiro e embonecando meus pés, para que eu talvez saísse de lá me sentindo um pouco mais como um ser humano. Os funcionários do lugar eram todos atenciosos e simpáticos. Sabiam quem eu era e teriam ficado felizes em conversar, mas sabiam quando um cliente preferia ficar em silêncio e, sinceramente, era o meu caso.

Isso vai parecer esquisito, mas, tipo, foi legal ter alguém que me tocasse. Dar em cima de Robin era como dar em cima de uma estátua. Ele era tão profissional que a gente nem se abraçava. Às vezes eu deitava na cama à noite e fantasiava com alguém *deitado em cima de mim*. Só queria sentir outra pessoa. Eu andava tão reclusa trabalhando no livro, só olhando para ele e discutindo com Sylvia a respeito, que era como se meu corpo tivesse deixado de existir.

Saí da massagem me sentindo ligeiramente renovada. O silêncio momentâneo tinha sido uma boa oportunidade de avaliar se estava trabalhando em todas as coisas em que queria estar trabalhando, e garantir que a falta de sono e o estresse estavam valendo a pena. Quando agradeci aos funcionários na saída, todos pareciam um pouco nervosos, mas imaginei que era só porque não sabiam como se comportar diante de April May.

Ficou claro que era mais do que isso quando uma mulher se aproximou, recém-saída de seu próprio tratamento. Ela devia ter uns cinquenta anos e parecia tão mimada e bem tratada quanto possível. Falava daquele jeito dos ricaços de Nova York, tipo "só estou falando com uma pessoa, mas gostaria que o mundo inteiro me ouvisse".

— … e a cara de pau! Ela se dá bem com Rachel Carver e acha que pode opinar de igual para igual em questões de relações internacionais. É uma *criança*! Seria engraçado se não fosse tão desprezível. — Ela estava acompanhada pela massagista.

Ha ha, que engraçado, pensei. *Apareci no programa da Rachel Carver* há uns três dias.

Todo mundo ali percebeu o que estava acontecendo muito antes que eu. E todo mundo queria impedir, mas não tinha como. A massagista tentou mudar de assunto rápido, olhando na minha direção.

— Espero que a sensação no trato iliotibial esteja melhor agora. Ele pareceu relaxar durante a massagem.

— Bom, deve ser por causa desse drama todo. Odeio que essa coisa esteja na minha cidade e eu não possa fazer nada. E gente como aquela menina…

Foi então que ela me viu. Ficou em silêncio imediatamente, no mesmo instante em que *finalmente* percebi que era de mim que falava.

— Bom, vamos passar na recepção e liberar você — a massagista disse a ela.

Robin já tinha pago para mim, então só virei para ir embora. Atravessei o corredor até o elevador, que por sorte chegou antes que a mulher reaparecesse.

Foi a primeira vez que ouvi um desconhecido me odiar publicamente. Então tive mesmo certeza de que milhares de pessoas estavam tendo aquela mesma conversa no mundo todo, a todo instante de todo dia. Aquelas pessoas eram reais e formavam sua opinião com base em exageros ou mentiras completas a meu respeito, dos quais eu não tinha como me defender adequadamente.

Pessoas do mundo todo que eu nem conhecia e nunca conheceria me odiavam. *Odiavam*. O que elas achavam de mim estava completamente fora do meu controle.

Naquele ponto da minha vida, eu tuitava praticamente tudo

digno de nota que acontecesse comigo. Você nunca pode parar de criar conteúdo, não só porque a sensação de que as pessoas te ouvem é boa, mas também porque você precisa manter a atenção delas presa. E eu tinha me acostumado a medir minha vida em curtidas. Mas não tuitei sobre o ocorrido. Nem contei a ninguém a respeito. Só mandei uma mensagem para Robin dizendo que meu dia no spa tinha sido incrível e que ele tinha sido muito atencioso. Sabia que, se deixasse de ficar brava com aquela mulher (e com seus semelhantes no mundo todo), teria que lidar com sentimentos muito piores do que a raiva.

Então, em vez de conversar com qualquer pessoa que pudesse me ajudar naquele momento, fui para casa e li textos na internet sobre como eu era uma traidora horrorosa e desprezível.

17 de março

@PrimeiroPatr1ota: Às vezes me pergunto quanto que pessoas como April May estão recebendo para defender o governo.

@AprilMaybeNot: Eles me pagam em salgadinhos. Muitos salgadinhos. Por que aceitei o acordo? Agora estou sendo soterrada por salgadinhos.

Estava inclinada sobre o parapeito da sacada, só observando, com Andy ao meu lado. Ele estava filmando enquanto removiam a tenda de cima de Carl e reabriam a 23. Graças a Deus, o barulho logo ia voltar. E agora podia ver Carl de novo, ao lado das cabines telefônicas que, por algum motivo, ainda ocupavam o terreno precioso de Manhattan.

Meu livro estava nas mãos de uma legião de preparadores de texto, que tentava identificar todos os erros e argumentos fracos. Não havia nada que eu pudesse fazer para ajudar no momento, o que era maravilhoso, porque estava de saco cheio do livro. E tínhamos vídeos a fazer.

O exército de especialistas que vinha visitando a tenda de Carl não havia descoberto nada nas semanas anteriores. Tinham entregue urânio para Carl para ver o que acontecia? Não sei, mas com certeza alguém, em algum lugar, já fizera aquilo, embora aparentemente sem qualquer efeito imediato. Se haviam descoberto alguma novidade sobre Carl, não tinham contado a ninguém.

O que sabíamos era que ele não estava de pé na calçada; pairava ligeiramente acima dela, de alguma forma suspenso no ar. Ele não tinha nenhuma condutividade térmica; parecia que os átomos do nosso mundo não interagiam com os átomos de seu corpo. Não podia ser movido ou avariado. Era como se conseguíssemos vê-lo, mas ele não estivesse de fato no mesmo espaço que nós. A não ser pela mão do Carl Hollywood, claro, que ainda não tinha sido vista desde que entrara no estranho clube de mágicos.

De repente, Peter Petrawicki estava lá, na rua, seguido por um jovem segurando uma câmera. Alguns policiais o abordaram, mas eu não conseguia ouvir o que estava acontecendo. Ele parecia indignado; apontava para Carl e para o prédio atrás dele. A polícia não queria aparecer no vídeo, mas ao mesmo tempo tinha instruções de não deixar que ninguém chegasse perto de Carl por enquanto. Além disso, a rua ainda não tinha sido reaberta, então como aquele cara havia chegado ali?

— Como alguém pode olhar pra esse cara e não perceber na hora que é do pior tipo que já existiu? — Andy comentou.

— Tem gente que diz a mesma coisa de mim — devaneei.

Peter postou o vídeo depois, e é claro que Andy e eu vimos. Basicamente ele diz:

— O que descobriram? É seguro? Vocês claramente acharam que era perigoso o bastante para interditar as ruas no mês passado, então o que aconteceu para mudarem de ideia agora? As pessoas merecem saber!

Esse tipo de coisa. Então cortava da rua para ele sentado em um escritório apertado, mas chique.

— A hora de tomar uma atitude sempre chega. Quero convocar os Defensores a coletar informações sobre o Sonho no âmbito privado. Sei que muitos de nós prefeririam não interagir com o Sonho, despertando imediatamente para prevenir que contamine nossas mentes ainda mais. No entanto, embora centenas de senhas já tenham sido descobertas, outras centenas permanecem desconhecidas, e se alguém... *imprudente* for o primeiro a decifrar o que o código significa, o planeta inteiro pode ficar em risco. Temos que solucionar esse mistério antes. Podemos e devemos trabalhar juntos nesse jogo para controlar seu resultado. Estamos disponibilizando os links de inúmeros sites criados para esse propósito. Temos informações de que vários governos já estão designando funcionários para tentar decifrar o código primeiro, mas tampouco acho que devemos deixar isso nas mãos dos governos. Vamos trabalhar juntos, mas assim que uma nova senha for descoberta, ela deverá ser armazenada em uma central secreta. Criei uma criptografia e estou disponibilizando instruções de como usá-la. Se encontrar uma senha, por favor nos envie, cifrada, para que confirmemos sua validade no Sonho e adicionemos à lista, à qual apenas Defensores terão acesso. Com o tamanho, a paixão e a inteligência desta comunidade, acredito que seremos os primeiros a compreender qual é o próximo capítulo desta história, e sei que somos os únicos a quem podemos confiar essa informação. Obrigado, e fiquem bem.

Era assim que ele terminava todos os vídeos: "Obrigado, e fiquem bem". De uma forma ao mesmo tempo pretensiosa e levemente ameaçadora... Ou seja, a cara de Peter Petrawicki!

— Agora vamos ter que fazer isso também — eu disse, quando terminamos de assistir ao vídeo.

— Foda-se. Estamos acima dessa merda. — Andy estava bem puto. — Os Carls querem que a humanidade faça isso junta. Se ficarmos uns contra os outros, Peter vai conseguir o que quer.

— Não, ele conseguiu destruir a sensação de que estamos investigando algo maior em nome da espécie. Quero isso tanto quanto você, mas não posso encorajar as pessoas a divulgar as senhas descobertas. Se Peter tiver acesso às senhas dos Defensores e ainda às senhas públicas que todo o resto tem, eles realmente vão decifrar o código antes e assumir o controle.

— Talvez não haja problema em perder essa corrida.

— Foda-se — repeti mecanicamente. — Não vou deixar que ele vença.

— Vamos pelo menos tirar um tempo para pensar. Falar com nossos conselheiros.

Então foi o que fizemos. Ligamos por Skype para Miranda e Robin e explicamos o plano de Petrawicki.

— Isso não é bom — ela disse. — É uma jogada de mestre da parte dele. Não apenas aumenta sua chance de vencer como fortalece sua causa, já que transforma tudo em uma competição em vez de um esforço colaborativo. Atrasa todo mundo e nos coloca uns contra os outros.

— É, já entendi, o cara é um gênio e um pé no saco. O que vamos fazer? — perguntei. Ninguém disse nada por um momento.

— Bom, não tenho ideia — Robin disse, o que devia ser fisicamente doloroso para ele. A sensação de não ser capaz de ajudar era a pior que poderia sentir. — Pra ser sincero, ainda nem sei muito sobre o Sonho.

— Nem eu — respondi. Todo mundo pareceu surpreso.

— Sério? — Robin perguntou.

— Eu também — Andy acrescentou. — Mas achei que você estivesse obcecada. Sempre adorou mistérios! Foi até detetive de animais.

— Quê? — Miranda e Robin perguntaram ao mesmo tempo.

— Depois eu conto. É só que... É esquisito quando tem bilhões de outras pessoas no caso. Parece que meus esforços são mais bem empregados em outro lugar. As chances de que eu consiga uma senha nova é, tipo, nula. Então acho que você é a única de nós que se dedica ao Sonho, Miranda.

— Hum... não, ele me deixa estressada. Quando começo a tentar resolver um quebra-cabeça, não posso parar, então não consigo mais ter um sonho normal. Eu ainda acordo descansada, o que não faz nenhum sentido e me parece impossível, mas não gosto de acordar frustrada. Então me desperto de propósito e durmo como uma pessoa normal pelo resto da noite. Acho que sou mais útil trabalhando no produto final. As senhas levam a uma série de hexadecimais, que se descobriu que podem ser compilados racionalmente em uma imagem vetorial. É tipo uma imagem feita matematicamente.

— Ah, sim, Andy e eu sabemos BEM o que é uma imagem vetorial.

— Claro, vocês são designers! — Miranda disse. — Bom, o problema é que, sempre que uma nova cadeia de informação é acrescentada, a imagem muda completamente de forma. É basicamente uma grande confusão de matemática interconectada, então sempre que alguma coisa é acrescentada, tudo muda. Os trechos de código não têm utilidade nenhuma enquanto estiver faltando algum.

— Já se sabe quantos são? — perguntei, genuinamente surpresa por não saber mais a respeito ainda.

— Provavelmente — Miranda disse. — Não dá para saber se está de fato seguindo o formato da imagem, mas, se estiver, então há quatro mil e noventa e seis fragmentos de código. Mas, de novo, não sei nada sobre o Sonho em si, só acompanho o que sai dele.

— Tá, então nenhum de nós passa muito tempo no Sonho. Confiamos em alguém que passe? — Andy perguntou.

Havia uma página na Wikipédia com os quebra-cabeças completados. Até então, tinham sido mais de quinhentos. Eu ficava de olho tanto porque queria acompanhar o andamento quanto porque a lista continha os nomes (ou os apelidos) das pessoas que tinham ajudado na resolução. Os cerca de dez nomes que mais apareciam tinham se tornado bastante conhecidos entre as pessoas que seguiam o Sonho mesmo que perifericamente. Na terceira posição, com crédito solo ou compartilhado em onze senhas confirmadas, estava Proletamiado.

— Hum, na verdade... — eu disse. — Deixa pra lá.

— Tá, não é assim que as frases funcionam — Andy disse. — Quando alguém fala "hum, na verdade", é obrigado a concluir o pensamento.

— Acho que Maya pode ser Proletamiado.

— Quê? — Andy quase gritou.

Robin e Miranda se mantiveram em silêncio. Eles sabiam dela, mas não a conheciam.

— Por que acha isso? — Andy perguntou.

— É segredo.

Robin interferiu via Skype.

— Querem entrar em contato para perguntar o que ela acha?

— Ela está on-line? — perguntei.

— Hum, sim. Adiciono ela na conversa? — perguntou Andy, hesitante.

— Pelo amor de Deus, ela é minha ex, não um demônio dos infernos. Adiciona ela! — praticamente gritei.

E então lá estava Maya. Sentada na cama do nosso apartamento. Ou melhor, do meu antigo apartamento. De repente fiquei preocupada com como ela estava pagando o aluguel. Eu tinha ferrado Maya? Nem pensara a respeito. Senti o suor começar a brotar na pele.

Ela estava apoiada nos mesmos travesseiros grandes e azuis, com o mesmo pôster de uma pintura do Hundertwasser pendurado sobre a cama. Era tudo tão... *igual*. Me perguntei se Maya estava dividindo o apartamento com outra pessoa. Me perguntei como estavam as coisas no trabalho. Me perguntei se tinha inveja porque eu e Andy havíamos ficado ricos e ela não. Me perguntei se Maya me odiava. Então me dei conta de que era óbvio que odiava, e me perguntei o quanto.

— Oi — ela disse, olhando para todos nós na tela com uma mistura de preocupação, ceticismo e talvez certa resignação. Era a primeira vez que nos falávamos desde que eu tinha saído do apartamento. Ela não parecia brava, mas parecia irritada.

— Oi... hum... — respondi, incapaz de pensar no que dizer.

Andy assumiu no meu lugar:

— Proletamiado é você?

— Pelo amor de Deus, April! — ela quase sussurrou. — O que foi que você contou a eles?

— Que talvez você seja o Proletamiado, só isso.

Se era por revelar sua identidade secreta que Maya ia ficar brava comigo, até que eu estava me dando *muito* bem.

Ela pareceu resignada, não brava — ou pelo menos não no momento.

— Depois... — Ela começou, mas teve que começar de novo. — Eu tive o Sonho antes de quase todo mundo. Na primeira noite, resolvi quatro sequências. Sabia que não era um sonho qualquer. É... é um lugar incrível.

Me senti um pouco culpada por ter passado tão pouco tempo explorando o Sonho. Passava quase todo o meu tempo o defendendo, mas o evitava.

—Você vai apresentar seus amigos?

— Ah, meu Deus! Desculpa. Maya, essa é Miranda, a cientista de materiais de Berkeley com quem estamos trabalhando. E esse é Robin, meu assistente.

Então Andy se intrometeu:

— É ótimo ver você, Maya.

— É bom ver você também.

Se precisar de outro exemplo da cretina que sou, eu nem tinha me tocado que basicamente fizera Andy escolher um lado, e ele havia escolhido o meu. Outra onda de calor e suor me atingiu. Por sorte, Andy tomou a palavra e contou a Maya a situação com Petrawicki.

— Ah, é, nada de ceder com aquele cretino. Sério, se as pessoas ganhassem um centavo toda vez que alguém pensasse algo ruim delas, ele seria o cara mais rico do mundo.

— Ninguém quer ceder, mas temos que fazer alguma coisa para que ele não fique no controle.

— Em primeiro lugar, ele não está no controle. As pistas mais complicadas que sobraram exigem trabalho colaborativo. Decifraram uma senha ontem que exigia que alguém que falasse determinada variedade do híndi e tivesse conhecimento do mito de criação da região trabalhasse com alguém que dominasse matemática abstrata. Eu acompanhei toda a saga, mas ainda não entendi direito. Tinha alguma coisa a ver com círculos, tanto geométricos quanto mitológicos. Exigia uma compreensão incrivelmente específica da cultura humana. E, mesmo com toda a sua força, os Defensores não parecem o grupo mais engajado com a diversidade cultural.

Todos concordamos.

— E o mais importante — ela continuou — é que podemos acabar com eles.

— Gostei da ideia — eu disse.

— É preciso tempo para confirmar que uma senha é real. Você não pode simplesmente aparecer no Sonho, dizer a senha e conseguir os dados. Tem que passar por todo o quebra-cabeça e conseguir a senha no final para depois usar. Algumas sequências duram horas.

— Ah, isso é ótimo — eu disse. — Então só temos que fazer com que um monte de gente mande sequências e códigos falsos para Peter Petrawicki centenas de vezes por dia.

— Não — Maya disse. — *Vocês* não precisam fazer nada. Pessoas ativas na comunidade dos Sonhadores já estão trabalhando nisso. Quando eu digo que "podemos" acabar com eles, estou falando de nós, não de vocês. Sem querer ofender, mas não acho que vocês conseguiriam criar uma sequência falsa convincente nem se sua vida dependesse disso.

Eu não me ofendi. Me via como a líder de uma comunidade,

não um membro. Não tinha ideia de como minha perspectiva era absurda na época.

— Ah, então não precisamos fazer nada. O problema vai se solucionar sozinho.

Vi a frustração tomar conta do rosto de Maya.

— Não, April, o problema só vai ser resolvido por alguém que por acaso não é você.

Todo mundo arregalou um pouco os olhos diante daquela repreensão. Miranda ficou vermelha, e imagino que meu rosto tenha perdido a cor.

— Certo — balbuciei. — Claro. Desculpa, foi algo idiota de dizer.

Maya fez aquela cara consternada que fazia seus lábios sumirem. Eu não levava bronca por falar besteira fazia um bom tempo. Era desagradável, mas também revigorante.

— Se não se importa que eu pergunte — Robin disse —, como você acabou tão envolvida na comunidade dos Sonhadores?

— Bom, na primeira noite eu resolvi os quebra-cabeças do quadragésimo nono, quinquagésimo e quinquagésimo primeiro andares. O do quadragésimo nono, que é onde o Sonho começa, já tinha sido resolvido por centenas quando as pessoas se deram conta de que era uma experiência compartilhada. Quando as primeiras comunidades de Sonhadores começaram a surgir, eu já tinha resolvido esses três e até alguns do lado de fora do prédio. Isso me tornou meio que uma celebridade nesse meio. O fato de ter uma conexão com April ajudou. — Ela assentiu para mim. — Agora, gosto da comunidade dos Sonhadores. Tem pessoas incríveis, do mundo inteiro, com diferentes ideias e visões, trabalhando juntas por um objetivo comum. É algo lindo. Na verdade, vocês todos deviam passar um tempo no Sonho. Peguem uma das sequências já resolvidas na Wikipédia e a repassem. Vai fazer os Carls subirem no conceito de vocês. Foi assim comigo.

Então ela ficou sentada ali por alguns momentos, parecendo refletir, antes de dizer:

— E, sei lá, acho que eu quis continuar envolvida nessa história de alguma maneira. Não foi tão fácil deixar tudo pra trás como achei que seria.

Dava para perceber que Maya estava olhando diretamente pra mim. Eu não sabia o que dizer. Tinha medo de que, se falasse alguma coisa, ela conseguiria ouvir o nó na minha garganta.

— Falando nisso, eu não tinha pensado em pedir, mas vocês podem nos ajudar com uma coisa, se quiserem.

Naquela noite, depois de remoer a proposta de Maya, decidi aceitar o conselho dela e passar um tempo no Sonho. Antes, no entanto, li sobre algumas das sequências de quebra-cabeças que tinham sido solucionadas mais recentemente. A que eu escolhi era uma das últimas creditadas a Proletamiado, embora houvesse outros dois nomes que eu não reconhecia embaixo do dela. Eles não tinham feito aquilo simultaneamente, descobri — haviam trabalhado juntos.

Quando peguei no sono e me encontrei no saguão do Sonho, virei e chamei o elevador para descer. A porta abriu, eu entrei e apertei o botão do térreo. Então saí, passei pelo Carl gigante, atravessei a porta e fui para fora. As ruas do Sonho não eram certinhas como as de Manhattan; elas saíam em diagonais, com três, cinco ou até mesmo seis delas se encontrando em cruzamentos. Becos surgiam em lugares inesperados, e a arquitetura simplesmente não fazia sentido.

Olhei para trás para ver o prédio onde tudo começava — tão alto, com seus mais de duzentos andares, que, do meu ponto de vista, parecia não ter fim. É estranho falar sobre essas coisas como se fossem de verdade, quando na verdade só estão num sonho, mas o fato de que todo mundo experimentava aquilo do mesmíssimo jeito fazia com que parecesse algo concreto. O que é a realidade senão as coisas que as pessoas experimentam universalmente da mesma maneira? O Sonho, naquele sentido, era muito, muito real.

Diretamente oposto à saída do prédio ficava o Arby's. Aquela localização maravilhosa era a melhor publicidade que a rede já teve; tinha se tornado o fast-food não oficial dos Sonhadores de todo o mundo. De um lado do Arby's ficava a velha igreja de madeira; do outro, havia um vagão de trem que definitivamente não era moderno, mas eu não conseguia datar precisamente. Talvez dos anos 1920?

Fui direto para o Arby's. Estava vazio, como tudo o mais no Sonho. Aquela sequência dependia de um conhecimento muito detalhado de como um Arby's funcionava. Maya tinha trabalhado em um quando estava no ensino médio e fora uma das primeiras pessoas a se aventurar naquele quebra-cabeça.

No balcão, ao lado do caixa, havia um sanduíche de frango e queijo suíço com bacon, um refrigerante grande e uma tortinha de maçã. Fui para trás do balcão e apertei os botões certos no caixa para cobrar a refeição. A bandeja da máquina abriu, revelando um monte de dinheiro que eu não teria reconhecido se não tivesse lido na internet que era do Paquistão. Aos meus olhos, o dinheiro era inútil, mas um Sonhador paquistanês que Maya tinha conhecido on-line afirmou que algumas letras tinham sumido das notas. Elas formavam as palavras em urdu para "chão" e "debaixo". Aquilo tinha permanecido um mistério por alguns dias, até que outro Sonhador teve a ideia de pegar um pé de cabra de uma oficina mecânica por perto e começar a arrancar os ladrilhos. Embaixo de um ladrilho perto do caixa, exatamente onde alguém ficaria para fazer um pedido, tinham encontrado uma senha que brilhava em letras azuis: "dia da foto dupla".

Eu não precisava do pé de cabra. Sabendo qual ladrilho era, bastava puxá-lo. Eu consegui a senha, mas não via nenhum motivo para entregá-la ao robô. Isso só faria com que eu acordasse com uma sequência hexadecimal que todo mundo conhecia havia semanas. Em vez disso, comecei a andar pela cidade. Reconhecia o estilo de cerca de uma a cada três construções. Havia uma casa no estilo Arts and Crafts americano, prédios de tijolinhos e um monte de igrejas — algumas parecendo antigas, outras parecendo *muito* antigas, e outras ainda parecendo novas. Havia um shopping e uma casa de campo italiana, templos e mesquitas. Fiz o meu melhor para não seguir em linha reta. Me perdi muito bem perdida. Virei becos e perambulei por ruas tanto estreitas quanto largas. Se fizesse aquilo a noite toda, teria que acabar acordando em algum momento.

Então continuei andando. Andei, andei e andei até chegar ao fim da cidade. Era abrupto; terminava em um gramado que se estendia para sempre. Pisei nele. Não havia trilha, árvores, montes, só uma planície infinita de grama rente. Como o campo de golfe mais chato de todos os tempos. Ouvi um barulho no céu e olhei para cima. Um jato estava se aproximando para pousar. Havia um aeroporto na cidade? Não havia muito espaço para aquilo, mas, ao mesmo tempo, por que não? Era estranho finalmente ver um objeto se mover. O que me assombrava na cidade do Sonho era principalmente sua falta de ocupantes, mas tampouco havia clima — nada de nuvens ou de uma temperatura discernível. O sol se mantinha fixo no céu azul. Nada se mexia. Exceto o avião, aparentemente.

Caminhei sobre a grama até acordar. Era de manhã. Meus pés estavam normais e eu me sentia descansada. Mais do que tudo, queria falar com Maya.

O Sonho, aquela criação dos Carls, sempre estivera lá para o meu deleite, mas eu havia optado por ignorá-lo porque não achava que conseguiria nada útil ali. Então descobri que era maravilhoso. Só de passar pelo que outras pessoas haviam feito já me dava a sensação de que tudo aquilo valia a pena. Quando você fica preso em pequenas batalhas, acaba ficando pequeno também. Pular de um noticiário da TV a cabo a outro para discutir controvérsia após controvérsia tinha me apequenado. Eu só pensava na luta, e não em por que estava lutando.

Abri o Skype. Maya estava on-line. Cliquei no nome dela, mas então fechei o notebook e gravei um vídeo sobre como não íamos deixar as táticas dos Defensores acabarem com a discussão pública sobre o Sonho, e sobre como trabalharíamos com Sonhadores conhecidos para criar uma ferramenta que nos ajudasse naquele sentido.

O mês de abril, em geral

@AprilMaybeNot: Se existisse um lugar projetado por Sonhadores e para Sonhadores com o objetivo de ajudar a resolver as sequências, que características vocês gostariam que tivesse?

Àquela altura, havia milhões de pessoas ativas na comunidade dos Sonhadores, e manter o controle não só das sequências solucionadas, mas também das que estavam em processo ou ainda não tinham sido iniciadas dava muito trabalho. Também havia milhares de fóruns onde dava para procurar pessoas que tivessem habilidades ou informações úteis que os quebra-cabeças exigiam. Alguns ficavam em plataformas preexistentes, como Reddit, Facebook ou Quora; outros foram montados a partir de softwares de chats e grupos de discussão.

Todos os esforços eram replicados em literalmente centenas de sites. Maya percebeu que eu (e Andy) tínhamos duas coisas que ninguém mais tinha:

1. A atenção de muito mais fãs de Carl que qualquer outra pessoa no mundo, além de credibilidade entre eles.
2. Muito dinheiro.

É claro que havia inúmeros desenvolvedores, engenheiros e programadores que ficariam felizes de tentar fazer algo de útil para a comunidade de Sonhadores em seu tempo livre. Mas, como ninguém estava sendo pago, todo mundo queria ficar no comando.

Maya tinha identificado esse problema, mas quem o resolveu foi Miranda (com ajuda do nosso dinheiro).

Ela vivia dizendo que era péssima programadora, e de fato aquela não era sua especialidade, mas, enquanto considerávamos a ideia, era Miranda quem dizia, repetidas vezes, "Não, isso não é possível", ou "É, isso levaria uns quinze minutos no máximo". Ela sabia distinguir um problema complicado de um simples com tanta facilidade que nos deixava perplexos. Então, quando escolhemos nosso primeiro programador, Jason, que morava com Andy, Miranda era a pessoa ideal para supervisionar o trabalho, já que entendia tanto da ideia quanto da prática.

E foi assim que nós (e com "nós" quero dizer Maya, Miranda e nosso dinheiro) criamos o Som.

Era uma central onde Sonhadores poderiam compartilhar habilidades, projetos, teorias, falhas e sucessos. Começou como um simples site, mas Jason o programou de forma que pudesse ser integrado facilmente com um aplicativo. Começamos a contratar pessoas do meu antigo emprego.

Logo nosso aplicativo passou a mostrar notificações quando um usuário procurava alguém com suas habilidades ou quando uma teoria em desenvolvimento que você seguia recebia um novo comentário. Ao cabo de um mês, a coisa toda estava tão interconectada e cheia de recursos que parecia impenetrável ao usuário comum. Mas o aplicativo não era para usuários comuns; era para Sonhadores ativos. Podia ter algumas falhas, mas era de longe melhor do que qualquer outra solução improvisada.

Continuamos investindo dinheiro nele conforme a base de usuários crescia. Toda vez que eu mencionava o Som em um vídeo, o influxo de usuários explodia. E, quando aquilo acontecia, precisávamos de mais ajuda para manter o site funcionando, sem mencionar o custo dos servidores. Por sorte, dinheiro não importava muito. Robin e Jennifer Putnam tinha conseguido um adiantamento ridiculamente grande para o livro, e eu recebera um quarto na assinatura do contrato.

O Som continuava crescendo (e rápido), mas Miranda permaneceu no controle. Primeiro ela supervisionava Jason, depois alguns programadores de aplicativos, então já estava mandando no pessoal que cuidava da interface do usuário, em engenheiros de dados, desenvolvedores de tecnologia, programadores de banco de dados, designers gráficos, desenvolvedores para celulares e até alguns contadores. Parecia que ela não era do tipo que focava em só uma área, mas sabia muito sobre MUITA coisa.

Quando interagíamos, Miranda nunca me passava a imagem de uma pessoa muito confiante. Não que fosse tímida; era mais do tipo deferente. Então o fato de que de alguma maneira conseguia controlar toda aquela confusão e ocupar o cargo de CEO de uma start-up de tecnologia de tamanho considerável aos vinte e cinco anos me surpreendia ainda mais do que surpreendia ela mesma. Quando estava lidando com alguém que não fosse eu, era amigável e atenciosa, mas também firme e autoritária. No fim, ela dava conta tranquilamente de gerenciar qualquer projeto. Seu trabalho em parceria com Maya — que era enormemente respeitada na comunidade de Sonhadores e tinha boas ideias sobre as ferramentas que precisavam ser criadas — tornou o Som o recurso mais usado pelos Sonhadores em poucas semanas. O plano patético de Peter Petrawicki de reunir trechos do código em segredo era constantemente atacado pela comunidade reunida no Som. Sempre que alguém ficava entediado, entrava em um chat privado e divulgava uma sequência falsa.

No fim de março, o Sonho já tinha tomado tanto de nossas vidas que os Carls acabaram ficando meio fora do radar. Mas alugamos um escritório do outro lado da rua 23 para continuar de olho nele. Era impressionante como gastávamos dinheiro rápido. Não corríamos risco de ficar sem, mas tampouco demoramos para nos dar conta de que a riqueza era relativa. Eu devia ter uns dois milhões no banco naquele momento, mas queimamos trezentos mil no primeiro mês. Havia oficialmente mais dinheiro saindo do que entrando, mas todo mundo parecia confiante de que a situação ia mudar quando o livro saísse, então eu procurava focar nisso.

A boa notícia era que havia uma solução para a questão financeira no horizonte.

24 de abril

@AprilMaybeNot: Quando "fazer amor" se tornou "fazer amor"? Falam em fazer amor em um monte de músicas antigas, e não acho que estavam se referindo a sexo.

Meu irmão fez com que eu e duzentos dos seus amigos mais próximos viajássemos para o norte da Califórnia para assistir ao seu casamento. Queria levar todo mundo comigo, mas o desenvolvimento do Som tinha se tornado mais do que um trabalho de tempo integral. Só Robin foi junto, porque sua função era facilitar minha vida. E ele era bom naquilo.

Para dizer a verdade, esse casamento me aborrecia. Foi lindo, até pitoresco. Eles alugaram um espaço no campo cercado por árvores antigas. Tom ganhou muito dinheiro com o trabalho, então não economizou na organização. Só tinha visto a noiva dele algumas vezes, mas ela era fofa e eu estava genuinamente feliz pelos dois. Só que tinha trabalho a fazer em Nova York.

Sei que isso me faz parecer uma cretina, mas é importante lembrar que um alienígena tinha se infiltrado nos nossos sonhos. Na verdade, você provavelmente não se recorda, mas foi nessa semana que descobrimos um pouco mais sobre como o Sonho funcionava e todo mundo pirou.

Eu era uma das madrinhas, então precisava comparecer ao ensaio, e é claro que havia um jantar depois, e brindes, e foi tudo muito emocionante, mas demorou bastante tempo. Na metade do ensaio, a notícia chegou. O governo americano tinha encontrado algumas pessoas que não haviam sido expostas ao Sonho e colocado em quarentena para começar a estudá-las. Foi determinado que o Sonho de fato passava de pessoa a pessoa como uma doença transmitida pelo ar. Mais que isso, a infecção (o governo não queria que essa palavra fosse usada, mas era a que se aplicava melhor) estava sendo espalhada de maneira física. Podia ser filtrada. E, o que quer que fosse, causava alterações mensuráveis no cérebro; quando pessoas com e sem a "infecção" passavam por uma ressonância magnética funcional, os resultados eram visivelmente diferentes.

Eu estava tentando ser uma boa irmã, então não olhei para o celular por três horas seguidas. Quando o peguei, pareceu que o inferno tinha tomado conta da Terra. Fui ao banheiro e fiquei lá por meia hora enquanto os outros jantavam, só tentando me atualizar.

Imagino que você tenha ouvido sobre a "infecção". Ou precisa que te leve um laxante?, Robin me mandou por mensagem.

Sinto que preciso fazer alguma coisa. Estão esperando que eu diga algo, mas não sei como me posicionar, respondi, ainda dentro da cabine.

Havia uma infinidade de tuítes de Defensores, do tipo:

@MaçãPodre24: Parece que @AprilMaybeNot de repente ficou bem quietinha. Não tem nada a dizer sobre isso, garota?

O próprio Peter Petrawicki tuitou:

@PeterPetrawicki: Não espere que alguém como @AprilMaybeNot diga alguma coisa hoje. Eles não querem encarar a realidade de que um estudo científico concluiu que fomos contaminados por uma infecção que altera nossas mentes.

Era só algo que eles faziam para nos arrastar para uma conversa que adorariam ter. O que não queria dizer que não funcionava.

Havia tanta frustração e medo no ar que as pessoas estavam se forçando a ficar acordadas para evitar o Sonho, e algumas chegavam a tomar anfetaminas para tal. Mas é impossível não dormir. Algumas pessoas tinham até morrido... por causa do medo que Peter Petrawicki estava espalhando.

Robin me mandou outra mensagem. April, sua família está toda aqui e eles sabem o que está fazendo.

Frustrada, enfiei o celular no bolso e saí do banheiro.

— Desculpa — comecei a dizer a Robin assim que me aproximei. — Você está certo. Será que você consegue preparar alguns tópicos para eu abordar sobre esse assunto depois?

— Claro.

— Você ficou incrível nesse terno, aliás.

— Obrigado. Não foi barato.

— Não vou conseguir parar de pensar nisso. A situação é péssima. Todo mundo está falando em infecção. Talvez se eu estivesse on-line há algumas horas, poderia ter ajudado na escolha da palavra, direcionando para um termo mais técnico.

— April, seu irmão precisa de você.

— Eu sei. Obrigada, Robin. Você é um bom amigo.

Ele ficou ligeiramente vermelho. Então voltei a fingir que não estava completamente distraída e participei do casamento do meu irmão usando vinte e cinco por cento da minha capacidade mental.

19 de maio

@AprilMaybeNot: "Minha vida com Carl: Memórias e manifesto" já está nas lojas! Mas quem estamos enganando? Vocês vão comprar na Amazon, assim como eu, porque nos importamos mais em economizar dois dólares do que com a prosperidade do país! http://amzn.to/2EIGwTL.

Estava em uma livraria Barnes & Noble, com meus livros na estante. A capa parecia abstrata, mas na verdade era um close do ombro de Carl. A editora preferia ter usado uma foto minha, porque isso venderia mais livros, mas eu não conseguia nem imaginar meu rosto nas livrarias dos aeroportos do mundo todo. Peguei um exemplar e abri em uma página aleatória, então li as palavras que havia escrito, mas que agora descansavam na prateleira de uma livraria.

> Parece provável que o iodo tenha sido necessário para a criação do Sonho. O bioquímico de Harvard Alan Reichert escreve que, entre todos os elementos pedidos, o iodo "é o único comumente usado em processos bioquímicos". Trata-se de um composto necessário para a produção de múltiplos hormônios da tireoide. Embora ainda não tenhamos uma compreensão do mecanismo por meio do qual o Sonho se espalha, quando levei o iodo à mão do Carl, uma onda de tontura percorreu meu corpo. Logo em seguida, todo mundo que havia tido contato comigo era também era portador do Sonho. Independente de como ele seja carregado, deve ter exigido, além do iodo, materiais brutos disponíveis no ar ou no concreto.

Você notou? Um amigo me disse que, não importa quantas vezes o texto seja revisado, assim que você abre a versão final do seu livro, vai encontrar um erro. Argh.

Mas eu tinha terminado. Tinha escrito um livro. Lá estava ele. De capa dura, com dezenas de milhares de palavras, todas escritas por mim. É claro que Sylvia me deu uns empurrõezinhos, mas, no fim das contas, eu havia feito aquilo. A sensação era muito diferente de todo trabalho artístico que eu tinha feito antes. Havia tanto de mim nele que era como se eu estivesse naquela estante. Pessoas iam ler, e eu esperava que pelo menos algumas mudassem de ideia. No fim, quase todo mundo que leu o livro já estava do meu lado, e só serviu para deixar pessoas como eu mais bravas.

1º de junho

@AprilMaybeNot: Só faz uma semana que estou viajando para divulgar meu livro, mas sinto como se tivesse passado a vida inteira neste ônibus e todo o resto fosse uma ilusão.

Estava num palco em Ann Arbor, Michigan, diante de duas mil pessoas. Todas haviam comprado ingressos para o evento, em que eu leria um trecho do livro e depois responderia perguntas ao lado de Andy e Miranda. Não se tratava de um auditório; era só uma sala acarpetada num hotel em que colocaram duas mil cadeiras. Os ingressos se esgotaram em menos de um dia. Todo mundo tinha que comprar o livro no evento — mesmo que já tivesse um.

A turnê de divulgação estava sendo um grande sucesso. Nós três e Robin (e de vez em quando outras pessoas, como o pai de Andy, Jennifer Putnam, Sylvia Stone, assessores de imprensa, marqueteiros etc.) viajávamos em um ônibus com beliches, um Nintendo, um chuveiro e uma geladeira. Era apertado, e de vez em quando esbarrávamos uns nos outros, mas em geral era divertido de um jeito quase infantil e atrapalhado. Miranda e Andy estavam passado bastante tempo juntos, o que me deixava livre para escrever, usar nosso aplicativo e gritar com Defensores no Twitter.

Fazia vinte minutos que estávamos respondendo perguntas. A maioria era sobre o Sonho ou o que eu pensava sobre os membros de um culto no Novo México que atiravam em qualquer pessoa que se aproximava, por medo de contrair o Sonho, ou sei lá que teoria maluca envolvendo os Carls. Tínhamos um acordo: eu cuidava das teorias malucas, Andy cuidava daqueles que faziam "brincadeiras" sobre mim e Miranda sermos bonitas, e ela cuidava de toda a parte técnica. Miranda às vezes se ressentia do tempo que tiramos do seu trabalho no Som, mas concordou em vir junto desde que o wi-fi do ônibus fosse bom. Durante a turnê inteira, fiquei desejando que Maya estivesse conosco para responder às questões sobre o Sonho.

Como esta, de uma menina de doze anos:

— Qual foi a coisa mais estranha que já aconteceu com você enquanto sonhava?

— Bom, tudo é muito estranho no Sonho — eu disse, enrolando. — Mas é um lugar tão silencioso e tranquilo que o avião me pegou de surpresa.

— Como é? — Miranda perguntou da cadeira ao lado.

— O avião. Quando você chega aos limites da cidade, ele aparece para pousar em algum lugar. Nunca descobri onde.

Pessoas se remexeram na plateia.

— Você nunca foi até o limite da cidade? — perguntei.

— Fui, sim — Miranda disse. — Mas não encontrei nenhum avião. Nada na cidade se move. Nunca.

Andy assumiu o controle da situação.

— Levanta a mão quem já viu um avião voando no Sonho.

Ninguém levantou.

— Ah — eu disse.

Fez-se um silêncio considerável, então eu disse:

— Bom, então acho que essa foi mesmo a coisa mais estranha que já me aconteceu no Sonho!

Houve algumas risadas, e passamos à próxima pergunta.

Era de um cara na faixa dos trinta. Usava um blazer e tinha cabelo escuro arrumadinho. Sua voz soou um pouco trêmula.

— É uma pergunta para April. Qual é a sensação de ser uma traidora da sua espécie? — O público começou a reclamar, e o cara teve que falar ainda mais alto no microfone, preocupado que eu não conseguisse ouvi-lo por cima das outras vozes. — Qual é a sensação de saber tudo o que você sabe e continuar fingindo que não há ameaça real? Qual é a sensação de vender seu planeta e seu país por um punhado de dólares — ele levantou meu livro — e alguma notoriedade?

Sua voz continuava trêmula, e o cara parecia nervoso. Alguns de seus amigos (não sei se o conheciam de fato ou só eram simpatizantes dos Defensores que tinham ido no evento para causar) comemoraram e gritaram "aê!" em meio ao público.

— Olha, a gente pensa diferente. — Aquele tipo de confronto já tinha acontecido, e eu havia aprendido a lidar com a situação. — Estou disposta a aceitar que você só quer o bem do planeta, e sinto muito que não seja capaz de aceitar a mesma coisa a meu respeito. Não há nenhuma evidência de que os Carls queiram qualquer outra coisa além de aproximar a humanidade...

— VAI SE FODER, SUA PUTA TRAIDORA! — outra pessoa gritou dos fundos.

De repente, o auditório inteiro estava envolvido na briga. Olhei para Andy e Miranda, que pareciam assustados. O público levantava para ver quem tinha gritado. As coisas tinham oficialmente saído do controle. Eu gritava ao microfone, mas ninguém conseguia me ouvir — ou ninguém estava prestando atenção em mim. Havia gente no corredor agora. De repente Andy estava na minha frente. Ele pegou minha mão e me levantou da cadeira. Eu não queria sair do palco. Se não conseguíssemos acalmar os ânimos, a manchete de todos os jornais no dia seguinte seria TURNÊ DE LANÇAMENTO DO LIVRO DE APRIL MAY É CANCELADA APÓS PROTESTOS, ou coisa do tipo. Mas as coisas não estavam melhorando. Andy e Miranda tiveram que me arrastar para fora do palco.

6 de junho

@AprilMaybeNot: Seria de esperar que, se alienígenas tivessem me criado para ajudar a conquistar o planeta, eu seria coordenada o bastante para não dar de cara numa porta. Porém...

Estava de volta ao meu apartamento na rua 23, sentada diante do computador. Sabia o que tinha que fazer, mas não conseguia.

A turnê de lançamento havia sido cancelada depois do desastre em Ann Arbor. Os Defensores sempre tinham me agredido na internet. Suas teorias da conspiração foram se acumulando até eles chegarem à conclusão de que eu não era humana. Talvez eu fosse o anticristo, talvez um demônio, talvez alienígena. A desumanização costuma ser metafórica, mas, para determinados caras, tinha se tornado literal. Eu não era humana.

Vou ser honesta com você: era assustador. Aquele momento no hotel, quando as coisas saíram do controle, foi assustador. Mas o pior era descer pela toca do coelho dos delírios alheios e saber que eu estava no centro disso e que havia milhares de pessoas no mundo que ficariam felizes se eu morresse — porque elas me diziam isso o tempo todo. Eu estava sempre ansiosa, o que me deixa temperamental e distraída, propensa a acreditar que tudo ia dar errado. Em público, no entanto, eu parecia mais tranquila que James Dean.

Meu endereço não era segredo. A polícia tinha recebido dezenas de ligações de pessoas que alegavam estar sendo mantidas reféns no meu apartamento, em uma estratégia da internet cuja esperança era de que os policiais levassem a ameaça a sério e convocassem a SWAT para arrombar minha porta. Por sorte, em sua primeira semana de trabalho, Robin tinha ligado para a polícia para me incluir na lista de alvos em potencial, então nunca cheguei a conhecer o pessoal da SWAT. No entanto, assisti a vídeos de portas de outras pessoas sendo arrombadas por eles. Acontece com certa frequência com pessoas que estão transmitindo ao vivo uma partida de videogame. E é assustador. A porta é derrubada, todo mundo grita e uns caras enormes com colete à prova de balas apontam rifles pra todo mundo. Uma vantagem do Sonho era que, se eu ficava nele a noite toda sem acordar, me livrava dos pesadelos.

Havia dez mil momentos em um único dia em que eu queria jogar tudo pro alto e me esconder. O Som tinha meio que passado a se sustentar sozinho quando Miranda acrescentou uma modalidade premium que custava cinco dólares por mês. *Minha vida com Carl* tinha vendido mais de um milhão de exemplares. Eu ganhava a ridícula quantia de sete dólares por cópia, então é só fazer as contas. Eu podia ter me aposentado naquele momento, e teria sido mais seguro e gostoso se o houvesse feito. As únicas coisas que me mantinham no jogo eram:

1. Eu odiava Peter Petrawicki e os Defensores, e faria tudo ao meu alcance para derrotar sua mensagem com a verdade, que eu acreditava que estávamos perto de descobrir.
2. Desistir porque estavam me agredindo seria uma maneira de deixar que ganhassem.
3. Eu amava, de verdade, profundamente, com toda a sinceridade, ter a atenção das pessoas.

Eu prometi ser honesta.

Mas desviei do assunto. Estava sentada diante do computador no quarto extra do meu apartamento. Não tinha ninguém ali. Eram oito e três da noite. Tinha mandado uma mensagem para Maya mais cedo perguntando se podíamos falar por Skype. Ela disse que podia ser às oito. Então fiquei sentada ali, com a seta do mouse sobre o botão da ligação, por três minutos.

É claro que Maya foi em frente e me ligou. Atendi.

— Oi — disse, tentando soar normal.

— Oi, April. Tudo bem?

Era tão bom vê-la.

— Não sei. Sinceramente, não estou muito em contato comigo mesma ultimamente — respondi, com seriedade demais.

Ela assentiu, com uma mistura de preocupação e frustração.

— É, isso... não chega a surpreender. Sinto muito mesmo pelo que aconteceu em Ann Arbor. Pareceu péssimo.

— Estou começando a me acostumar — menti. A única coisa

com que estava me acostumando era com fingir que estava me acostumando. Como eu sabia que Maya sabia que eu estava mentindo e ela sabia que eu sabia que ela sabia, deixamos pra lá.

— Olha — continuei —, aconteceu outra coisa estranha em Ann Arbor que não sai da minha cabeça. Você sabe mais sobre o Sonho que qualquer um, então pensei em te contar.

— Manda.

— Toda vez que saio da cidade, posso ouvir e ver um avião pousando em algum lugar por perto. Só consigo acompanhar até que desapareça atrás dos prédios, mas tenho certeza de que está pousando. Mencionei isso e todo mundo pareceu achar que eu estava inventando.

Maya se manteve imóvel como uma pedra, com a cabeça ligeiramente inclinada para o lado, os lábios abertos e a testa só um pouquinho franzida. Havia algo em seu rosto que me fazia pensar que talvez estivesse com uma leve vontade de vomitar.

— Maya?

— Nada no Sonho se move sozinho — ela disse.

— O robô recepcionista se move — eu disse.

— Tá, fora isso. — Ela seguiu em frente. — Tem tecido no Sonho… bandeiras hasteadas que nunca tremulam ao vento. Tem plantas, mas elas nunca crescem ou florescem. É um fato amplamente aceito e reconhecido. Nada se move no Sonho.

— Bom, acontece comigo toda vez que chego aos limites da cidade. O avião se aproxima e pousa em algum lugar.

Maya soltou um suspiro longo e baixo. Então inclinou a cabeça para a frente, fazendo seus cachos cobrirem o rosto.

— Fiz algo de errado? — perguntei. Não na defensiva, mas preocupada. A julgar pela cara de Maya, eu tinha feito algo errado.

— April. — Ela olhou para a câmera e então seu rosto se contorceu em umas vinte emoções diferentes. Frustração, medo, animação, frustração de novo, curiosidade, animação de novo e depois mais um pouco de frustração.

— Maya — eu disse, quando pareceu que ela precisava ser trazida de volta à realidade.

Maya ergueu os braços em frustração e depois levou as mãos ao rosto.

— MEUDEUSDOCÉU, O QUE FOI? — eu estava com um pouco de medo, como se meu Sonho tivesse câncer ou coisa do tipo.

— Nada se move no Sonho, April. E o que é mais estranho ainda: nada é diferente para ninguém no Sonho. O recepcionista se move e fala na língua nativa do sonhador, mas, além disso, tudo é exatamente igual. EXATAMENTE. Contaram o número de folhinhas de grama na frente de uma casa. É exatamente o mesmo para todo mundo. Para cada pessoa na Terra. Então, quando você diz que acontece algo no seu sonho que não acontece no dos outros, é extremamente empolgante e frustrante ao mesmo tempo. Empolgante porque eu e você vamos trabalhar nesse mistério, que pode muito bem ser o último quebra-cabeça que o Sonho tem a oferecer, já que logo mais vamos chegar aos quatro mil e noventa e seis. E frustrante porque, minha nossa, sei que você é uma boa pessoa, mas a última coisa de que precisa é de outro sinal dos céus de que é especial. — Ela suspirou ao fim.

Aquilo me irritou um pouco. Fiz uma cara severa e disse:

— Maya, eu não pedi nada disso.

Ela pareceu refletir por um longo momento antes de dizer:

— Posso retirar meu último comentário para manter esta conversa estritamente profissional?

— Acho que seria uma boa. — Fiquei irritada que quisesse evitar uma briga, mas tampouco queria brigar. — Sou só alguém com um problema inusitado no Sonho enquanto você é a especialista que vai me ajudar. É tipo brincar de médico! — Me arrependi da piada de imediato, mas Maya riu educadamente.

— Tá. Fico superfrustrada por não poder entrar no seu cérebro pra descobrir a resposta, mas vamos fazer o seguinte: assim que o Sonho começar, você vai direto pros limites da cidade. O jeito mais fácil de chegar lá provavelmente é descer a Broadway direto. É a rua em que fica o prédio inicial. Assim que vir o avião, vai correr, E NÃO ANDAR, na direção dele. Se conseguir entrar nele, vai investigar.

"Primeiro: procure qualquer coisa incomum. Você precisa passar as próximas horas e talvez os próximos dias aprendendo tudo o que pode sobre aviões. De cara, tente descobrir de que tipo é. Um boeing? Um airbus? Um CRJ? Você pode começar com uma definição mais ampla e reduzir as possibilidades pesquisando entre as noites de sono. Talvez você tenha a sensação de que tem alguma coisa faltando. As dicas dos Sonhos com frequência são omissões, coisas que deveriam estar lá e não estão, mas talvez não consiga enxergar se não souber como é uma cabine de pilotagem.

"Segundo: procure qualquer falha de padrão. Em geral, as unidades do que quer que seja são idênticas no Sonho, então qualquer coisa que se destaque das outras do mesmo tipo provavelmente é importante. Pode ser que um dos assentos não esteja na posição totalmente levantada, ou que uma das janelas não tenha vidro duplo, ou que de um dos banheiros saia um cheiro estranho. Qualquer coisa.

"Terceiro: não tente fazer isso sozinha. Fala comigo. Vou reunir algumas poucas pessoas em quem confio que possam ter informações relevantes. Sei que talvez seja muito tentador pra você resolver isso sozinha, mas já faz mais de um mês que nenhum Sonhador consegue resolver um quebra-cabeça sem ajuda. Essas coisas são complicadas, e pra mim está claro que os Carls querem nos ver trabalhando juntos. Descubra o que puder e me conte depois. Sei o que estou fazendo."

Eu estava anotando tudo. Então voltei para o Skype.

— Mais algum conselho sábio, ó guru do Sonho?

— Sim — ela disse. — Não tire sarro da minha cara ou vou te deixar sozinha com esse mistério e sua incapacidade de chegar numa resposta vai te devorar viva.

— Certo! — eu disse.

A conversa toda foi como uma agradável caminhada a centímetros da beirada do Grand Canyon. Foi bem legal, quase incrível. Mas era impossível esquecer que eu estava a um tropeção de algo profundamente desagradável.

— Te mando notícias de manhã — eu disse.

— Se você está mentindo pra mim sobre essa história, vou botar fogo no prédio onde você mora — ela disse.

Não foi particularmente fácil pegar no sono naquela noite. A ansiedade era inimiga da semiconsciência, mesmo que você tivesse se tornado o tipo de gente que estava sempre meio grogue, como eu. Fiquei lendo uma biografia do Rodin que já era a quarta vez que tentava encarar até finalmente me encontrar no saguão. Fiz o que Maya disse e logo estava correndo na direção do avião que ia pousar em algum lugar na cidade. Depois da minha pesquisa preliminar sobre aviões, podia dizer que era de porte grande, mas não jumbo. Não tinha dois andares, como o 747 ou o A380, o que significava que era de um dos vinte e cinco tipos diferentes que pareciam praticamente iguais.

Conforme corria para onde achava que o avião ia aterrissar, notei que não estava me cansando. Podia correr a toda velocidade por quanto tempo desejasse. Acho que isso não é estranho para um sonho comum, mas estar no controle e alerta como sempre acontecia no Sonho tornava aquilo um barato. Então deixei que meus pés me carregassem tão rápido quanto conseguissem, que era tão rápido quanto conseguiam na vida real. Ou seja, não muito rápido.

Depois que perdi o avião de vista, tive que chutar onde havia pousado. Ele teria que continuar se movendo depois que tocasse o solo, porque era o que os aviões faziam, então fui direto para mais ou menos onde achei que fosse parar.

Eu estava errada. Me perdi, caminhei a esmo pela cidade por quarenta e cinco minutos, tive uma ideia e bati a cabeça forte contra um galho. De propósito, claro. Havia uma série de modos de acordar do Sonho, e o mais fácil era se machucar. Não doía de fato, e no instante seguinte você estava deitado na cama.

Para voltar ao Sonho, eu precisava passar algum tempo acordada. Se você voltasse a dormir na mesma hora, só teria sonhos normais.

Sonolenta, dei uma olhada no Twitter, li algumas postagens no Som e, então, julgando que era o bastante, voltei a deitar.

Daquela vez, fui na direção dos limites da cidade, mas dei uma volta até encontrar o que estava procurando: um prédio mais alto que a vasta maioria dos que havia em volta. Parecia um pagode japonês. Tinha sete andares e ficava a poucos quarteirões do gramado. Eu o circulei e encontrei uma escada que levava até lá em cima.

Então voltei aos limites da cidade, vi o avião e corri como louca para o pagode, subindo até o último andar. Eu ainda não conseguiria ver exatamente onde o avião ia parar, mas dava para ter uma ideia dos pontos de referência em volta. Eu o perdi de vista perto do arranha-céu principal, na minha parte da cidade. Um Sonhador experiente teria conseguido ir direto para lá, só que as ruazinhas estreitas, sinuosas e tortuosas da cidade ainda me confundiam.

Mas consegui chegar.

Até hoje não sei como pousou, mas o avião estava lá, aninhado num pequeno parque que agora parecia ter sido feito para que um avião coubesse nele. Aparentemente, não precisara de pista. É claro que esse tipo de coisa não precisa fazer sentido. Isso ficou ainda mais claro quando me aproximei e senti que tinha alguma coisa muito errada ali. Maya dissera que aquilo poderia acontecer, que algo poderia estar faltando, mas não era nem um pouco sutil. As rodinhas do avião não tinham sido baixadas. Ele estava flutuando, a barriga a cerca de dois metros do chão, as turbinas a um pouco menos. Eu podia andar até elas e tocá-las. Superando meu medo irracional, levei a mão à turbina e girei a pá enorme lá dentro.

A pintura do avião sugeria que pertencia a uma companhia aérea, mas não reconheci o logo. Tinha uma faixa horizontal cinza com um círculo de um tom levemente mais claro sobreposto pouco acima.

Como o sol nascendo sobre o oceano, só que o círculo estava à frente no horizonte. A simplicidade da imagem fazia com que parecesse mais a bandeira de um país que o símbolo de uma corporação.

A fuselagem era toda coberta por um padrão de colmeia com hexágonos vermelhos aleatoriamente localizados entre a maioria branca.

Dei a volta no avião sem encontrar mais nada digno de nota. Era grande demais para que eu sequer considerasse tentar chegar à porta. Esticando o braço, eu conseguia tocar a barriga dele quando passava por baixo, mas as únicas escotilhas que havia ali não abriam. Eu não podia usar as rodinhas para subir, então tentei fazer isso pelas turbinas. Comecei pela frente, mas aquilo certamente não daria certo. Ela era duas vezes mais alta que eu, e não tinha nada em que me segurar.

Então fui para trás e comecei a escalar. Não estou muito em forma, mas pelo menos sou leve. Me enfiei no vão entre a parte interior e a exterior da turbina e tentei me projetar para cima. Consegui me arrastar até o ponto em que a turbina se conectava ao avião, quase no topo. Agora só precisava agarrar a parte de fora dela.

Enquanto tentava fazer aquilo, minha bunda escorregou. De repente eu estava caindo descontrolada de uma altura de mais de quatro metros, totalmente em pânico. Acordei antes de chegar ao chão.

Contei tudo a Maya no dia seguinte, e ela me deu algumas sugestões. A mais importante delas era de que eu parasse de fingir que era a única heroína daquela história, porque não ia conseguir fazer tudo sozinha. Maya argumentou que aquilo não só estava nos atrasando, mas também era perigoso. Quanto mais eu fazia parecer que era o centro da história, mais crescia o ódio das pessoas que já me odiavam.

Então contra-argumentei que aquelas pessoas eram babacas instáveis, então nem devíamos dar ouvidos. Maya concordou que eram todas piradas... mas justamente por isso devíamos prestar atenção.

8 de julho

@AprilMaybeNot: Hoje conheci um bilionário que de imediato criticou em detalhes o modo como me apresentei, então... ele que se foda.

Tinha acabado de voltar da festa mais chique da minha vida. Miranda, Andy, Maya e eu demos entrevista para o documentário de um diretor muito famoso e fomos convidados para a pré-estreia. Pudemos comprar roupas bem caras que faziam com que nos sentíssemos (e talvez parecêssemos) estrelas de cinema. Então andamos literalmente pelo tapete vermelho enquanto centenas de fotógrafos profissionais tiravam fotos de nós.

Por sorte, a pré-estreia caiu no mesmo dia em que a última (até onde sabíamos) sequência das quatro mil e noventa e seis do Sonho foi resolvida, embora naquele momento não soubéssemos daquilo.

Assistimos ao filme em um cinema antigo e então fomos para a festa num bar fechado. A iluminação vinha apenas de algumas luzes vermelhas, e o bar distribuía drinques inspirados nos Carls.

Como em qualquer festa do tipo, a lista de convidados era rígida, mas longa. Muitas celebridades que não tinham participado do filme decidiram aparecer porque era um evento social importante.

E todas queriam falar comigo.

O que era ótimo, só que eu estava morrendo de vontade de fazer xixi e tinha umas quarenta pessoas na fila para o banheiro. Seria de imaginar que eles estariam mais bem preparados...

Robin e os outros tinham conseguido sentar a uma mesa, já que não recebiam tantos pedidos de selfies quanto eu. Miranda estava usando um vestido de algodão verde-escuro. Era meio de tricô, meio de tecido. As mangas longas eram justas, mas a peça alargava um pouco acima da cintura e ia até os joelhos.

Fofo, fofo, fofo.

Mas lembrei que a fofura dela não era meu tipo de fofura.

Comecei a andar na direção deles, mas logo fui tragada de novo para a glória e a adoração, quando o diretor me apresentou para um bilionário de verdade.

A maior parte das minhas interações naquela noite consistiram em pessoas legais me dizendo que achavam que eu era legal. Eu tinha tomado três drinques, o que me deixava em um estado de leve embriaguez quase fora da minha zona de conforto, mas não de fato. Havia algumas outras pessoas na festa que trabalhavam principalmente com internet — eu conseguia ter uma conversa de verdade com elas, e tive. O pessoal mais tradicional de Hollywood não tinha nada a ver comigo.

Então, basicamente, foi bem divertido, mas a noite passou e logo me vi de volta ao quarto de hotel. A festa havia acabado e eu não sabia o que fazer. Ainda estava bêbada. Não queria dormir. A única coisa que me esperava no Sonho era um mistério insolúvel envolvendo um avião, no qual eu trabalhava fazia quase um mês. Eu tinha explorado cada centímetro do exterior da aeronave. Os esforços de Maya para me ajudar com minhas limitações tinham sido infrutíferos, e eu não ia deixar que ela se envolvesse ainda mais. Não queria ver TV no quarto. Tuitei um pouco sobre a festa, mas não levou a nada. Tudo parecia absolutamente normal, só que eu não deveria mais ser normal.

As guloseimas que eu oferecera ao meu cérebro para que se sentisse bem tinham funcionado durante a noite, mas agora haviam acabado. Era de esperar que eu deitaria na minha cama chique de hotel e cairia num sono delicioso, mas não. É assim que estrelas do rock devem se sentir depois de um show... É por isso que fazem mais festas depois das festas, com fãs e cocaína. Você quer manter o barato, mas não consegue fazer isso eternamente, acho.

Peguei o telefone e liguei para a recepção.

— Pode transferir a ligação para o quarto de Miranda Beckwith?

— Um momento, por favor.

E então Miranda estava ao telefone.

Eu tinha total consciência de que me envolver com Miranda tornaria minha vida muito mais complicada. Eu nem me sentia tão atraída por ela, mas (e sei que estou falando de uma posição de extremo privilégio) estava morrendo de medo da solidão dolorosa da cama fria do hotel.

— Alô?

— Oi, é a April. Ainda está acordada?

— Estou... Por que não me mandou uma mensagem?

— Achei que seria mais legal assim, com a ligação sendo *transferida*!

— Uau — ela disse, imitando meu falso entusiasmo.

— Então, sei que você andou pesquisando o que eu te disse sobre a Sequência 767. — Eu tinha compartilhado aquilo com Maya, Andy, Robin e ela, e feito com que jurassem segredo. Imaginei que Miranda teria algumas ideias àquela altura. — Achei que talvez pudesse vir ao meu quarto para conversar a respeito antes de dormir.

— Claro! Tenho algumas ideias! — Ela parecia completamente alheia ao fato de que talvez meu convite tivesse segundas intenções, o que me preocupou. Era claro que Miranda era um pouco obcecada por mim, mas talvez não passasse daquela coisa toda de eu ser "April May, a descobridora do Carl Nova York". Talvez eu tivesse entendido errado. Talvez ela fosse cem por cento hétero, ou simplesmente não estivesse atraída por mim!

Aquele era o tipo exato de empolgação misturada com medo que eu estava procurando.

— Legal. Seiscentos e seis — eu disse.

— Que engraçado! — ela disse.

— O quê?

— Nada, te digo quando chegar aí.

Fui ao banheiro escovar os dentes. Eu já tinha tirado o vestido chique, claro, mas retoquei a maquiagem só o bastante para que ela não notasse que o tinha feito. Então coloquei uma regata que era meio pequena demais e a calça do pijama, que era meio grande demais. Olhei para o espelho e pensei: *Pegaria*. Então ela bateu na porta. Juro que a flagrei olhando para o meu corpo por um milésimo de segundo antes que me encarasse.

Ela estava fofa como sempre, em um vestidinho cinza de malha. A cintura era alta, quase império. O tecido ficava justo sobre seu busto estreito e então rodava, apenas insinuando o corpo embaixo.

Era tudo de que eu precisava para aquela noite.

Sentamos e conversamos um pouco sobre as aventuras da noite antes de entrar no assunto da interpretação do Sonho.

— Os hexágonos? Não tenho ideia. Pode ser um código para alguma coisa. Talvez binário, talvez um padrão numérico... Não sei, April, tentei analisar de uma dezena de maneiras diferentes e nada parece fazer sentido. Mas pensei em algumas hipóteses para o logo da companhia.

Como o quarto não tinha cadeiras nem nada do tipo, estávamos uma ao lado da outra na beirada da cama, com os notebooks sobre as pernas.

— Me pareceu familiar no sonho — eu disse —, mas nada que tentamos bateu.

— Bom... — Ela levantou o notebook e o apoiou delicadamente sobre a parte superior da minha coxa —, acho que parece familiar porque lembra uma bandeira. Se completar a parte de cima, parece um retângulo de duas cores dividido ao meio, com um círculo em cima. É tipo um modelo clássico de bandeira. Mas definitivamente não é a bandeira de um país, e parece estar representando outra coisa.

— Por quê? — Tentei fazer tanto contato visual com seus enormes olhos castanhos quanto possível.

— Não sei, o Sonho nunca fez uma referência tão aberta a um país específico. Em geral a coisa é muito mais abstrata. — Ela parecia animada e nervosa ao mesmo tempo. — Acho que é mais provável que seja algo simbólico ou representativo. A sensação simbólica é do sol na frente do oceano, o que pode significar algo para alguém, mas não significa nada para mim. Mas andei pensando na questão representativa. E se não for um único símbolo, mas dois? Pode ser um ponto e um traço em código Morse. Se for só isso, corresponde à letra *A*. Mas, se for quebrado em duas letras, seria... — Ela olhou no computador. — *E*... e *T*.

Levantei o dedo para ela.

— E.T.?

Miranda levantou o dedo na direção do meu.

— Telefoooone... minha caaaasa...

Rimos, ficamos vermelhas e eu peguei sua mão como se fosse algo natural a se fazer quando alguém está se divertindo com um amigo. Só um pouquinho mais de contato físico. Ela abaixou a cabeça e me olhou, agora sem sorrir, com o rosto totalmente corado. Soltei sua mão e coloquei a minha em seu ombro. Assim que toquei o tecido do vestido, Miranda se inclinou para um beijo meio confuso.

Não me importei.

Cerca de uma hora depois (desculpa por deixar a parte boa de fora, mas Miranda é uma pessoa muito discreta), estávamos juntas debaixo das cobertas, a cabeça dela apoiada na dobra do meu braço. Estávamos suadas e grudentas, mas estava gostoso demais para eu me importar.

—Vou parecer boba dizendo isso, mas nem acredito que acabei de me dar bem com April May.

— Como assim? — perguntei, meio preocupada.

— Ah, somos amigas, então sei que você é uma pessoa normal. Acho até que te conheço bem agora. — Havia certo orgulho em sua voz. — Mas você ainda é April May, sabe? Defensora dos nossos visitantes alienígenas, responsável pelo primeiro contato, iniciadora do Sonho.

— Isso do Sonho a gente fez juntas — eu a lembrei.

— Ah, April, somos todos satélites na sua órbita.

Aquilo me deixou extremamente desconfortável.

— Isso é ridículo, Miranda — eu disse, séria. —Você é um gênio. Eu é que não acredito que acabei de me dar bem com Miranda Beckwith.

Aquilo a fez sorrir bastante.

— AH! Eu quase esqueci. — Ela se apoiou no cotovelo, segurando o lençol contra o peito para se esconder. — O mais provável é que seja outro código. Parece um sistema numérico alternativo, em que os traços representam cinco e os pontos, um. Então um traço e um ponto somariam seis. É o sistema numérico maia.

— Maia? — perguntei, me sentindo um pouco tonta. De repente parecia que eu estava traindo alguém, mas nem sabia se era Maya ou Miranda.

— Isso. A civilização mesoamericana.

— Estranho... — consegui dizer. — Mas por enquanto é a melhor opção a investigar.

— Com certeza. — Então ela começou a me explicar como os números maias eram intrincados. Se percebeu que eu tinha ficado estranha, não comentou. Me esforcei ao máximo para prestar atenção enquanto passava a mão em seus cabelos e a ouvia falar como os maias representavam os números em centenas e milhares.

12 de julho

@AprilMaybeNot: Vai rolar um negócio. Vou aparecer na CNN às oito da noite.

Aí está, a data que você estava temendo que chegasse. Não se preocupe, eu também. Já foi escrito o suficiente sobre ela para encher mil livros, então vou focar no que fez parte da minha experiência direta. Você vai notar que até agora não falei sobre relações internacionais ou mesmo sobre o que estava acontecendo no meu país. Esta é a minha história, e não um documentário de quarenta e cinco horas de duração do Ken Burns.

A essa altura, todas as sequências tinham sido solucionadas, exceto aquela a que apenas eu tinha acesso, que era mantida em segredo. Estavam todos se matando para tentar transformar o código hexadecimal em algo que fizesse sentido, mas ele só produzia rabiscos aleatórios que não significavam nada. Alguns achavam que faltava uma chave, alguns caracteres de código que poderiam destravar tudo. Ninguém sabia onde essa chave poderia estar, a não ser por mim e minha equipe. Continuaram acessando o Sonho, procurando em vão. As tentativas dos Defensores de controlar as sequências falharam retumbantemente, mas eles estavam se saindo bem no controle da narrativa. Petrawicki tinha mania de diminuir a credibilidade de todo mundo que discordasse dele publicamente. A maior parte das suas postagens eram teorias da conspiração bem fracas sobre qualquer um que sugerisse que talvez as coisas não fossem tão ruins assim. Sempre que assistia a seus vídeos ou o via na TV, Petrawicki parecia muito satisfeito.

Enquanto isso, eu estava muito infeliz. Não conseguia resolver a Sequência 767, tampouco conseguia criar coragem para divulgar sua existência. Era rica e famosa, mas de repente não tinha amigos. O Som de alguma forma ficou mais popular do que nunca. Estavam repassando todas as sequências do Sonho à procura de pistas que levassem à chave, o que mantinha todo mundo à minha volta tão ocupado que nunca conseguíamos só passar um tempo juntos. As coisas ficaram esquisitas com Miranda; Andy de repente parecia distante e frustrado, mas eu não queria perguntar por quê; e o atrito entre mim e Maya nunca desapareceu. Robin era o único do grupo que continuava agindo normalmente comigo. Só que ele trabalhava pra mim, então não tinha certeza se sua amizade contava. Se eu parasse de pagá-lo, ia continuar por perto?

Voltei todas as minhas frustrações contra os Defensores. Passei a maior parte do meu tempo acordada lendo suas ameaças, rebatendo seus argumentos, gravando vídeos e brigando com eles nas redes sociais.

Em meu ódio (e na minha ganância, mas principalmente no meu ódio), deixei Jennifer Putnam me convencer a aparecer na TV para um debate cara a cara com Peter Petrawicki. Me parecia uma péssima ideia. Ele falava melhor do que eu, e quando éramos contrapostos, eu sempre parecia uma criança.

Mas Putnam disse que, mesmo que Petrawicki marcasse alguns pontos, seria uma forma de atrair pessoas desinformadas mas bem-intencionadas pro meu lado. O objetivo era levar minha mensagem ao maior número de pessoas, e fazer algo que a imprensa pudesse vender era a melhor opção. Enfim, meu ódio por Peter e minha crença em Putnam (afinal, seus conselhos tinham me levado até ali) prevaleceram.

Isso foi praticamente esquecido, mas na época era importantíssimo. Tínhamos nos posicionado em lados opostos, o que havia estabelecido grosseiramente (muito grosseiramente) duas linhas políticas.

Cada um de nós tinha seu pequeno exército, e um odiava o outro de verdade. A frustração com toda a ideia de que os Carls deveriam ser tratados como uma ameaça e uma desculpa para a militarização alimentava a fúria do meu lado. Do lado de Peter, a fúria era alimentada por uma indignação semelhante e uma bela dose de medo por cima.

O encontro se deu no campo mais neutro em que conseguimos pensar: a CNN. Seria em um programa até que respeitável em termos de TV a cabo, mas ainda assim eles passaram uma semana inteira promovendo nosso "cara a cara" como se fosse um debate de candidatos à presidência. Ambos fomos até o estúdio em Nova York, onde nos sentamos a uma mesa de vidro refinada em frente a uma parede ainda mais refinada e olhamos para as luzes, as câmeras e o depósito com vigas de aço mais além.

TRANSCRIÇÃO

Apresentadora: As sessenta e quatro maiores cidades do mundo receberam a visita de tecnologia alienígena, talvez até vida. Mas suas intenções permanecem um mistério.

Tanto April May, descobridora do Carl Nova York, quanto Peter Petrawicki, autor de *Invadidos*, já foram convidados deste programa, mas nunca juntos. A questão é bastante simples: os Carls são perigosos?

April, você claramente nunca se sentiu ameaçada por um Carl, e a princípio até achava que era algum tipo de escultura contemporânea.

Apesar da falta de pergunta, ficou claro que era minha vez de falar, então eu fiz o que todo mundo sempre faz nesses programas e ignorei a deixa. Simplesmente disse o que queria dizer:

— Se os Carls ou seus criadores quisessem nos machucar, não teriam nenhum problema em fazer isso. Mas parecem ser de natureza passiva. — Fiquei surpresa por ainda não ter sido interrompida. Não tinha muita certeza do que mais dizer, mas continuei, só para não ceder a palavra. — Sua tecnologia é tão avançada que não conseguiríamos chegar nela nem em mil anos.

Então Petrawicki começou a falar:

— Cheryl, você disse que a pergunta é se os Carls são perigosos, mas discordo totalmente. Para mim, a pergunta é: os Carls *podem* ser perigosos? Tudo o que digo é que não tenho a resposta. Tampouco sei quão difícil seria lutar contra eles se precisássemos. Só acho que seria sábio não assumir o melhor dessa tecnologia que não é passiva. Está nas nossas mentes e anda à solta pelo país, escondida.

Era uma referência ao fato da mão do Carl Hollywood não ter sido encontrada. Tinha sido confirmado mais de uma vez que as mãos dos outros Carls não haviam caído no chão e fugido correndo, mas simplesmente desaparecido. Era mais um mistério que intrigava os cientistas e assustava os Defensores.

De qualquer modo, o fato era que Peter Petrawicki, que nunca parou de propagar seu alarmismo pela internet, parecia calmo e razoável — o que me pegou de surpresa. Aquela não era a conversa para a qual eu tinha me preparado.

Cheryl, a âncora, assumiu então.

— Há certa razão nisso, não acha, April?

— Acho válido ter cuidado, mas o ódio e a animosidade que o movimento dos Defensores espalha...

— Acha válido ter cuidado? — Peter gritou, me interrompendo. — Você é a razão pela qual Carl despertou. Talvez tenha causado esta invasão das nossas mentes por ter se intrometido. Isso está claro para mim, April. Você mesma disse que não deveria ter feito isso, que deveria ter deixado alguém mais qualificado tomar a decisão, mas não foi o que aconteceu. Você e seus seguidores só estão avançando cegamente sem qualquer consideração com a segurança dos habitantes deste país.

Por que o cara sempre falava "este país", como se o mundo inteiro não estivesse junto naquilo? Mas eu tinha me dado conta do meu erro, então voltei à mensagem.

— Eis ao que isso tudo se resume: acho que temos um visitante batendo na nossa porta, mas você quer apontar uma arma pra ele.

— Eles não bateram, querida, entraram direto sem pedir licença. E isso é invasão domiciliar, então podemos dizer que fomos invadidos.

Aquilo estava indo mal. A apresentadora recuperou as rédeas da discussão.

— Peter, April mencionou um bom ponto agora. O que podemos fazer quando deparamos com uma tecnologia tão claramente superior à nossa?

— Não é meu trabalho descobrir isso, mas de quem está no comando. Só quero que a ameaça seja reconhecida, em vez de nos rendermos ao primeiro sinal de uma forma de vida dominante. Não aprendemos nada com a história? O que acontece quando um grupo superior encontra um inferior? Os primeiros sempre chacinam os segundos, que perdem tudo.

Consegui reunir raiva o bastante para interrompê-lo.

— Só porque os humanos são horríveis você assume que outras espécies também são?

— April, eu não acho que os humanos são horríveis...

Eu o cortei na hora:

— Você acabou...

Então foi a vez de Peter me interromper.

— Me deixe terminar. Não acho que os humanos são horríveis. Acho que somos fortes e cheios de recursos. Se há alguém que pode sobreviver a esta luta somos nós.

April: Não tem luta nenhuma! Você está inventando isso, não consigo entender por quê! Por que perde o seu tempo assustando as pessoas?

Peter: Você acha mesmo que estamos com medo? É como se vivêssemos em países diferentes.

April: É claro que você está com medo, só fala disso...

Peter: Só estamos pedindo um pouco de bom senso, mas você insiste em me atacar! É sempre a mesma história, o homem comum só pede tranquilidade e certo cuidado e de repente é tachado de xenofóbico, ou seja lá qual for a palavra que inventaram na última semana para ajudar a vender livros.

Eu já tinha ouvido tudo aquilo antes, e sabia que aquela linha de argumentação funcionava. Se você disser às pessoas que estão sendo atacadas por causa daquilo em que acreditam, de repente elas querem defender suas crenças, mesmo que nem acreditassem totalmente antes. É bem impressionante, na verdade.

Eu queria testar um jeito de desarmar a situação em que havia pensado. Era imprescindível que eu não me perdesse em minha própria defesa e atacasse a raiz do que ele estava dizendo: que havia uma perspectiva lógica clara — e era a dele.

April: Peter, você invoca o bom senso do cidadão comum, mas muitos cidadãos comuns discordam da sua visão, também invocando o bom senso. Somos todos cidadãos comuns, no fim das contas.

Peter: Não com seu estilo de vida.

Eu não estava *nem um pouco* preparada para aquilo. Tinha erguido uma bandeira branca, mas ele a usara para me golpear.

April: O quê?

Peter: April, não acho que seja nenhum segredo que você não tem um estilo de vida comum.

April: Bom, nem você. Nossas vidas são estranhas. Estamos na TV agora, com milhões de pessoas nos vendo. Nada disso é normal.

Peter: Bom, se você prefere fingir que não entendeu...

April: Está falando do fato de eu ser lésbica?

Peter: Você diz isso, mas só parece ser lésbica de vez em quando. Outras vezes, nem tanto.

April: Quê? E por que estamos discutindo isso?

A apresentadora, que estava igualmente embasbacada, finalmente interferiu:

— Tenho que concordar que…

E então, sabendo que eu acabaria fazendo aquilo em algum momento de qualquer jeito, tomei a atitude mais idiota possível. Continuei o assunto de Peter Petrawicki em vez de voltar ao meu.

April: Não, tudo bem. Ele está certo. Isso não tem absolutamente nada a ver com a conversa, mas sou bissexual, o que é tão normal quanto ser gay ou hétero. O gênero nunca foi um dos critérios que influenciam minha atração por uma pessoa.

Peter: Então por que você tem mentido há um ano a respeito?

Era espantoso como eu tinha perdido totalmente o controle da conversa. Eis uma lista das respostas em que pensei em cinco segundos:

1. A sexualidade é algo complicado e fluido (totalmente fora do assunto)
2. Ser bi é normal, mas… vocês sabem… (eles não sabem)
3. Menti porque pessoas como você são horrorosas! (acusação)
4. Só faz seis meses, não um ano! (inútil)
5. Menti porque era melhor pra minha carreira (péssimo)
6. Minha agente me disse para mentir, não foi ideia minha! (só um pouco melhor)

Mas o pensamento mais assustador de todos, aquele que me impediu de esboçar qualquer resposta útil, foi: *Você caiu na armadilha dele, sua idiota.*

Havia tantas coisas que eu poderia dizer, que eu *queria* dizer, mas também havia a constatação opressora de que eu havia fodido com tudo de maneira quase cômica. Todas essas coisas competiam pela minha atenção, como se uma granada tivesse sido acionada no meu cérebro. Era algo tão paralisador que, ao observador externo, eu devia parecer catatônica.

A perspectiva mais bondosa — que, para ser justa, muitas pessoas adotaram — era a de que eu não passava de uma menina que tinha se metido em algo muito maior que ela e que um valentão tinha aproveitado a oportunidade para me botar no meu lugar. Aquilo não era muito lisonjeiro para Peter, mas tampouco era para mim. Eu não estava na TV para angariar pena; meu objetivo era impressionar e mudar opiniões. Em vez disso, minha grande vitória do dia foi não ter chorado ali mesmo. Poderia ter feito isso, mas estava chocada demais com minha própria incompetência.

Em um golpe de misericórdia, a apresentadora chamou o intervalo comercial, durante o qual saí do prédio sem falar com ninguém. Consegui chegar à calçada antes de começar a chorar, o que me pareceu de uma força impressionante.

Essa entrevista foi ao ar em 12 de julho, então acho que todos sabemos do que vai tratar o próximo capítulo. Mas vou contar um detalhe daquele dia que jamais revelei, então, se estava considerando pulá-lo, é melhor pensar duas vezes.

TREZE

Tento não me arrepender de nada que aconteceu comigo nos últimos anos. Não sei se seria mais feliz ou se o mundo seria um lugar melhor se eu não tivesse me envolvido (ou se o universo não tivesse me envolvido), mas tudo bem. Porém, me arrependo de como me envolvi com os Defensores. Nas semanas e nos meses anteriores a 13 de julho, reduzi um grupo diverso de indivíduos a algumas de suas crenças. Tais crenças eram baseadas no medo, de modo que todos os meus argumentos começavam e terminavam com a mesma ideia: *Vocês são todos covardes.* Eu não disse essas palavras de fato, mas eles as ouviram mesmo assim. As pessoas que apoiavam Carl e que me apoiavam também as ouviram, e *amaram*. Queriam que eu dissesse isso o tempo inteiro. Diálogos razoáveis e cuidadosos, que reconheciam a complexidade de outras opiniões, não geravam visualizações. O discurso violento, sim. A ofensa, sim. A simplicidade, sim. Então o que eu dava às pessoas era um discurso violento, ofensivo e simples.

Putnam não poderia estar mais feliz, embora agisse como se estivesse péssima por eu ter sido difamada na TV a cabo. Ela disse que, no fim, tinha sido bom para mim, porque as pessoas ficaram com dó de mim e identificaram PP (era mais fácil pensar nele assim) como um valentão. De resto, ninguém tentou ver o lado bom da entrevista. Robin, Andy, Miranda e até meus pais disseram que me amavam, que era mesmo péssimo, que ficaria tudo bem e que era só falar se precisasse de uma massagem nos pés ou um café gigante cheio de açúcar.

Mas eu não queria amor; queria destruir os Defensores. Quando olho para o período antes do breve "debate" com Peter (se é que se pode chamar assim), vejo a trajetória que, graças a Deus, o universo não permitiu que eu seguisse. Mas posso imaginar uma realidade em que o resto desse livro não aconteceu e eu passei o resto da vida (ou pelo menos os anos seguintes) como uma comentarista amarga e raivosa argumentando profissionalmente com argumentadores profissionais.

Não que eu também não estivesse me divertindo. Reduzir os argumentos dos Defensores a farrapos e depois ler todos os comentários concordando apaixonadamente comigo e dando tapinhas eletrônicos nas minhas costas cibernéticas era empolgante. É muito mais difícil definir a si mesmo e trabalhar em prol do melhor futuro possível do que derrubar as ideias dos outros. Então defini eu mesma e minha visão de Carl em oposição aos Defensores. Meu caminho era contrário ao deles e o deles era contrário ao meu. Tudo podia ser reduzido àquele embate. E, espreitando logo abaixo, havia o ódio.

É tão mais fácil se empolgar com o ódio a algo do que decidir gostar de algo. A bolha ideológica era tão intensa que nem notei que estava no centro. Era tão fácil fazer com que as pessoas me seguissem. E, no fim, era o que eu queria. Logo me tornei tão ruim quanto Peter Petrawicki.

Eu não deveria ter ficado tão surpresa quando as coisas aumentaram de proporção. Quer dizer, eu sabia que as pessoas me odiavam. Era algo real. Ser reconhecida por fãs é muito diferente de ir comprar algo na loja da esquina e não saber se o caixa é um Defensor que pensa que você é uma traidora suja. Achei que minhas únicas alternativas eram lutar ou correr, então lutei. O medo é um combustível ainda melhor que a raiva. E ainda mais destrutivo. Seus ataques constantes significavam que eu nunca precisava duvidar da minha mensagem. Tinha que estar certa, porque as pessoas que discordavam de mim eram tããããão péssimas. Os Carls eram o vetor perfeito para a discórdia, porque, em meio a tudo isso, ainda não sabíamos praticamente nada sobre eles. Os governos eram acusados de esconder informações, porque ninguém queria aceitar que as pessoas no poder estavam tão perdidas quanto o restante de nós. Seres humanos são péssimos em aceitar incertezas, então, diante delas, fazemos suposições com base na maneira como imaginamos o mundo. E, para nós, é óbvio que nosso palpite é correto, fazendo com que os demais pareçam ignorância intencional na melhor das opções e, na pior, um ataque.

Eis um resumo rápido do que acontece quando grupos passionais começam a se definir em oposição aos outros:

1. Uma mensagem simples parece óbvia para grande parte da população, que não consegue entender onde a oposição está com a cabeça. Tais pessoas nunca ou quase nunca se envolvem com aquelas que têm crenças diferentes; quando isso acontece, é no contexto de discussão, e não no contexto de serem todos humanos, por exemplo.
2. A grande maioria assente em concordância e então muda de canal para assistir a *NCIS* e comer tacos caseiros. A receita é própria. Elas a desenvolveram ao longo dos anos e gostam mais dela do que de qualquer taco que se possa comprar, mesmo num restaurante chique. Vão dormir às dez e meia e pensam por um breve momento se o filho está se adaptando à faculdade.
3. Uma porcentagem muito pequena fica muito irritada. Há um sentimento de raiva, mas estão principalmente preocupadas ou assustadas, e querem agir. Elas convocam seus representantes e se organizam um pouco. Em geral, sua motivação não é exatamente o fato de concordarem com a

mensagem e sim o ódio que sentem por aqueles que tentam combatê-la.

4. Uma pequena porcentagem dessa porcentagem perde completamente o controle. Essas pessoas ficam tão assustadas e raivosas que precisam fazer algo acontecer. Como? Bom, isso é bem simples. Eliminando as pessoas que estão tentando ativamente destruir o mundo. Se formos muito azarados e se houver muitos deles, essas pessoas se encontram e então reafirmam e exacerbam seu extremismo.

Quanto maior o movimento dos Defensores ficava, maior o quarto grupo se tornava. Alguns deles eram extremistas religiosos que acreditavam que os Carls eram um símbolo do apocalipse ou do enlevo que estava por vir, o que quer que fosse. Alguns deles eram membros laicos que apenas acreditavam que os Estados Unidos e possivelmente o mundo iam ser destruídos se nada fosse feito (não estava muito claro *o quê* deveria ser feito, mas o importante era que NINGUÉM ESTAVA FAZENDO!), e por isso chegaram à conclusão de que eu era uma participante ativa dos planos do governo (ou dos Carls) de dominar a humanidade.

Nunca uma questão verdadeiramente internacional tinha atingido nosso recente mundo sem fronteiras com tanta força, e ninguém sabia quais seriam as consequências. A conversa era global — todos sabíamos disso. Havia comentários nos meus vídeos em híndi, japonês, árabe e espanhol. Tínhamos uma equipe de tradutores e liberávamos as legendas dos vídeos postados um ou dois dias depois. O Som estava disponível em mais de vinte línguas diferentes. Eu via isso como algo invariavelmente bom. Tinha muita certeza de que os Carls eram uma força unificadora global. Pela primeira vez, a humanidade estava literalmente compartilhando um sonho. Nunca o sentimento de que estávamos compartilhando um planeta tinha sido tão forte. Para mim, aquilo parecia um presente dos Carls.

Ainda acredito que os Carls foram muito bons para o mundo, mas obviamente o Treze de Julho tornou isso muito mais ambíguo.

Os ataques coordenados em São Paulo, Lagos, Jacarta e São Petersburgo mataram mais de oitocentas pessoas e feriram milhares. Era espantoso que o grupo responsável tivesse conseguido planejar um ataque em quatro continentes diferentes. Não se tratava de radicais que se organizavam em becos escuros; era um movimento crescente, mundial e sem fronteiras. Nos Estados Unidos falávamos em Defensores, mas cada cultura tinha um nome diferente. Essas pessoas encontravam outras que pensavam igual a elas em fóruns e chats anônimos. Elas se convenceram de que seria fácil destruir os Carls e de que os governos estavam mentindo sobre sua invulnerabilidade. Também se convenceram de que não valia a pena salvar ou proteger os turistas que visitavam os Carls. Se viam aquilo como peregrinação a uma falsa divindade ou um ato de submissão à dominação alienígena não importava; qualquer conexão positiva com os Carls era uma ameaça à ideologia que queriam propagar. Os Carls não podiam ser vistos como seguros, mesmo que o que os tornasse inseguros fossem aquelas pessoas.

É claro que os Carls não sofreram nenhum dano.

Os ataques aconteceram de forma mais ou menos sincronizada, às quatro da manhã no fuso da Costa Leste dos Estados Unidos. Isso significava que havia muita gente na rua em Jacarta, Lagos e São Petersburgo. Ainda era madrugada em São Paulo.

Naquele exato momento, quatro da manhã, quando as bombas explodiram ao redor do mundo, eu acordei do Sonho, onde estivera olhando fixamente para o 767, e gritei, aterrorizada.

Eu tinha sido chamada de volta à consciência? Havia sentido uma grande perturbação na Força? Carl se comunicara comigo através do Sonho para contar dos ataques? Não. Tinha ouvido um CRAC alto vindo da porta de correr que levava à sacadinha. A cortina estava fechada, claro, então não pude ver o que causara o barulho.

Meu primeiro pensamento foi que alguém tinha jogado uma

pedra ali, mas eu estava no oitavo andar, então seria necessária uma força incrível para isso. As coisas tinham esquentado com os Defensores; suas mensagens às vezes eram maldosas, às vezes eram ameaçadoras e às vezes eram profundamente perturbadoras. Levantei da cama, coloquei uma calça de pijama e peguei o celular. Acendi a luz e fui olhar pela janela, enquanto as batidas do meu coração voltavam lentamente ao normal.

Se eu tivesse olhado para a base da cortina que ia até o chão, teria visto pedacinhos de vidro misturados com as migalhas de salgadinho e poeira. Mas não olhei. Só abri a cortina para ver o que tinha sido o barulho.

Em retrospectiva, foi uma atitude idiota. Algo tinha batido na minha janela e qual era o plano? "Já sei! Vou acender a luz e abrir a cortina que cobre a porta de vidro! DEVAGAR!"

Apesar de todas as ameaças, eu de alguma forma ainda achava inconcebível que alguém de fato tentasse me matar. Me agredir? Claro. Me ameaçar? Claro. Me processar? Se conseguissem encontrar um motivo! Mas me matar? É coisa de cinema. Ninguém *mata* outra pessoa. Quer dizer, claro que mata, já vi nos jornais. O fato de eu ter recebido ameaças de morte e nunca ter considerado a possibilidade de que alguém tentasse me matar diz algo sobre como minha mente funciona.

Mas agora eu estava começando a pensar a respeito, e duas coisas aconteceram simultaneamente.

1. Algo grande (na hora, achei que devia ser uma pessoa) bateu dolorosamente contra meu ombro, me afastando da porta.
2. Um buraco de cinco centímetros de largura foi aberto na porta, espalhando estilhaços de vidro quarto adentro.

Atingi o chão com força. Aquilo que havia me derrubado sumiu antes que eu entendesse o que estava acontecendo. Havia caquinhos de vidro espalhados no chão. Àquela altura, eu já tinha entendido pelo menos um pouco do que se tratava. Apoiei o corpo contra a parede do quarto, assustada demais para chorar. Alguém tinha tentado atirar em mim. Não para me assustar, mas tentando de fato meter uma bala no meu peito para que eu caísse no chão do meu apartamento e morresse sozinha. E quem tinha me empurrado? Podia ter me salvado, mas também estava no meu apartamento!

Então eu já não estava assustada demais para chorar e chorei. Uma fresta da cortina permanecia aberta, e eu tinha medo de que, como se eu estivesse em uma zona de guerra, uma chuva de balas teria início a qualquer momento, e eu seria alvejada se não me mantivesse apoiada contra a parede. Mas, depois de cerca de dez minutos tentando puxar o ar em meio ao choro, me convenci de que podia me esgueirar do quarto até a sala, onde as janelas davam para um beco estreito, e não para aquela rua.

Então meio que rastejei meio que corri para fora. Dali, tinha acesso ao banheiro, a um tapete e à cozinha. Tudo de que uma garota precisa! Fiz uma busca apressada, mas não achei nada de incomum. Só roupas, potes, guardanapos sujos, talvez uma toalha molhada ou duas. Nenhum sinal de um intruso.

Devo chamar a polícia?, pensei. Definitivamente, sim. Alguém parecia estar tentando me machucar, e talvez houvesse um desconhecido no meu apartamento naquele mesmo instante.

Mas, por algum motivo, eu não queria contar a ninguém, de jeito nenhum. *Deve ter alguma explicação para tudo isso que não seja tentativa de assassinato*, minha mente me dizia. *Até agora, ninguém nunca tentou me matar, então deve haver outra explicação.*

Se fosse real, outras coisas também seriam. Eu teria que lidar com uma investigação policial e nunca mais ia me sentir segura dormindo naquele apartamento. E meus pais teriam que saber. E Maya. Eu sabia que nunca diria nada, mas uma parte dela pensaria: *Se April tivesse me ouvido, nada disso teria acontecido*. E eu não poderia viver com aquilo. Não suportaria nenhum daqueles cenários.

Então, em vez de ligar para a polícia, liguei para Robin.

— April — ele disse, depois de tocar uma única vez. Veja bem... Robin nunca soava incomodado (embora eu nunca tivesse ligado às quatro da manhã antes), mas parecia até que sabia que eu ia ligar, o que era estranho.

— Você estava esperando minha ligação?

— Não, mas não me surpreende, considerando as notícias.

Lembre que eu estava lidando com minha própria crise. Àquela altura, os ataques em São Paulo e São Petersburgo já tinham aparecido no noticiário americano. Alguém devia ter ligado para Robin de um lugar onde não era madrugada.

— Que notícias?

— Ah, não.

— O que foi?

Aquela não era a conversa que eu estava esperando.

— É melhor me dizer por que ligou. Vai simplificar a conversa.

— Acho que alguém tentou me machucar. Tem algo muito estranho acontecendo.

— Você ligou pra polícia? — A voz dele nunca soara tão aguda.

— Não acho que seja necessário — eu disse, meio reclamando, meio dando ordem.

— Mas é.

— Vamos só... não envolver a polícia por enquanto.

— Tudo bem se eu pedir para o porteiro subir aí?

— Acho que sim...

— Já ligo de volta. — Ele desligou antes de mim.

Naquele momento, uma ideia me ocorreu. Quem ou o que quer que tivesse me atingido ainda estava no apartamento. Não no meu quarto, e eu é que não ia verificar o outro — a janela dele dava para a rua e eu não tinha certeza se a cortina estava fechada. Mas o apartamento não era gigantesco, e eu não havia procurado com cuidado. Então olhei debaixo do sofá e das poltronas. Nada. Virei todas elas de cabeça para baixo e encontrei um tecido preto esquisito, meio furadinho, forrando o fundo de uma delas. Tinha um rasgo reto e preciso na lateral.

Meu celular tocou. Robin. Ignorei.

Enfiei a mão no rasgo e arranquei o tecido.

Ali, ocupando toda a largura da poltrona da sala, alojada em meio à estrutura de madeira, estava a mão direita de Carl.

CATORZE

Bam! Bam! Bam!

— Srta. May, está tudo bem aí? — A voz do porteiro foi abafada pela porta.

Meu coração, que tinha parado de bater por completo, explodiu. Arfei e olhei na direção das batidas, então de novo para a mão de Carl, que não havia se movido.

— Tudo bem! — gritei, parecendo nem um pouco bem.

— Posso entrar e dar uma olhada, por favor?

Eu estava fazendo tudo em meu poder para não desviar o olhar da mão de Carl. Era inconfundível. Três vezes maior que uma mão humana, feita daquela mistura de metal prateado brilhante e preto fosco. Era linda. Eu queria tocá-la, mas morria de medo.

— Foi um alarme falso! Sou uma idiota! — gritei, ainda voltada para a parte de baixo da minha bela poltrona.

— Bom, não custa nada dar uma olhada. — Ele não dava nenhuma indicação de que ia desistir.

— Estou sem calça! — Era mentira.

Ouvi um murmurinho baixo, então me dei conta de que ele estava no celular.

— Você pode ligar para o Robin? Ele não quer que eu aceite não como resposta, e tenho a chave para abrir a porta.

Relutante, tirei os olhos da mão sob a poltrona por um momento para ligar. Quando voltei a olhar, ainda estava ali, estendida, em seu lugar no forro da cadeira. Saberia que eu a havia encontrado?

Interrompi Robin assim que ele começou a falar.

— Está tudo bem, pode dispensar as tropas.

— Não está tudo bem, e minha prioridade no momento é garantir que você está a salvo. Há um motivo para não me deixar fazer isso, e preciso saber qual é.

Olhei para a mão, pensando que, se Carl tivesse tentado me machucar, minha vida tinha sido uma mentira, o que não era possível.

— Estou segura, Robin, eu juro.

— Você sabe da situação em São Paulo e São Petersburgo? — As notícias de Lagos e Jacarta ainda não haviam chegado aos Estados Unidos.

— Não.

— Houve um ataque terrorista contra os Carls. Muitas pessoas morreram. Estou com medo de que você seja um alvo também.

Merda-merda-merda-merda-merda, pensei.

— Merda — eu disse. — Ah, meu Deus. — Senti um nó se formar na garganta, mas fiquei quieta. Aquilo era grande demais, e tive que aceitar que alguém havia mesmo, com toda a certeza, tentado me matar. Em vez de explodir o Carl Nova York, tinham achado que um bisturi talvez fosse melhor que um cutelo. Tive vontade de vomitar. E se eu tivesse morrido? Coloquei a mão por baixo da blusa pra sentir minha pele, quente e macia, tão frágil como o ar.

Olhei para a mão de novo e notei pela primeira vez algo cinza e sem graça entre o preto e o prata. Enfiado entre duas placas de armadura havia um pedaço denteado de alguma coisa. Eu o puxei: um estilhaço de metal, um fragmento de bala. Eu o segurei, frio e inócuo como uma moeda.

— Você está bem, April?

— Não, não muito. — Tentei não deixar que minha voz acusasse as lágrimas, mas falhei.

— É muita coisa pra digerir, eu sei. Mal posso acreditar. Estou indo aí agora. Por favor, deixa Steve entrar para ver você. Vou chegar logo.

— Não, Robin. Estou segura, juro. Eu… — Não podia contar sobre a mão. — Achei que tinha alguém no apartamento, mas agora vi direito. É só um rato enorme. Me sinto tão idiota, sabendo que um ataque terrorista acabou de acontecer. Por favor, só quero voltar pra cama. Nos falamos de manhã, pode ser?

— Tá. Vou falar com Steve. — Ele pareceu muito contrariado, mas desligou.

A mão de Carl não se moveu, embora parecesse claramente viva.

Sabe quando você tem um monte de coisa no porta-malas e não dá pra tirar tudo de lá numa viagem só? Você fica tentando descobrir um jeito ligeiramente diferente de segurar as coisas pra poder economizar um tempinho. Você deixa algumas coisas no chão, ajeita umas sacolas e acha que pegou tudo, mas então vê que a comida do gato, o refrigerante ou as molduras ainda estão lá, e não tem como segurar também.

Há um momento em que uma coisinha a mais compromete todo o processo. Se não fosse aquilo, a situação toda poderia ser administrada. Bom, foi como me pareceu no momento. Só que, em vez de uma única coisa desagradável, capaz de alterar uma vida e sacudir seu mundo, havia tipo cinco. Sempre que eu me concentrava em uma, uma parte do meu cérebro notava outra escondida no seu porta-malas, e a frustração e a impotência tomavam conta de mim.

Sei que muita gente estava se sentindo assim naquele dia, mas gosto de pensar que eu tinha algumas preocupações a mais, o que explicaria meu comportamento nas vinte e quatro horas seguintes.

Então, como todo bom ser humano não muito adulto, pirei e joguei todas as minhas angústias de volta no porta-malas, desistindo de tentar dar um jeito. Me concentrei no que sabia. A mão de Carl não era vista em meses, mas ali estava ela, bem na minha frente. Eu era April May, documentadora das atividades dos Carls, então era hora de *documentar*.

Peguei o celular para ligar a câmera. A mão se moveu de repente, subiu na ponta dos dedos e saiu correndo na minha direção antes que eu começasse a gravar. Recuei com um gritinho que fico feliz que ninguém tenha ouvido. Dava para sentir as batidas do meu coração nos ouvidos.

— Tá! Tá! — eu disse, guardando o celular no bolso. A mão apareceu atrás do sofá, então foi saindo lenta e cuidadosamente, como um gato de rua.

Era tudo uma excelente distração do fato de que um humano de verdade que existia no mundo havia tentado me matar. Era muito mais importante que Carl, ou pelo menos uma parte dele, tinha me salvado. Então:

1. Carl estava vivo.
2. Carl sabia quem eu era.
3. Carl tinha pelo menos dois desejos:
    1. Que eu não morresse.
    2. Que eu não tirasse fotos da sua mão à solta.

Conseguindo usar apenas vinte e cinco por cento do meu cérebro, eu só queria agradecer a Carl, ou à mão dele. Estendi minha mão, e ela se aproximou, andando sobre os dedos, cada um batendo contra o tapete fino que cobria o piso de madeira.

— Obrigada por… — Eu me sentia um pouco tola por falar com ela, mas segui em frente. — Hum, por tudo, acho. Mas, agora, principalmente por levar uma bala por mim. Acho.

A mão fez uma reverência. Quer dizer, eu acho que fez. Ela meio se agachou contra o chão e depois levantou.

— Hum, você consegue me entender?

Nada aconteceu.

— Uma batida é sim e duas são não. Consegue me entender?

Duas batidas.

— COMO ASSIM? — literalmente gritei. A mão só ficou ali na

minha frente, parecendo meio presunçosa. — Está brincando comigo? Isso foi uma piada?!

Nada.

— Tá, então você consegue me ver e aparentemente me ouvir e me zoar. É isso?

Nada.

— Posso encostar em você?

Nada.

Sei que essa história de que quem cala consente é uma bobagem, mas havia uma mão robótica no meu apartamento, e não era como se eu a tivesse convidado para entrar.

Estendi minha mão de novo, e ela deixou que eu a tocasse. Parecia diferente agora. Não era como tocar Carl, que dava aquela sensação estranha de que todo o calor permanecia na minha mão. Era rígida e morna, mas bem levemente. Carl sempre tinha se mantido imóvel, mas a mão estava claramente viva. Mesmo quando não se movia, havia movimento nela. Havia vida. Comparada à estátua imóvel que era Carl, parecia muito mais complexa e cuidadosamente criada. Cada articulação tão flexível e ágil como as minhas.

Em geral, não olhamos para uma mão humana voando sobre o teclado, fazendo carinho em um animal ou apertando os botões do controle remoto e pensamos "Que maravilha!". Mas na verdade é. A humanidade nunca criou nada tão delicado e intrincado quanto nossas mãos. Mas a mão de Carl era tão cuidadosa e veloz quanto as minhas, além de muito mais forte, aparentemente.

Peguei o celular e ela se afastou de novo.

— Só vou ligar para Andy — eu disse. — Você o conhece.

Abri o aplicativo de chamadas e o nome dele aparecia em segundo lugar nos contatos frequentes, depois de Robin. Tocou duas vezes antes que o barulho explodisse no meu ouvido. Joguei o celular longe, gritando. À distância, eu podia ouvir claramente.

… ship on my way to Mars, on a collision course. I am a satellite, I'm out of control. I am a sex machine ready to reload like an atom bomb about to oh oh oh oh oh explode…

Estava tocando "Don't Stop Me Now", do Queen.

— Você está bloqueando as ligações! — acusei a mão, arfando por causa do susto.

Nada.

— Olha, não sei o que você quer e não vou saber a menos que me diga.

Nada.

Peguei o notebook na mesinha de centro e sentei no chão, a um passo de distância do ponto onde a mão tinha se instalado. O sinal de wi-fi estava forte, mas nenhum site carregava.

— O que é que você espera que eu faça então?

Como você já deve estar esperando a esta altura, nada aconteceu.

— Posso contar para alguém?

Duas batidas.

— Isso foi uma resposta?

Uma batida.

— ESTÁ MESMO ACONTECENDO!

Nada.

— Você é do espaço?

Nada.

— Está sabendo dos Carls em São Petersburgo e São Paulo?

Nada.

— Posso contar a alguém que você está aqui?

Duas batidas.

— Posso contar a alguém que você me salvou?

Duas batidas.

— Nem ao Robin?

Duas batidas.

— Você vai me impedir se eu tentar contar a alguém?

Nada.

Devo ter feito umas mil perguntas à mão, mas a única informação que obtive era de que não podia, em nenhuma circunstância, contar que ela tinha me visitado. Ninguém podia saber; ninguém podia vê-la. É claro que me senti tremendamente impelida a manter a promessa, porque, se os Carls tinham algum tipo de plano grandioso, eu não queria atrapalhar. Até porque eu tinha construído toda uma vida acreditando que eles eram do bem. Além do fato de eles terem salvado a minha vida.

Mas aquilo também significava não contar a ninguém que tinham atirado em mim. Aquela linha de questionamento não levou a nenhuma resposta, claro. A mão não parecia estar preocupada com a minha segurança. Provavelmente achava que poderia garanti-la sozinha. Como eu poderia contar a alguém que tinha quase levado um tiro sem quebrar a promessa?

Mas o que eu ia dizer sobre o buraco no vidro da porta da sacada? E como eu ia limpar a sujeira sem levar outro tiro? Não é um pensamento normal, mas foi o que me ocorreu na hora. Talvez houvesse coisas maiores com que me afligir.

Conforme o tempo passava, as aflições de variados tamanhos começavam a parecer menos relevantes. Todas as minhas preocupações — desde ataques terroristas, passando por quase morrer até se eu devia limpar o vidro do chão — de alguma maneira pareciam ter todas o mesmo tamanho. Percebi que a adrenalina estava baixando. Meu corpo se mantivera no modo "lutar ou correr" pela última hora, e a exaustão estava se fazendo notar. Estiquei o braço e segurei o enorme dedo indicador da mão.

— Por que me salvou? — perguntei.

Nada.

— Tá, não vou contar a ninguém. — A mão me olhou como se relaxasse, mas só um pouquinho. Sem pensar, me aninhei junto a ela, que pareceu se acomodar no meu antebraço. Peguei no sono em poucos segundos.

*

Não quero ter sonhos de verdade, então fico perambulando pela rua à noite. O mundo inteiro está esperando pela chave, procurando em vão embora eu seja a única que pode consegui-la. Ainda não deixei Miranda ou Maya compartilharem o que sabemos. Estamos mentindo para o mundo todo. Meu medo e meu mau humor me seguiram até o Sonho. Passo por um fliperama, como aqueles que existiam nos anos 1980, com um monte de máquinas de videogames e de pinball.

O quebra-cabeças deste lugar deve ser bem legal. Vejo uma moeda de vinte e cinco centavos em uma das máquinas — provavelmente é onde a sequência começa —, mas não jogo. Vou ao banheiro feminino, que está sujo. Tem pôsteres de bandas locais nas paredes, mas nenhum deles faz sentido. Meu cérebro não consegue transformar as letras em palavras. Costuma ser assim quando você sai dos trilhos. É um sinal de que não está numa parte relevante do quebra-cabeça. É como se os Carls não se dessem ao trabalho de aperfeiçoar todas as partes do Sonho.

Entro em uma cabine suja, sento na privada e choro até acordar.

QUINZE

Acordei com gritos à distância.

A realidade me atingiu. Alguém bombardeara Carls pelo mundo. Alguém tentara *me matar.* Olhara na mira do rifle, me vira e apertara o gatilho. A mão de Carl estivera lá e me salvara. E onde estava agora? Levantei e procurei em cada centímetro da sala e da cozinha. Então fiquei do lado de fora do quarto, sem conseguir entrar. Desisti. Nunca mais entrei em nenhum dos quartos. No fundo, acho que sabia que a mão havia partido tão sorrateiramente quanto entrara.

Eu conseguia ouvir as pessoas gritando na rua lá embaixo. De novo, não consegui olhar pela janela, então liguei a TV.

Os telejornais estão quase sempre num estado de sonolência frenética bizarro. Nesses descansos, tentam fazer ameaças vagas e distantes parecerem próximas e preocupantes para que você tenha um motivo para assistir as propagandas. Uma dica: não é realmente "notícia" se estiverem interrompendo para os comerciais. Não há comerciais esta manhã. Os ataques do Treze de Julho eram uma notícia de verdade, e todo mundo sabia. O fato de que o país tinha sido poupado (embora você, diferente do resto do mundo na época, agora saiba que houve um ataque nos Estados Unidos também, só que tinha sido simplesmente frustrado — bom, talvez não *simplesmente* frustrado) criou uma oportunidade excelente para a especulação desenfreada, sem qualquer embasamento ou utilidade.

De vez em quando, mostravam imagens da rua 23, que estava lotada de gente que a polícia parecia incapaz de controlar. A maior parte das pessoas na multidão pretendia mostrar que o mundo se solidarizava com a Nigéria, a Rússia, a Indonésia e o Brasil. Outros protestavam contra a ameaça contínua dos Carls. Analistas na televisão explicavam uma estratégia assustadora que os terroristas às vezes usavam: fazer um ataque como isca para atacar de novo com um impacto muito maior quando uma multidão inevitavelmente se formasse. Os americanos eram incapazes de considerar a possibilidade de vilões coordenarem um ataque maciço e *não sermos o alvo*, então todo mundo assumia que havia algo por vir.

Enquanto eu assistia ao telejornal, uma ideia me passou pela cabeça. O mundo estava em pedaços, pessoas morriam. A movimentação na rua ia se transformar em tumulto se um grupo de Defensores aparecesse. Para mim era fácil colocar a culpa de tudo aquilo em Peter e pessoas como ele. Mas, no fim das contas, não era Carl a fonte de tudo? Aquelas pessoas não estariam vivas ainda se ele nunca tivesse aparecido? Será que eu não era tão tendenciosa e irracional quanto os Defensores? Me agarrando à minha crença inquestionável de que Carl tinha vindo nos aproximar em vez de dividir e destruir? Enxergando apenas a evidência que confirmava meu ponto de vista e não a evidência bem diante dos meus olhos de que Carl tinha inegavelmente causado uma ruptura?

Percebi que era inevitável que aquilo surgisse na minha mente na próxima entrevista para a TV, embora jamais fosse mencionar. E foi então que me dei conta de que eu não deveria estar assistindo as notícias sobre os Carls; eu deveria *estar* nas notícias sobre os Carls. Então senti um leve pânico. Por que ninguém havia me ligado?!

Peguei o celular e vi uma explicação simples: estava desligado. Tentei ligar... mas a bateria havia acabado. Robin devia estar pirando. TODO MUNDO devia estar pirando. Por que não havia ninguém à minha porta? E, pior, meus dois carregadores e o outro celular estavam na porcaria do quarto. Decidi entrar no computador. Eu tinha no mínimo que dizer a todo mundo que estava bem.

Abri o notebook. Minha conexão com o restante do mundo parecia ter sido restaurada. Como esperava, tinha uns quinhentos e-mails novos — de produtores televisivos, Robin, Andy, Miranda, Maya, meus pais, meu irmão, todo mundo. As notificações do Som estavam descontroladas.

Eis o que não esperava: eu havia respondido a muitos daqueles e-mails.

Aquilo era confuso o bastante para que eu não conseguisse entender a princípio. Li o e-mail que Miranda havia mandado e depois minha resposta, tentando descobrir quem tinha escrito. Soava como eu, embora fosse bem simples. Só dizia que eu estava bem e precisava de um tempo antes de tomar uma atitude pública.

A primeira coisa em que pensei foi que, em pânico, Robin tinha se passado por mim. Então vi toda uma conversa que havia tido com ele sobre por que não estava respondendo as mensagens do celular, em que eu dizia que precisava de tempo para processar tudo e logo entraria em contato. Eu havia pedido que ele começasse a fazer uma lista de pessoas interessadas em falar comigo, mas avisara que só poderia dar entrevistas a partir do fim da manhã. A insistência de Andy para que fizéssemos um vídeo recebeu uma resposta similar. Uma mensagem aos meus pais e ao meu irmão dizia que não se preocupassem, porque eu estava segura e sendo bem cuidada, e era tudo tão horrível, e eu ligaria depois, obrigada por se preocuparem comigo, mas, de novo, eu estava bem.

O e-mail de Maya não recebera resposta.

É possível — não acho que tenha sido o caso, mas é possível — que eu tenha acordado, respondido alguns e-mails e dormido de novo inúmeras vezes (as respostas foram enviadas espalhadas ao longo de muitas horas), mas depois estivesse experimentando algum tipo de amnésia pós-traumática. Eu certamente não teria questionado a veracidade de um desses e-mails se o tivesse recebido; se estivesse acordada, provavelmente teria mandado algo parecido. Mas não estava.

Li todas as minhas mensagens enviadas e recebidas e não encontrei nenhuma pista de sua origem. Fiz o meu melhor para imaginar a mão de Carl curvada sobre meu celular ou computador enquanto redigia os e-mails, mas concluí que não conseguiria encontrar impressões digitais ou coisa do tipo. No fim (e até agora há pouco, na verdade), acabei fingindo que havia mandado aquelas mensagens. De repente estava convivendo com um monte de mentiras importantes, e aquela em particular parecia não ter grandes consequências. Eu estava imune à bizarrice. Mandei um e-mail a Andy dizendo que queria fazer uma filmagem na rua nas próximas horas, e um a Robin para que começasse a marcar entrevistas por Skype do meio-dia às quatro, avisando que não fizesse perguntas por mais esquisitas que as coisas estivessem e será que ele podia me trazer uma roupa da Top Shop digna de uma aparição na TV e um carregador de iPhone?

Ter um assistente é ótimo quando se está morrendo de medo de entrar no próprio quarto por causa de uma tentativa de assassinato na noite anterior!

Antes de tomar um banho, finalmente tuitei alguma coisa:

@AprilMaybeNot: Horrivelmente triste. Desesperançada. Vamos ficar juntos hoje e lembrar nossa humanidade, não nossa brutalidade.

E imediatamente depois:

@AprilMaybeNot: Foram algumas poucas pessoas que fizeram isso. Entre oito bilhões. Estou me esforçando muito para lembrar quão poucos são verdadeiramente maus.

Não acho que nenhuma das duas mensagens refletia como eu me sentia de fato, mas elas pareciam adequadas. Pareciam o tipo de coisa que April May tuitaria. Na verdade, eu me sentia entorpecida e queria trabalhar. Queria escrever, falar e descobrir como os Defensores estavam reagindo para começar a argumentar também, mesmo tendo finalmente começado a questionar minha fé de que os Carls só tinham vindo nos ajudar. Era mais fácil agir que duvidar.

A polícia e o governo, àquela altura, ainda procuravam informações sobre possíveis responsáveis. Não tínhamos nenhuma informação real, de modo que o vácuo era preenchido por mentiras, palpites e especulações. Pelo menos consegui resistir àquele impulso.

Humanos são péssimos em acreditar na realidade. As coisas sobre as quais tuitei no Treze de Julho eram absolutamente verdadeiras. Os ataques foram trabalho de um número minúsculo de pessoas, tão pequeno que não deveria ter importância. E o número de pessoas feridas e mortas, numa escala global, não era tão impressionante assim. Mais pessoas morreram em acidentes de carro no Treze de Julho do que nos bombardeios. Mas isso é algo que não se pode dizer diante da tragédia.

Somos seres irracionais, fáceis de manipular quando se está disposto a qualquer coisa. É exatamente assim que os terroristas se convencem de que a morte das pessoas vale a pena. A ferida que deixou foi maior que o número de vidas perdidas; teríamos que conviver com ela para sempre. A pureza dos meus sentimentos por Carl fora embora e nunca mais voltaria.

DEZESSEIS

Quer saber uma coisa estranha? Você se lembra do Treze de Julho, e espero que se lembre do Onze de Setembro também, mesmo que ainda não tivesse nascido. Mas acho que todo mundo esqueceu do 28 de junho. Do 28 de junho de 1914, para ser precisa, provavelmente o dia mais esquisito da nossa história documentada. Eis o que aconteceu nesse dia.

O cara que deveria ser o próximo a assumir o trono no Império Austro-Húngaro, que era uma potência gigantesca do ponto de vista político (a segunda maior da Europa em tamanho e a terceira em população), estava visitando Sarajevo, que fica na atual Bósnia, mas na época era parte daquele país gigantesco. Muitos habitantes locais não gostavam dos austro-húngaros, por motivos muito complicados nos quais não vou entrar agora.

Então um grupo de jovens decidiu que ia matar aquele príncipe, que em sua sabedoria e bravura tinha divulgado a rota que ia percorrer em um carro aberto (nota aos líderes mundiais: parem de fazer isso). Então esses vinte caras se posicionaram em diferentes pontos ao longo do trajeto com vários recursos e estratégias para assassiná-lo. Um deles queima ligeiramente a largada e sai correndo pela multidão carregando uma pequena bomba. Ele a joga na direção do príncipe, mas a bomba não detona por alguns segundos, de modo que acaba explodindo perto de outro carro e ferindo uma série de pessoas, sem matar ninguém.

Todo mundo se dispersa, o herdeiro do trono é retirado em segurança e nenhum dos outros assassinos em potencial acaba cumprindo seu objetivo.

Um dia estranho, né? Mas a coisa piora.

O desfile é interrompido, claro, mas o príncipe está bem. Então ele decide, de novo em toda a sua sabedoria e bravura, que quer visitar os feridos no hospital. O motorista faz o que provavelmente é a curva mais errada na história e, então, engata a ré. É 1914 e um carro é uma novidade que só dá problema, então ele fica parado em frente a uma mercearia onde um dos assassinos frustrados, Gavrilo Princip, por acaso está.

Princip dá um passo à frente, puxa a arma e dá dois tiros. Um atinge o príncipe, que a esta altura espero que você já saiba que é o arquiduque Francisco Ferdinando, no pescoço. O outro atinge sua esposa Sofia na barriga, e ela morre rapidamente.

Enquanto pressiona a ferida no pescoço de Francisco Ferdinando, um assessor pergunta se ele sente dor. O arquiduque diz que não é nada. Ele repete aquilo "não é nada... não é nada..." de novo e de novo até perder a consciência e morrer.

Era bem mais do que nada. O assassinato de Francisco Ferdinando disparou uma sequência de decisões terríveis e atitudes diplomáticas descuidadas que levou à morte de mais de dezesseis milhões de pessoas.

Tenha isso mente se parecer que os eventos a seguir são improváveis. Às vezes, coisas estranhas acontecem e mudam o curso da história... e aparentemente acontecem comigo.

Andy parecia ter dormido uns treze minutos no máximo. Estava desarrumado e quieto, e senti um cheiro ruim quando foi arrumar meu microfone de lapela.

— Tudo bem com você?

Ele me olhou como se só então tivesse se dado conta da minha presença, então voltou a olhar para o que estava fazendo.

— Tudo bem, claro.

— Não é o que parece.

Ele abandonou um pouco da pose.

— Porra, April, é claro que não estou bem. O que é que estamos fazendo? — Andy não pareceu agitado. Só cansado.

— Estamos tentando tornar a situação um pouco melhor para todo mundo. Preciso acreditar em alguma coisa.

— Tem alguma ideia do que vai dizer?

— Pensei em algumas opções. — Não exatamente, mas estava certa de que pensaria em algo na hora. — Tem alguma coisa que você acha que preciso dizer?

— Além de que o mundo é péssimo e como foi que chegamos a esse ponto? — Andy se jogou no sofá. Eu não contei sobre o tiro, não contei sobre a mão e não vi nenhum sinal de que ainda estivesse no apartamento. Caso não tivesse saído, só poderia estar em um dos quartos em que eu me recusava a entrar.

Olhei para Andy, compreendendo então que seus olhos não estavam inchados só da falta de sono. E me dei conta de que não tinha chorado com a notícia das mortes. Aquilo era bizarro. Pensei em chorar na hora — seria fácil, bastava relaxar um músculo mental e logo estaria me desfazendo. Então pensei (sério): *Guarda isso pras câmeras, April.*

Um horror.

— Todas as pessoas lá fora — eu disse — estão desafiando a polícia e os terroristas para ficar com Carl. Para ficar com a gente. Só para dizer "O mundo não é terrível". É isso o que precisamos fazer lá embaixo.

— April, estão dizendo nos jornais que pode haver outros ataques. Olha pra toda essa gente na rua! Ninguém está revistando mochilas! Quase tive um ataque de pânico só de vir pro seu prédio!

— Com todo o tempo que passo na TV, aprendi que assustar a gente é o trabalho deles. Testemunho isso todo dia.

Em minha defesa: o discurso motivacional para Andy não era porque eu precisava dele. Eu conseguiria que outra pessoa segurasse a câmera. Poderia descer com um pau de selfie e gravar imagens ótimas. Mas eu queria que Andy o fizesse porque estávamos juntos naquilo, e precisava que ele sentisse a mesma coisa. Eu achava mesmo que estava dizendo a verdade. Só queria lhe dar uma dose de realidade porque pensava que ele ia se sentir melhor se fizesse algo de útil num dia tão terrível. E meio que estava certa, acho.

Acho.

— Lembra quando te liguei no meio da noite pra que você fosse ver uma escultura toda estranha? Fiz isso porque achei que quisesse algo que eu poderia te ajudar a conseguir. Mas, Andy, você é tão mais do que eu achei que fosse na época, e eu sou tão menos. Não preciso que me ajude a ser famosa, preciso que me ajude a manter a sanidade. Lá fora é tão perigoso quanto um show da Halsey.

Os olhos dele estavam fechados, mas por seu rosto dava para ver que mantinha a concentração. Eu não sabia se tentava manter a mente no presente, encarar seus medos, não chorar ou não dizer as coisas que queria me dizer e sabia que não devia. De qualquer modo, ficou claro que estava se esforçando.

— Vamos descer lá e tornar o mundo um pouco melhor, que tal? — eu disse.

Andy estava gravando numa câmera profissional que tinha mais ou menos o tamanho de uma chaleira com uma lente grande angular pesada acoplada para garantir que as imagens ficassem boas mesmo tão de perto. Com o receptor do microfone e o pré-amplificador, não dava nem um quilo e meio de equipamento. Dez anos atrás, a aparelhagem para gravar vídeo e áudio de qualidade similar pesaria pelo menos quinze quilos.

Outra coisa legal sobre as lentes daquele tipo: elas não mostram tanto tremor. O que é bom quando se está sendo jogado de um lado para o outro pela multidão… ou morrendo de medo.

Jerry, o porteiro, também estava preocupado.

— Não aconselho a sair agora, April.

Que sugestão maravilhosa.

— Vamos ficar bem, Jerry. É mais uma festa que um protesto. — Eu estava nervosa, mas Andy estava verde e suando.

— April, sou responsável pela sua segurança enquanto estiver neste prédio, mas se sair não haverá nada que eu possa fazer. — Seu tom paternal era fofo até certo ponto.

— É isso que eu faço, Jerry. Mas você é ótimo. Vamos voltar em cinco ou dez minutos, prometo.

Quando passamos pela porta giratória, eu já estava falando e Andy já estava gravando.

Virei imediatamente e comecei a andar de costas pela multidão, falando um pouco acima do volume normal. Você provavelmente viu esse vídeo, mas sinto que é parte dessa história, então vamos lá.

— Sou April May e estou diante do Gramercy na 23, residência do Carl Nova York, onde a resposta improvisada ao que sem dúvida vai ficar conhecido como os ataques de Treze de Julho está se mostrando repleta de solidariedade, esperança e união. Alguns poucos retardatários que pertencem ao movimento dos Defensores apareceram para continuar com seu protesto ultrajante contra uma presença claramente benigna em nossas cidades.

As pessoas começam a me notar e quase todas me reconhecem, então nos dão algum espaço para nos movermos. Vou na direção de Carl, para que entre no enquadramento, mas não dá para perceber como as ruas são largas até que estejam cheias de gente.

Penso melhor e começo a andar de frente, e não de costas, usando minha cara de "April May" para abrir o caminho.

— Ei, April! — ouço alguém na multidão chamar. É um jovem com uma placa que diz SE ISTO É A HUMANIDADE, QUE VENHA A INVASÃO.

— Oi, lindo! — respondo. *Agora ele vai ter algo para contar aos amigos*, penso.

Viro para a câmera e volto a andar de costas na direção de Carl.

— O mundo inteiro está de luto neste dia terrível. Ainda assim, temos que nos lembrar que isso não foi feito por um planeta ou uma espécie malignos, mas por alguns poucos indivíduos. Sim, o nível de sofisticação e planejamento é assustador. O objetivo era esse, e eles conseguiram. Estou com medo. É claro que sim. Mas não tenho medo de alguns tolos que mataram a si mesmos junto com outras pessoas por um ideal sem fundamento que tomou conta de seus corações corrompidos: tenho medo é do medo deles. — Essa era uma das frases que eu tinha preparado. Olho em volta e agora as pessoas nos observam. Formaram um círculo à nossa volta e estão em silêncio. — Estas pessoas. — Olho para elas enquanto Andy movimenta a câmera. — Esta demonstração! — grito, e todo mundo grita comigo, o que é lindo. Estamos todos unidos, e a sensação é ótima. Tem gente com o celular na mão, me gravando enquanto Andy os grava, de modo que a cena está sendo coberta de todos os ângulos. — A humanidade é isso, a solidariedade diante do medo. A esperança em face da destruição. Se os Carls vieram aqui por um motivo — Carl entra no enquadramento bem quando digo isso, o que parece um milagre, se assomando sobre a multidão a alguns poucos metros de distância —, então talvez não tenha sido para aprender sobre nós, mas para nos ensinar sobre nós mesmos. Aprendo mais a cada dia, e até mesmo agora...

Uma onda de gritos me desconcentra, mas é tarde demais para eu fazer qualquer coisa. Alguém poucos passos atrás de mim já se destacou da multidão. Dá para ouvir alguns gritos claramente no vídeo: "April!", "Parem ele!", "Cuidado!", mas no geral são apenas sons incompreensíveis de alarme.

Ele fica claramente visível na imagem: parece qualquer outro cara branco. De jeans, loiro, altura mediana, camiseta branca, jaqueta cáqui. Abre caminho pela multidão a empurrões e mira a faca de quinze centímetros que empunha bem nas minhas costas. Não vi nada disso, claro.

Não esbocei nenhuma reação até que a faca me atingiu, então gritei. O grito é tão alto e horrível na gravação que tivemos que cortar do vídeo. Microfones de lapela são feitos apenas para captar os ruídos da pessoa em quem estão, de modo que é só um grito seco com muito pouco ruído de fundo em meio à agitação. Só o ouvi uma vez durante a edição, mas ficou gravado na minha memória. Se pensar a respeito, posso sentir como que um eco da lâmina entrando em mim, entre a omoplata e a coluna. Ela cortou meu blazer novo da Top Shop no primeiro milissegundo e depois atravessou a pele. Pareceu que eu estava sendo socada com toda a força por um peso-pesado. Nem registrei a pele rasgando diante da sensação da lâmina atingindo minhas costelas. A dor subia e descia do meu pescoço à base da coluna e então irradiava pelos braços. No instante seguinte, senti o peso do agressor sobre mim, me derrubando de quatro.

Andy estava gravando a cento e vinte quadros por segundo só por garantia. Por isso, é possível assistir às imagens em câmera lenta. Daria para ver tudo o que aconteceu se ele tivesse continuado com a tomada. O que ele não fez, claro, mas eis o que a câmera viu:

Meio segundo depois de ver o cara correndo na minha direção, Andy levantou a câmera acima da cabeça, não pensando em cinematografia, mas em atacar. Primeiro, tudo o que se pode ver é o céu, os prédios e a multidão, mas, conforme a câmera desce, lentes primeiro, dá para ver o momento que literalmente mudou a história. Num segundo, o cara está enfiando a faca nas minhas costas; no outro, ele fica mole. E não só mole — ele perde toda a estrutura. Toda a potência armazenada em seu corpo entra em colapso. No instante antes de a câmera acertar seu rosto, sua pele fica dois tons mais escura. Seu corpo cai sobre o meu, me jogando para a frente, mas ele já não coloca pressão na faca, que balança um pouco nas minhas costas. A câmera pega a si mesma batendo no rosto bizarramente distorcido do cara e então tudo fica preto.

Da perspectiva das câmeras de celular que nos cercavam, a cena é muito mais clara. O cara me atinge, com a faca na mão. No instante seguinte, é como um saco de líquido batendo contra minhas costas. No outro, Andy bate com a câmera em seu rosto. Nunca coloquei uma dessas gravações no meu canal, mas há uma porção delas por aí. Seu rosto, já inchado, distorcido e escuro, se abre com o golpe da câmera de Andy, como uma bolha de sabão estourando. A massa negra que esguicha e escorre da pele aberta claramente não é sangue. Caio apoiada nas mãos e nos joelhos, e o corpo dele escorrega de cima do meu e vai para o chão. Em um único vídeo o dono da câmera se mantém firme o bastante para me filmar levantando. A faca fica enterrada ali (depois se soube que entre duas costelas), o sangue começa a escorrer pela camiseta, mas o blazer branco é de uma lã grossa e boa, então, por enquanto, só parece rasgado.

A multidão parece ser composta de gritos. Algumas pessoas se mantêm completamente imóveis; outras fogem. A correria e os berros causam pânico em todas as direções. É um milagre que ninguém tenha morrido na debandada. Sinto o gel quente descendo pelas minhas costas enquanto Martin Bellacourt, meu Gavrilo Princip pessoal, permanece imóvel no chão, muito, muito morto. Viro para olhar o corpo e mal o reconheço como humano. Parece um monte de roupas sujas, manchadas e molhadas largadas na rua.

Olho do corpo para Andy, então para Carl e de novo para Andy. Estou em choque — não literalmente... ainda. A dor está lá e é intensa, mas parece que outra pessoa a está sentindo. Andy olha para a câmera, coberta de gel escuro. Ele estremece, de repente pálido, e a derruba no asfalto.

— Você está bem? — pergunta.

— Acho que sim. — Então acrescento: — Mas parece que... parece que tem uma faca nas minhas costas. — Viro para mostrar a Andy, o que faz uma nova onda de dor disparar pelo meu pescoço e pelas minhas costas. É um tipo de dor novo, desconhecido, mais agudo. Contraio os músculos, o que só piora as coisas. Sinto a faca ali, e mover meu braço esquerdo mesmo que minimamente é excruciante.

— Meu Deus, April, tem a porra de uma faca nas suas costas — ele diz. A faca, que só entrou pouco mais de dois centímetros, cai das minhas costas e atinge o chão com um tinido.

— Parece que não tem mais! — digo, minha cabeça girando enquanto um fio de sangue quente começa a escorrer pelas minhas costas. — Ah, Andy, isso não é nada bom. — Olhamos ambos para a faca no chão, um pouco ensanguentada, mas quase patética quando se considera todo o dano que acabou causando.

Era pequena. O cabo de plástico preto e barato tinha sido projetado para guardar a lâmina. Tem uma foto na internet se você quiser ver — parece ainda mais patética dentro daquele saquinho plástico usado para proteger as evidências de um crime. A lâmina é um pouquinho mais larga que meu dedo. Parece que nossas costelas ficam bem próximas umas das outras, justamente como forma de proteção contra esse tipo de coisa.

Andy estava olhando para mim, horrorizado. Acho que é compreensível. Eu queria a câmera, queria terminar o vídeo.

— Pode pegar a câmera pra mim? — pedi.

— Não! Como assim? April, você levou uma facada. Precisa sentar. — Então ele gritou: — PRECISAMOS DE AJUDA AQUI!

Aquilo não me parecia um bom plano.

— Viemos por uma razão. Falta só meia frase — eu murmurei, fraca. Estava começando a me sentir tonta. De repente, cada centímetro da minha pele estava coberto de suor.

— Não, April! Deita, você vai desmaiar. — Ele já estava vindo na minha direção com os braços esticados, pronto para me pegar.

— NÃO, ANDY! ME DÁ A PORRA DA CÂMERA! — E, com esse esforço final, perdi a consciência.

Uns vinte segundos depois, eu estava no asfalto, nos braços de Andy. A equipe de um jornal tinha aberto caminho até nós mais rápido que a polícia ou uma ambulância.

Qualquer pessoa que estivesse assistindo ao Channel 7 naquele momento, ou qualquer outro canal de TV na semana seguinte, viu Andy sentado no chão, segurando meu corpo inconsciente, chamando por ajuda em meio às lágrimas enquanto tentava me acordar. O sangue já havia feito uma mancha redonda nas costas do meu casaco, e Andy procurava fazer pressão no lugar. É tudo muito dramático. Nas reprises, eles tendiam a não me mostrar recobrando a consciência, preferindo a simplicidade das partes em que eu estava inconsciente e passiva.

Tampouco mostravam a parte em que a polícia apareceu e lançou a toda a equipe de TV uma série de impropérios.

Eu sentia um gosto amargo na boca e ainda via estrelas, mas pelo menos estava consciente àquela altura.

— Obrigada, Andy. Sinto muito — sussurro enquanto dois policiais começavam a disparar perguntas a ele.

Andy responde; um policial tem uma caderneta nas mãos. Ele diz nossos nomes e o que aconteceu, então tenta explicar a gosma que cobre nossos corpos e a pilha de roupas que costumava ser Martin Bellacourt. Não é de surpreender que tenha falhado.

Então ele simplesmente surta.

— Olha, sei que você está fazendo seu trabalho, mas ela foi esfaqueada e não sei o que fazer. Pode conseguir ajuda?

Então levanto a voz, quase gritando:

— Concordo!

Isso faz uma nova onda de estrelas surgir na minha visão. Não tenho ideia de por que não consigo calar a boca. Esse é o título que eu deveria ter dado para este livro.

Não tenho ideia de por que não consigo calar a boca: A história de April May.

De qualquer maneira, funciona, porque os policiais deixam os socorristas se aproximarem. Há quatro deles, talvez oito, talvez dezesseis, e todos parecem muito legais.

— Olá, senhora. Meu nome é Jessica e este é Mitty. Somos socorristas e vamos fazer algumas perguntas. É muito importante que responda com toda a sinceridade.

Jessica começa a disparar as perguntas que obviamente já fez um milhão de vezes.

— Onde dói?

— Principalmente no buraco nas minhas costas, onde a faca entrou.

— Está sob efeito de alguma substância?

— Não.

— É alérgica a algum remédio?

— Não.

— Podemos cortar essas roupas caras que você está usando?

— Bom, está tudo manchado de sangue mesmo.

— Isso dói?

— Um pouco.

— E isso?

— AAAAHHHHH!!!

Durante todo esse tempo, Mitty está me virando de lado na maca, tirando minha pressão, jogando uma luz nos meus olhos, me perguntando se posso sentir meus dedos dos pés e das mãos e então os beliscando.

— Boa perfusão capilar em todas as extremidades — ele diz em seguida.

— Parece uma boa notícia! — comento, e os dois riem.

Pouco depois, me colocam na ambulância.

— Posso ter um segundo com meu amigo? — pergunto a Jessica.

— Claro.

— Andy! — chamo.

Ele estava conversando com os policiais, mas vem correndo.

— Oi?

— Olha, isso vai parecer horrível, e a prioridade é confirmar que estou bem, mas acho que estou, então… — Eu estava com vergonha de continuar, o que imagino que seja uma coisa boa. — Precisamos sair na frente disso. Temos que ser a maior voz, a melhor voz, ou vai ser só mais uma culpa que vão atribuir a Carl. — Naquele momento, olhei para Carl. Ainda imóvel, impassível, régio, poderoso, absorto, intocável e sem uma mão.

— Assim que os policiais estiverem satisfeitos, eu cuido disso.

— Não, eles vão pegar nossas imagens e sumir com elas. Deixa o cartão de memória comigo.

Ele considera aquilo por um momento e então se dá conta de que provavelmente estou certa.

— Cara, você está impressionantemente lúcida para uma pessoa com um buraco nas costas. E a frase que ficou faltando?

— Podemos gravar agora.

Ele vira a câmera e tira o cabo do microfone de lapela, já que as socorristas o tiraram junto com o blazer. Andy odeia usar o microfone embutido, mas odeia ainda mais ficar sem áudio.

Depois de encontrar um pedaço de camiseta onde limpar a lente, ele se afasta só um passo ou dois do meu rosto, para garantir que o microfone embutido vai pegar o que eu disser.

— Gravando.

Na tomada, estou dentro da ambulância, deitada de lado na maca. Mitty e Jessica estão ao fundo. Estou horrível, ainda com vestígios da gosma de Bellacourt no meu rosto. A única coisa que estou usando na parte de cima do corpo é um cobertor. É uma cena foda.

Uso minha voz de apresentadora, forte e audaz, ainda que doa.

— Como eu estava dizendo, mesmo no mais terrível dos dias, mesmo quando só conseguimos pensar no nosso pior, tenho orgulho de ser humana.

Andy tira o cartão de memória e me entrega por baixo do cobertor. Eu o enfio no bolso da calça.

DEZESSETE

— Não podemos ser curiosos.

Quem disse isso foi Jessica, na viagem de seis minutos de ambulância até o hospital, falando alto por causa da sirene e do barulho do trânsito. Eu estava de lado, olhando para ela. Aparentemente não queriam que eu apoiasse o peso sobre a ferida.

— Explica melhor — eu disse.

— Bom, tem um monte de coisa que os socorristas não devem fazer. Uma delas é se perguntar o que aconteceu. Em geral não ligo, mas mesmo quando ligo não posso. Meu trabalho é manter você tão saudável quanto possível no caminho para o hospital. E, bom, esperam que a gente demonstre ainda menos interesse se a pessoa que estivermos acompanhando for, bem, reconhecível.

— Ah. Bom, oi, sou April May, você pode ter me visto em vídeos no YouTube como "April May e Carl Nova York". — Falar doía, mas não muito mais que respirar.

— Isso eu já sabia. — Eu gostava de Jessica, com seus óculos enormes de armação grossa e seu batom vermelho brilhante. Se tivesse que adivinhar, diria que devia ser só alguns anos mais velha que eu. Ela verificava minha pressão e minha respiração constantemente.

— Eu vou ficar bem?

— Engraçado, essa é outra coisa sobre a qual não podemos falar. Se eu disser que sim e você não ficar, poderia me processar.

— Ah. Bom… — Penso por um segundo. — Se uma pessoa estivesse na sua ambulância com os mesmos sintomas, você ficaria preocupada com sua capacidade futura de sobreviver?

Ela sorriu.

— Não.

Ouvi o barulhinho do aparelho de pressão esvaziando, mas ela o manteve preso ao meu braço.

— É bom ouvir isso.

— Quer alguma coisa para a dor?

— Não. Dói, mas estou bem. Na verdade, se quiser me fazer um favor, pode dar uma olhada se meu celular está no bolso do blazer?

— Estava, mas eu peguei. Quer ligar para alguém? — ela perguntou, já o puxando. — Ixi, você tem, tipo, oito bilhões de mensagens.

— Então olhar o celular dos pacientes na ambulância não está na lista de coisas que um socorrista não deve fazer?

Ela pareceu envergonhada de um jeito fofo.

— Agora que você mencionou…

— Não se preocupa. Hum, você pode só mandar uma mensagem pro Robin? Diz pra ele que o ferimento foi leve, pra qual hospital eu vou e pra avisar meus amigos e minha família. E não esquecer meu notebook.

Passei a senha para desbloquear o celular. Enquanto escrevia o que eu havia dito, ela comentou:

— Você vai pro Bellevue, aliás.

— Eba!

— Eba?

— O prédio é tão bonito, sempre quis dar uma olhada por dentro. Mas talvez eu pudesse ter feito isso de um jeito que envolvesse menos dor.

Jessica terminou de escrever e eu ouvi o barulhinho da mensagem sendo enviada para a torre de celular mais próxima, então relaxei um pouco.

— Tenho más notícias então: você vai para o prédio feio.

— Claro. Bom, imagino que agora deva falar com meus pais…

— Não quero me meter, mas tem uma quantidade grande de mensagens de uma tal de Maya. Ela parece muito preocupada.

Soltei um grunhido longo e lento.

— Deixa pra lá! Desculpa. Não é da minha conta.

— Não, tudo bem. Só manda uma mensagem dizendo que estou bem e que pareceu pior do que foi. Manda a mesma coisa pros meus pais e diz que estou indo pro Bellevue.

Mais dois barulhinhos de mensagem enviada.

Me movi ligeiramente.

— Opaaa — eu disse, de repente me sentindo tonta de novo.

— Desculpa, eu não deveria ter feito você falar tanto — ela disse, já começando a bombear o aparelho de pressão de novo. — O que está sentindo?

— Só tontura. E parece que minha boca está cheia daquela sujeira que acumula na secadora, acho que talvez vá vomitar e comecei a suar muito. Mas talvez seja só porque estou seminua numa ambulância com uma socorrista bonita.

— Minha nossa, vão te dar morfina só pra você ficar quieta. Sua pressão está baixa, mas nada de mais. A causa da tontura deve ser a dor. E me avisa se for mesmo vomitar.

— Dói bastante. Principalmente quando respiro.

— Bom, não pare de respirar mesmo assim.

— Gosto de você, Jessica.

— Gosto de você também, April May. Agora cala a boca. — Ela sentou atrás de mim, levantou meu cobertor e encostou o estetoscópio frio no lado ferido das minhas costas. Depois de alguns segundos, disse: — A principal preocupação é que seu pulmão tenha sido perfurado, mas não vejo sinais disso.

— Como eu ia me sentir se fosse o caso?

— Não tenho ideia, nunca levei uma facada nas costas. Agora, sério, fica quietinha.

Tentei produzir um pouco de saliva para lamber os lábios, que estavam muito secos. Ao passar a língua, senti um gosto doce, como se estivesse usando gloss com sabor de uva ou coisa do tipo.

— Posso beber água?

Jessica me entregou uma garrafa e disse:

— Vai com calma, não seria bom começar a tossir agora.

As ambulâncias de Nova York não têm como ir muito rápido, já que os carros à frente não têm muito para onde ir. Por sorte, sempre tem um hospital pertinho. A coisa mais estranha na viagem de ambulância (além de estar seminua debaixo de um cobertor depois de ter sido esfaqueada) foi a constância da sirene. Você ouve sirenes o tempo todo, mas elas estão sempre se aproximando e se afastando, ficando mais altas ou mais baixas, seu tom se alterando de acordo com o efeito Doppler. Você nunca ouve uma sirene constante por um longo período. Acho que Jessica e Mitty, sim, mas a mim pareceu uma daquelas coisas familiares mas ligeiramente diferentes que chamavam atenção. Era nisso que estava pensando quando fizemos a última curva antes de chegar ao Bellevue e a sirene ser desligada.

— Pode me fazer um favor? — perguntei de repente.

— Provavelmente não.

Movendo meu braço o menos possível, enfiei a mão com cuidado no bolso da calça e pesquei o cartão de memória.

— Isso é importantíssimo. Pode levar à mesa da recepção ou algum outro lugar e pedir que entreguem apenas para Robin Vree?

Houve uma longa pausa. A ambulância estava parando diante do pronto-socorro e eu já podia ouvir pessoas falando do lado de fora. Jessica o pegou e guardou no avental no instante em que as portas se abriram, então se lançou em um monólogo, dirigido aos médicos do hospital:

— Mulher de vinte e três anos, ferida superficial de faca na parte superior esquerda das costas, entre a omoplata e a coluna, terceira e quarta costelas possivelmente fraturadas. Nenhum sinal de dano à espinha ou perfuração do pulmão. Um curativo foi feito, mas a ferida ainda sangra. Pressão doze por oito, perfusão capilar o.k., nenhum sinal de sangramento interno…

Isso continuou por um tempo. E então fui engolida imediatamente pelo sistema. Raios X, medicação para a dor, injeções, gaze, pontos.

DEZOITO

Muita gente passou pelo meu quarto no hospital nos dias que se seguiram. Os primeiros (que eu me lembre, porque fiquei sob efeito dos remédios para dor por algum tempo) foram policiais.

— Srta. May, sou o policial Barkley e este é o policial Barrett. Precisamos fazer algumas perguntas sobre o ataque.

— Não sei muito a respeito, mas vou fazer o meu melhor.

— O que estava fazendo quando foi atacada?

Aquilo não me parecia particularmente relevante, mas era a polícia, então só contei a verdade. Eu estava gravando um vídeo sobre os ataques de Treze de Julho e sobre a manifestação na rua 23. Achava que era algo perigoso a se fazer? Sim, mas decidi fazer mesmo assim.

Repassamos os detalhes do evento em si: a lâmina da faca entrando em mim; o corpo caindo sobre o meu; o estranho e nojento corpo disforme morto no chão.

— Sabe o que aconteceu com seu agressor?

Eu estava falando tranquilamente, o que era incomum para mim, mas uma respiração mais profunda já dava a sensação de que eu estava sendo esfaqueada de novo.

— Alguma coisa muito estranha. Sei que Andy não o matou, embora ache que ficaria feliz em fazer isso. Mas o que aconteceu com o cara não foi normal.

— A câmera do seu amigo estava sem o cartão de memória.

— Minha nossa! — eu disse. — Isso é terrível! — Pronto, eu estava mentindo para a polícia. Aos meus ouvidos, não parecia nem um pouco convincente. — Mas o cartão devia estar lá durante a filmagem; Andy não é amador.

— Não acha possível que nunca tenha havido um cartão de memória na câmera?

Eu sentia que estava em terreno perigoso. Decidi manter todas as portas abertas.

— Não parece o tipo de erro que Andy cometeria, mas pode ser. Quando uma câmera daquele tipo é sacudida, a entrada do cartão de memória pode abrir e ele pode cair. — Então, para garantir, acrescentei: — Precisamos achar o cartão! Não é como se pudéssemos gravar de novo! Era uma chance única! — Eu tinha passado a falar alto, a dor era suprimida pela adrenalina da mentira. Era aterrorizante.

— Dadas as circunstâncias, não acha que há preocupações maiores que o vídeo?

— Vocês têm seu trabalho, eu tenho o meu.

Eles repassaram tudo comigo mais uma vez e me disseram que eu teria que redigir um testemunho assim que me sentisse melhor.

— Considerando o que aconteceu, vamos manter um policial à sua porta.

Aquilo me deu algo em que pensar: eu tinha sofrido duas tentativas de assassinato em menos de vinte e quatro horas, mas a polícia só sabia sobre uma. Carl tinha me salvado, mas não salvara um monte de outras pessoas. Ali, sozinha, pude ficar pensando em todas essas coisas, talvez por tempo demais.

Não falei muito sobre meus pais. Não é que não goste deles. É o oposto, na verdade: ambos são incrivelmente doces e encorajadores. Era quase um clichê, mas de fato os pais dos alunos da Escola de

Artes Visuais (onde Andy, Maya e eu estudamos) não queriam que seus filhos estudassem ali. Era uma faculdade ridiculamente cara, então grande parte dos alunos são filhos de médicos, advogados e investidores, poucos dos quais veem uma escola de artes como o melhor caminho para o sucesso no longo prazo. Mas quando meus colegas trocavam histórias de terror sobre como tiveram que brigar com os pais para que pagassem o curso ou simplesmente permitissem que eles mesmos dessem um jeito de pagar, eu não tinha muito com o que contribuir.

Meus pais viram que eu era apaixonada por aquilo e fizeram o que podiam para me ajudar. Já mencionei que eles têm uma empresa que fabrica e vende máquinas que ordenham vacas. Eles foram para essa área depois de passar um verão estagiando numa pequena fazenda de gado leiteiro assim que se formaram em ciência política. Ambos achavam que os sistemas que as fazendas usavam eram ineficientes e pouco práticos. Cinco anos depois, a empresa deles estava fornecendo seu sistema mais avançado para metade das pequenas fazendas do norte da Califórnia. Quando fui para a faculdade, eles já vendiam para a maior parte do noroeste do país e tinham um depósito cheio de equipamentos específicos para pequenas fazendas de gado leiteiro que mandavam para todo o mundo. Eles tinham contratado funcionários para tocar o negócio e estavam quase aposentados.

Acho que, como não sabiam muito bem como tinham feito sucesso e certamente não atuavam em sua área de estudo, eles concluíram que eu deveria fazer o que quisesse. Funcionara para meus pais. Os dois ainda eram donos do negócio, e acho que o administravam ou sei lá o quê, mas passavam a maior parte do tempo desde que eu fui para a faculdade ajudando a tocar organizações locais sem fins lucrativos e viajando para ver bandas de que gostavam. Alguns pais se preocupavam que seus filhos gastassem todo o seu dinheiro. Eu me preocupava que meus pais gastassem todo o dinheiro deles antes que chegasse a mim.

Eles eram pessoas muito felizes. Talvez eu seja tão sarcástica porque me entediava que estivessem sempre tão felizes. Mas não o bastante para chegar a fazer alguma rebeldia de fato.

Eis um exemplo de como sempre me apoiaram: quando liguei do hospital, eles não se lamentaram, choraram ou perguntaram como eu tinha me colocado num perigo daqueles, o que teria sido normal. Contei o que os médicos haviam dito (eu estava bem, embora tivesse quebrado algumas costelas), eles disseram "Que bom que você está bem" e então...

— Robin disse que recebeu seu bilhete e já cuidou de tudo — minha mãe falou.

— Meu bilhete? — Eu estava confusa.

— O bilhete que você deixou na recepção do hospital.

Eu não tinha deixado um bilhete; tinha deixado um cartão de memória. Meu pai entrou na conversa, sem me dar uma chance de entender o que estava acontecendo.

— Ele também disse para você não ligar nem mandar mensagem para ninguém a respeito. Não é hora de se estressar.

— Hum, tá. — Por que Robin tinha passado o recado pros meus pais?

Minha mãe voltou a falar:

— Ele foi muito firme. Disse que está tudo sob controle e que logo vai ver você. Não vai ligar ou mandar mensagem para ninguém?

— Bom, talvez mande. — Mentir para a polícia era uma coisa, mas meus pais eram fofos demais.

— Robin disse que precisava da sua confirmação verbal de que não ligaria ou mandaria mensagem para ninguém além da gente — meu pai disse.

— Isso é muito esquisito.

— Mas confiamos nele, não? — ele insistiu.

— Parece um garoto muito legal — minha mãe comentou.

— E é, mas não estamos juntos.

— Bom, e aí? — Era meu pai de novo.

— Tá, não vou ligar ou mandar mensagem pra ninguém.

Falamos por mais uns vinte minutos. Eles não voltaram à questão de que eu tinha levado uma facada nas costas porque era uma idiota.

— Se concentre em melhorar. Vamos chegar aí de manhã — minha mãe disse. Eles iam encurtar as férias por minha causa.

— Amo vocês.

— Também amamos você — os dois disseram simultaneamente, então desligamos.

Eu estava um pouco chocada por ainda não ter visto Andy ou Robin. Continuava esperando que chegassem a qualquer momento, mas aquilo continuava não acontecendo. Depois, fiquei sabendo que, enquanto eu estava deitada naquela cama, eles estavam numa corrida insana para manter nossa gravação segura e secreta enquanto tanto a polícia quanto o FBI tentavam encontrá-la e controlá-la.

Andy tinha voltado para o apartamento dele, onde recebera uma sucessão de homens de uniforme que queriam saber onde a filmagem estava. Eles não tinham autorização para fazer uma busca, mas aparentemente havia uma boa chance de que tivessem grampeado nossos telefones. Andy não estava com a gravação, claro. Estava com Robin, que até então não era suspeito de nada.

Eu não sabia de nada disso. Só sabia que o que tinha acontecido com Martin Bellacourt era assustador e impossível, mas nem estava processando como um novo nível de estranheza. Carl era um alienígena, então a estranheza era algo que tinha ficado para trás. Na minha opinião, já estávamos no ápice da estranheza.

Centenas de pessoas tinham morrido em ataques terroristas, então, embora eu imaginasse que o fato de que alguém tinha tentado me matar ia aparecer nos jornais, não achei que seria na primeira página.

Enquanto o dia se transformava em noite, comecei a me perguntar por que ninguém vinha me dizer que eu podia ir embora. Então um cara alto com um receptor de ouvido entrou no quarto em um estado de alerta e prontidão que eu nunca havia visto antes. Ele olhou em volta, veio até mim e disse:

— Sou o agente Thorne. A presidenta chegará em breve.

Foi todo o aviso que eu tive. Cerca de cinco segundos depois, outro agente entrou, seguido logo pela presidenta, um terceiro agente e uma jovem de terninho. A presidenta estava usando um blazer azul e uma blusa de seda branca. Seu cabelo grisalho estava jogado casualmente sobre os ombros.

Era altamente surreal. Tinha aquela coisa meio "Ai, meu Deus, ela é tridimensional, tem altura e forma. Estou vendo com meus próprios olhos alguém que antes via pelas lentes das câmeras" de quando se conhece uma pessoa famosa. É algo estranho, e uma experiência muito interessante e complexa.

Eu já tinha passado por tal situação muitas vezes àquela altura. Mas havia algo muito mais impressionante na presidenta. Quer dizer, eu era superfã dela, pra começar. Compartilhávamos muitos valores e objetivos, e ela havia feito muitas coisas que eu respeitava e que me deixavam embasbacada. Minha admiração por ela era e continua sendo profunda. Eu podia encontrar qualquer celebridade de Hollywood e não me sentir intimidada por seu status, mas aquilo era bem diferente. Eu estava intensamente intimidada, mas, ao mesmo tempo, via certa fragilidade nela.

Não estou falando de uma fragilidade física específica, claro. Só quero dizer que ela era muito humana. Só ossos, órgãos e tudo mais, como o restante de nós. Aquilo se tornou muito evidente conforme se moveu para apertar minha mão de forma firme e praticada. Sua pele era muito mais áspera do que eu esperava.

— É maravilhoso finalmente te conhecer, April. Sinto muito por não ser em circunstâncias melhores. Como você está?

Eu queria perguntar o que ela estava fazendo ali, mas parecia grosseria, então só respondi à pergunta:

— Bem. Eles disseram que posso ir para casa amanhã, porque

foi só um arranhão e algumas costelas quebradas. Acho que o impacto maior foi psicológico, para ser honesta.

— Você deve estar se perguntando por que estou aqui. Bom, primeiro: onde está a gravação do ataque? Todo mundo está certo de que existe, mas ninguém conseguiu encontrar.

— Você veio aqui... pela filmagem? — Eu estava embasbacada.

— Entre outras razões. Como já disse, você parece estar sempre no centro dos acontecimentos, April. Não é uma acusação, e espero que tenha ficado claro que somos amigas, mas há uma série de coisas acontecendo rapidamente agora que precisam ser desaceleradas ou controladas, e estão todos preocupados que a gravação naquela câmera seja uma delas. — A presidenta era sempre muito eficiente.

— Não estou entendendo direito — eu disse.

— De qualquer maneira, preciso da filmagem.

Fui pega de surpresa, sem saber muito bem como lidar com aquilo, então me sobressaltei.

— Estou começando a sentir que preciso saber o que vai acontecer comigo se não conseguir a gravação. — Eu disse "conseguir" em vez de "der" para deixar claro que ela não estava comigo.

— Nada, April. Quer goste ou não, para mim você é como um membro da imprensa. Para confiscar suas informações ou impedir que as coloque no ar, eu teria que dar um passo extraordinário, que exigiria advogados e juízes. Não tenho tempo ou vontade de seguir por esse caminho. Mas, como presidenta dos Estados Unidos, posso te pedir o cartão de memória como um favor.

— Hum, talvez ajudasse se eu compreendesse o motivo.

Ela pareceu pensar seriamente a respeito por alguns segundos antes de começar a falar. Seu rosto endureceu; sua voz ficou afiada.

— April, estamos cientes de que alguém tentou te matar ontem à noite. Acreditamos que foi o mesmo homem que tentou fazer o mesmo esta tarde. Não vou nem perguntar quais foram seus motivos para *não contar à polícia sobre o tiro* e então *sair do apartamento sem qualquer proteção*. Talvez seja tolice da juventude, talvez mais do que isso. Mas, quando saiu de casa, criou uma nova história com a qual temos que conviver agora.

Ela não disse aquilo como algo de que eu deveria me orgulhar, e sim como algo com que eu também teria que conviver. E atingiu o alvo.

— Nessa nova história, a tecnologia alienígena que conhecemos como Carls permitiu que centenas, senão milhares, de pessoas morressem. E então, hoje, matou alguém intencionalmente, para impedir que machucasse você.

— Bom... — comecei a dizer, então fiz uma longa pausa. — Espera, você disse que Carl matou aquele cara?

— Os ossos, os órgãos e o sangue de Martin Bellacourt, aliás tudo com exceção de sua pele, agora são, de acordo com nossos maiores especialistas, geleia de uva.

Silêncio.

— Geleia de uva? — repeti.

Ela não respondeu. Pensei no gloss com sabor de uva enquanto estava na ambulância. Meu estômago se revirou, então uma onda de ansiedade tomou conta de mim e uma camada de suor cobriu todo o meu corpo.

— O que eles são? — perguntei, baixo, incapaz de me segurar.

— Não sabemos.

A força dela era tão reconfortante, tão tranquilizadora, que finalmente fiz a pergunta que até então não tinha sido capaz de fazer a mim mesma:

— Eles são maus?

— Não sei. — Percebi um leve lampejo de incerteza em seus olhos antes que ela voltasse a demonstrar a confiança de sempre. — O que sei é que não temos apenas um robô alienígena visitando todas as cidades do mundo e infectando a humanidade com um sonho, temos um robô alienígena *assassino* visitando todas as cidades do mundo e infectando a humanidade com um sonho. Quero muito fazer isso direito e ser a voz da razão. No entanto, estou bastante segura de que você ou um dos seus... — ela procurou pela palavra — companheiros... está trabalhando neste exato momento em um vídeo que, embora provavelmente seja muito bom, talvez não tenha todas as nuances que o governo dos Estados Unidos está procurando agora. Então, por favor, se puder, permita que analisemos a gravação e não disponibilize nada ao público por pelo menos vinte e quatro horas.

— Outros vídeos já devem ter sido divulgados. — Eu não ficaria surpresa se alguém tivesse transmitido tudo ao vivo.

— Sim, mas são imagens desfocadas de celular. Ninguém ali tinha uma câmera tão boa quanto a de vocês. Por favor, faça isso por nós.

— E depois de vinte e quatro horas vamos poder postar o vídeo sem que você tente revisar ou nos impedir?

— Não sou tola, April. Conheço a internet e sei que não há mais como reter informação. E há a questão da Primeira Emenda. É uma das regras mais importantes deste país.

— Vou atrás do cartão agora mesmo — eu disse. — Para onde devo mandar?

— Para cá — ela disse.

— Para cá?

— Prefiro não ir embora sem ele.

Pego o celular e ligo para Robin.

— Preciso que faça uma cópia do que Andy gravou hoje e traga para o hospital.

— Tem certeza?

— A presidenta está aqui. Fizemos... — Olhei bem em seus olhos ao dizer: — Fizemos um acordo. — Ela sorriu para mim.

— Chego em vinte minutos — Robin disse.

Desliguei.

— Temos vinte minutos — comuniquei à presidenta dos Estados Unidos.

— Bom, temos algumas outras coisas para discutir. Falei com

seus médicos e eles disseram que você está liberada para ir para casa, mas eu estava pensando que seria melhor ficar mais um dia, para que eu pudesse vir com a imprensa amanhã. Eles vão fazer algumas perguntas, mas principalmente tirar fotos e me filmar vindo falar com você. Tenho que mostrar que estou na ativa agora, ou todo mundo vai dizer: "Onde estava a presidenta na hora do aperto? Provavelmente jogando shuffleboard ou ficando menstruada!". Não posso fazer nada se gosto desse esporte. Sempre digo: somem todo o tempo que os outros presidentes passaram jogando golfe e depois me digam se meu hábito é ruim para o país.

Dei risada.

— O que foi? — ela perguntou.

— Não sei. Você é — me senti boba no instante em que as palavras saíram da minha boca — uma pessoa de verdade.

— Ah, April, achei que você, mais que qualquer um, saberia disso. Mas entendo. É o carisma do cargo, dizem. Fica difícil enxergar além dele. Na verdade, me esforço para manter a imagem. É parte do trabalho.

Então notei o quanto ela parecia de fato comigo. Como se, talvez, eu pudesse ter afinidades de verdade com uma pessoa que era mais um símbolo que um ser humano.

— Então o que me diz? — ela voltou ao assunto.

— Tudo bem. Você vem amanhã então?

— Isso. Tenho vários compromissos aqui na cidade. Faz sentido que eu fique um pouco mais em Nova York, já que é onde você foi atacada. — Então, sem nem parar para respirar, ela mudou de assunto. — April, vou passar a você tudo o que sabemos agora mesmo. Em geral outra pessoa faz isso, mas, como estamos esperando e eu costumava ser dos serviços de inteligência, posso me encarregar disso.

"O nome do homem que atacou você era Martin Bellacourt. Ele agiu sozinho, no sentido de que não tinha apoio logístico ou financeiro, mas era parte de um ataque coordenado e estava em contato com outros terroristas. Se estiver procurando um motivo, e parabenizo você caso não esteja, mas acho que seria difícil, acredito que não posso te ajudar. Ele já tinha sido condenado por violência doméstica e morava sozinho fazia anos. Os relatórios iniciais indicam que suas manifestações na internet não eram muito coerentes, mas ele claramente era uma pessoa raivosa que achava que não tinha controle sobre o que considerava ser um mundo em decadência.

"Não sabemos muito sobre Carl, só que é capaz de fazer coisas muito além da habilidade humana. A conversão química total do corpo de Bellacourt definitivamente recai nessa categoria, então isso vai ser classificado legalmente como homicídio. Parece algo muito estranho a se fazer, mas, quando alguém é assassinado na nossa sociedade, um processo tem início, mesmo que o homicídio seja claramente justificado. Então vamos ter que fazer isso. Decidimos agir como se fosse uma pessoa com livre arbítrio, então a lei vai tratar Carl Nova York de acordo."

— O que isso significa? — perguntei.

— Que uma audiência será realizada e um juiz decidirá se o Estado vai acusar Carl. Se ele for indiciado, haverá um julgamento. Sempre que uma pessoa mata outra se trata de homicídio, ainda que não seja necessariamente intencional ou indesculpável. Parece um caso claro de homicídio em legítima defesa, e esperamos que qualquer júri no país se decida por isso. Quero que entenda que é apenas como funciona a Justiça. Não se trata de uma tentativa do governo de tornar Carl Nova York um tipo de bode expiatório.

— É só isso?

— É basicamente isso. — Ela fez uma pausa. — Peço desculpas pela intromissão, mas você está se comunicando com os Carls?

— Como?

—Você tem alguma maneira de se comunicar com eles? Ou, de maneira mais ampla, tem algum conhecimento sobre os Carls que o público não tenha?

— Então você também não sabe — eu disse.

— O quê?

— Por que ele me salvou, mas não todas aquelas pessoas.

— Não sei, April. Sinto muito.

— Nem eu. — Estava sendo sincera, mas também evitando a pergunta anterior, que poderia levar a uma conversa desconfortável sobre a mão robótica gigante que me visitou recentemente, e a parte do Sonho que ninguém mais tinha.

— Por favor, April, não esconda nada. Precisamos saber.

Do lado de quem você fica em uma situação assim? Sua nova melhor amiga, que também é a pessoa mais poderosa no mundo, ou o alienígena que salvou sua vida?

Depois de uma longa pausa, decido contar apenas metade.

— Tenho um Sonho diferente.

Ela fez aquela coisa de não dizer nada para que eu continuasse falando.

— No Sonho dos outros, nada se move a menos que o sonhador o faça. Mas, no meu, há um avião, um 767, que aterrissa na cidade. Achamos que é a pista final, a chave que vai destravar a coisa toda. Até onde sei, sou a única que tem acesso a ela. Então mantivemos segredo a respeito.

Ela parece fascinada.

— Vocês fizeram a coisa certa — finalmente disse. — Está trabalhando ativamente para resolver a sequência?

Fico quase surpresa ao ouvi-la usar a nomenclatura correta.

— Sim, mas não conseguimos ir muito longe. Muitas sequências são bem difíceis de resolver sem um conhecimento bastante específico.

— Temos alguns especialistas em decifrar códigos que poderiam ajudar. Mas, quando a sequência for resolvida, e tenho que dizer isso com todas as letras, não tome uma atitude com base no que descobrir sem nos consultar primeiro.

— Acho que aprendi essa lição agora.

— Também acho, mas prefiro que prometa.

— Se resolvermos a sequência, não vou tomar uma atitude sem antes falar com você. — Aquela parecia uma promessa segura a fazer. Por mais que gostasse da ideia de ser uma parte importante daquilo tudo, também reconhecia que não havia sido treinada para ser a emissária da nossa espécie. — Mas — acrescentei — posso participar do que quer que venha a acontecer em seguida?

— Claro, eu adoraria isso. Agora, há mais alguma coisa que você sabe e não nos contou?

— Não. — Então comecei a chorar, surpreendendo a mim mesma — Sinto que deveria saber, mas não sei. Como foi que me meti nisso tudo?

— Sinto muito. Vai ser difícil conviver com isso. Sempre que se culpar por estar viva, por ter sido a única salva, lembre-se de que estou profundamente agradecida por isso. Vi você como uma aliada desde o primeiro dia, e estou sinceramente chateada que nosso primeiro encontro tenha acontecido nestas circunstâncias. Tem mais alguma coisa que queira me dizer?

Era como se um neon com a palavra MENTIROSA brilhasse sob a pele do meu rosto.

— Obrigada pela visita e por ser tão simpática — eu disse, com a voz trêmula.

— Bom, se pensar em alguma coisa, você tem o meu número.

Aquilo era verdade, ainda que impressionante.

A presidenta continuou:

— Você tem um baita futuro à sua frente, e vai ser uma alegria acompanhar.

Bom, ela não estava errada quanto ao baita futuro.

Robin entrou assim que a presidenta foi embora. O serviço secreto o segurara lá fora depois de pegar a cópia do vídeo.

— Andy está vindo pegar isto — ele disse, segurando o cartão de memória original.

— Peça para editar agora, mas não vamos poder postar até amanhã.

— Como você está? — Robin perguntou.

Pensei a respeito por um segundo. Eu sentia como se devesse a ele algo mais que uma avaliação casual da integridade do meu corpo.

— Acho que o.k. — eu disse. — Quer dizer, não sei se estou bem ou péssima. Tentaram me matar, Robin.

— Eu sei. — Ele olhou pela janela do quarto, deixando o silêncio pairar entre nós.

— Obrigada por não me dizer como sou idiota.

— Imaginei que já soubesse.

— Já, sim.

Robin começou a revirar a sacola para pegar o notebook.

— Quer ouvir alguns tuítes?

— Ai, meu Deus, não sei. Quero?

Ele esboçou um sorriso dolorido, então abriu o notebook e começou a ler as respostas ao que eu tinha postado aquela manhã. Tivera o maior número de curtidas, retuítes e respostas que qualquer outra coisa que eu já tivesse escrito.

Essa é a melhor maneira de ficar sabendo dos comentários e tuítes: com Robin lendo tudo para mim. Ele tem uma ótima voz, uma dicção incrível e, é claro, pula os piores.

— Courtney Anderson disse: "Estamos todos pensando em você, April. Você tem tanta fé na humanidade, mesmo num dia sombrio como este. Obrigada por compartilhar sua força".

A sensação de ouvir aquilo foi tão boa que meus olhos ficaram um pouco embaçados. Robin prosseguiu:

— Esta pessoa só te mandou uns e vinte e cinco emojis de abraço. — Depois de um momento, ele disse: — Ah, você vai gostar deste. SpidermanandSnape disse: "Assisti o jornal o dia todo, mas este tuíte é a única coisa que me importa agora. FIQUE BEM, APRIL MAY!". — Mais uma pausa, e então: — Este é do Som. CMDRSprocket disse: "Todo o mundo fica só defendendo argumentos antigos ou falando sem parar sobre coisas que não temos certeza. Obrigado por ser apenas humana".

— Gostei desse aí… — eu disse, sonolenta.

Ele continuou lendo pra mim até eu dormir.

Andy estava lá quando acordei. Parecia sobrecarregado, como nos últimos tempos, só que ainda mais, e afundou na cadeira ao lado da cama. Ainda era o cara mais magro que eu já tinha visto, mas de alguma forma agora havia um enorme peso em sua postura.

— Você está bem? — ele perguntou quando viu que eu estava acordada, parecendo preocupado de verdade.

— Estou. Disseram que vou ficar cem por cento em algumas semanas.

— Mas por dentro também?

— Acho que sim. Por enquanto.

Perguntar como de fato eu estava não devia ter sido fácil para Andy Skampt. Ele não era o tipo de cara que pergunta a alguém sobre seus sentimentos. Por outro lado, não é todo dia que sua melhor amiga é atacada diante dos seus olhos. Enquanto eu pensava nisso, Andy quebrou o silêncio que eu nem percebera que se formara.

— April, eu matei o cara?

De repente eu estava de volta àquele momento, olhando para a pilha de roupas manchadas e para a gosma escorrendo.

— Não. Não. E a presidenta me contou que não foi você. — Só então algo se encaixou no meu cérebro. — Você estava morrendo de medo. — Andy estava tremendo um pouco, com a cabeça nas mãos. Não chorando, só trêmulo. Eu podia vê-lo coberto com a gosma grudenta que tinha sido Martin Bellacourt, de pé no meio da rua, a alguns metros de Carl, parecendo completamente sozinho.

Andy me olhou como se eu o tivesse esfaqueado também. Então sussurrou:

— Meu Deus, April, é claro que eu estava morrendo de medo. — Me dei conta de que ele achou que tinha sido uma acusação. Que eu estava questionando sua bravura.

— Não, o que estou dizendo é que só de sair do apartamento

já parecia que você ia vomitar. Mas então o cara me atacou e... — Comecei a chorar.

Não era que lágrimas educadas rolavam pelo meu rosto enquanto eu dizia de forma eloquente a Andy como estava tocada e impressionada que tivesse sido a primeira e única pessoa a se apressar a me defender. Chorei feio. Puxando o ar com dificuldade e soluçando dolorosamente. Uivando. Andy, o pateta, o palhaço alto e magricela, tinha levantado sua querida câmera e acertado a cabeça de um homem com toda a força por mim. Um homem estruturalmente comprometido, mas ainda assim.

Em vez de dizer todas essas coisas em que pensava, só produzi ruídos altos e horríveis que fizeram com que eu me contorcesse e depois assumisse posição fetal, porque minhas costas queimavam de dor, o que tornava o choro ainda mais barulhento. Andy levantou para tirar o cabelo do meu rosto e dizer que ia ficar tudo bem. No momento em que me tocou, eu me agarrei a ele como se estivesse me afogando. Puxei-o para a cama do hospital e cobri sua camisa limpa de lágrimas e ranho.

— Seu imbecil lindo do caralho, foi a coisa mais corajosa que eu já vi. Você me salvou. Você me salvou. Você me salvou.

Eu sabia que não era tecnicamente verdade, mas acho que ele entendeu o que significava. E acho que você também.

Na manhã seguinte, *todo mundo* estava no hospital. Meus pais, Jennifer Putnam, Andy, Miranda e Maya. Até Jessica, a socorrista, apareceu para dar um oi rápido. Ainda que todos de fato estivessem ali para me ver, tinham escolhido aquele horário exato porque era quando a presidenta apareceria para a imprensa. A suspensão de vinte e quatro horas do vídeo significava que tínhamos algum tempo livre para nos preparar e (ouso dizer) relaxar nas poucas horas que antecederiam sua chegada.

Fiquei sozinha com meus pais por mais ou menos uma hora, o

que foi bom. Eles faziam tudo o que podiam para manter o controle e não demonstrar que estavam surtando (mas é claro que falharam). Não me ocorrera até então que eu andava tomando decisões que os afetariam tão profundamente.

Eles tagarelaram sobre a lua de mel de Tom e os vizinhos esquisitos, se esforçando para manter uma conversa informal entre pais e filha. Mas sabe o que não fizeram, nem uma única vez? Não disseram "O que você tinha na cabeça?!". Não porque soubessem ou compreendessem. Não acho mesmo que fosse o caso. Não perguntaram porque não fui eu que me esfaqueei nas costas, e quando um radical extremista faz isso, o único culpado é ele.

— E assim você conheceu a presidenta! — minha mãe disse, tentando de novo desviar a conversa da parte em que eu quase morri.

— É, mas você também vai conhecer — eu a lembrei.

— Não é a mesma coisa. Ela veio te ver por causa de algo que você fez!

— Mais por causa de algo que fizeram comigo.

Meu pai seguiu com a linha de pensamento da minha mãe:

— Acho que você sabe que não é bem assim. Estamos muito orgulhosos de você, April, por aproveitar a oportunidade para dizer coisas ponderadas e gentis mesmo que ser ponderado e gentil não esteja fácil agora.

— É a identidade que eu construí, não eu de verdade.

Os dois sorriram para mim como dois filhotinhos, então minha mãe disse:

— April, você não está construindo uma marca. Está construindo a si mesma.

Os olhos do meu pai pareciam embaçados quando ele disse:

— É fácil de esquecer, com tudo o que aconteceu este ano, mas você só tem vinte e três anos.

— Afe — eu disse, porque era o esperado de mim. Os dois sorriram como idiotas.

Pouco depois, Robin veio me apresentar Vi, que ia fazer com que eu saísse bonita nas fotos. Sei que sou uma garota atraente, mas houve um tempo em que eu odiava ter poder sobre as pessoas por causa disso. Era uma das coisas que eu tanto amava em Maya. Diferente das outras pessoas com quem eu tinha ficado, acho que teve que me conhecer bem antes de decidir que eu era atraente. O que era muito atraente.

Desde Carl, eu estava me maquiando mais, só que principalmente com o intuito de me dar legitimidade, fazendo com que parecesse mais velha e mais profissional. Eu andava pensando muito na imagem que passava, e não fazia nada apenas para ficar bonita; queria parecer séria e importante. Mas era bom ficar bonita também, porque, se as pessoas gostarem de olhar para você, vão acabar te ouvindo quase que por acidente. É uma merda, mas é verdade. Tipo, não é só coincidência que o âncora da CNN Anderson Cooper possa abrir um buraco no seu coração com seus olhos azuis brilhantes. Decidi logo no início do processo que não havia razão para não aproveitar as vantagens que eu possuía.

Mas, quando Vi chegou com seu espelhinho triplo e sua caixa enorme cheia de produtos incrivelmente caros e perguntou que visual eu queria, não consegui pensar em nada, de verdade. Eu não me sentia como a mulher que estava aparecendo nos noticiários. E não podia aparecer toda elegante e glamourosa, porque estava numa cama de hospital. Começava a me sentir muito inibida, porque ia ser minha primeira aparição desde o ataque. Seria a primeira vez que eu faria qualquer coisa desde o ataque, na verdade. Ia aparecer em todo lugar e estava em uma posição extremamente vulnerável. Ia ficar na cama? Era o que a presidenta queria? O objetivo era me fazer parecer fraca? Acho que Robin percebeu minha angústia.

— April — ele disse —, o que quer que as pessoas sintam quando te virem?

— Que os Defensores estão criando um clima que encoraja o extremismo e que as coisas que venho dizendo são as únicas que fazem sentido?

— Sério?

— É, quer dizer, esse foi o objetivo até agora, não?

— Hum... — Ele virou para Vi. — Pode nos dar um segundo?

Ela arregalou um pouco os olhos, então disse "Claro" e saiu do quarto.

— April — Robin continuou, com seriedade —, entramos em uma nova narrativa. Qual acha que vai ser a principal pergunta que as pessoas vão fazer?

— Por que os ataques aconteceram? Por que alguém tentou me matar?

— Não, embora essas questões certamente estejam na lista. Mas a primeira coisa que o mundo vai se perguntar é por que Carl resolveu te salvar, mas não salvou as centenas de outras pessoas que morreram ontem.

— Ah. — Desviei o rosto. — Ah — repeti, porque não sabia o que mais dizer.

— Qual é a resposta óbvia?

Eu me sentia fraca demais para acreditar na minha resposta, mas era a única em que conseguia pensar.

— Porque sou importante.

— Você pode ser importante por dois motivos, e nenhum deles é bom.

Refleti por um momento. O que eu pensaria se descobrisse que uma força misteriosa tinha finalmente agido só para matar um homem e assim proteger uma garota em Nova York?

Uma dessas opções:

1. Eu era importante para seu plano de ajudar a humanidade, o que significava que as pessoas começariam a me ver como uma messias. Ou...
2. Eu era importante para seu plano contra a humanidade, o que significava que também era o pior tipo de traidora que já existira.

Robin não disse nada disso mas continuou:

—Você precisa se afastar dessas duas imagens agora. Tem que parecer o que realmente é: um ser humano ferido no hospital.

— Não quero ser chata, mas acha que isso vai me colocar numa posição vantajosa?

— Talvez sim, talvez não. Mas definitivamente é a escolha mais segura. E acho que você deve a muitas pessoas tomar decisões menos arriscadas agora. — Robin disse isso com muita confiança, mas sem o tom de crítica que poderia ser facilmente embutido ali.

Ele deixou que suas palavras pairassem no ar enquanto abriu a porta, pediu desculpas para Vi e deixou que voltasse ao quarto.

— Só dá uma geral — eu disse. — Se puder fazer com que eu pareça um pouco mais jovem seria bom. Estou morta de medo, me sentindo fraca e vulnerável. —Virei para Robin. — E acho que a coisa certa a fazer agora é ser honesta.

Quinze minutos depois, Putnam chegou.

— Ela vai chegar em meia hora — minha agente disse, se referindo à presidenta. — E no que a maquiadora estava pensando? Ela ainda está aqui? Você parece uma órfã de catorze anos.

— Está bom assim, Jennifer — eu disse.

— Não está, não, mas temos tempo de sobra para consertar.

— Não — eu disse, me irritando. — Não é isso que estou dizendo. Ela fez exatamente o que eu pedi.

—Você queria parecer fraca?

— Não, queria parecer como me sinto. Parecer humana, quando todo mundo está querendo me transformar num símbolo.

— Mas você precisa ser um símbolo, April. É o que sempre quis. É uma oportunidade gigantesca, a maior que vai ter. Precisa impressionar. É a presidente que está vindo! Você tem que estar apresentável!

— O que você quer? Que eu pareça uma estrela de cinema numa cama de hospital? Uma heroína? — Eu estava brava de verdade, mas mantinha a voz baixa. — Como o Messias ou Judas?

Qual dos dois venderia mais livros, hein, Jen? — Eu nunca a havia chamado daquele jeito, e não tinha visto ninguém chamar.

Sua expressão pareceu indecifrável por uma fração de segundo antes de responder.

— Ah, meu Deus, April, sinto muito. De verdade, às vezes esqueço que você é extremamente perspicaz. Não é sempre que alguém está um passo à minha frente, mas você está absolutamente certa. Tem todo o direto de estar brava comigo, eu não estava pensando direito. Só queria que você ficasse bonita para as câmeras.

Putnam clássica. Assim que compreendeu que não ia ganhar, concordou com todo o vigor e a adulação de que era capaz.

— Tudo bem — eu disse. — Tem sido um dia estressante.

— Quer falar com alguém antes da visita?

— Hum, na verdade, não tenho ideia de como vai ser. Tem alguém que possa me explicar?

— Ah, claro. Um representante da Casa Branca vai repassar tudo com você logo mais.

Era verdade. Cinco minutos depois uma jovem em um terninho muito fino disse a todos nós o que esperar e como nos comportar para não passar vergonha e evitar que o serviço secreto atacasse alguém.

Por dez minutos aterrorizantes e desagradáveis de silêncio quase completo, meus pais, Andy, Jennifer, Maya, Miranda, Robin e eu ficamos à toa no quarto de hospital, só esperando. Um "tim" suave no pulso de Jennifer sinalizou que tinha recebido uma mensagem. A agente olhou para o relógio e disse:

— Ela chegou.

— Minha nossa senhora da porra — minha mãe disse. Todo mundo riu. Era engraçado ver todo mundo pirar. Eu também estava nervosa. Não por causa da presidenta, mas por causa das câmeras. Teria que ser inteligente, respeitosa e dar um jeito de me humanizar. Era um equilíbrio delicado, e meu cérebro estava entrando em parafuso.

Também precisava fazer xixi, mas era tarde demais para aquilo.

Dois caras com aquele visual óbvio do serviço secreto entraram e analisaram tudo, sem ver a gente como gente, mas como potenciais ameaças a ser categorizadas e monitoradas. Um deles saiu, o outro se manteve à porta.

Então entrou uma pequena equipe: um fotógrafo, um câmera e um cara com um microfone direcional. Eles se reuniram no canto mais distante do quarto. Então a presidenta chegou. Ouvi o obturador da câmera de Andy abrindo. O bom e velho Andy.

Ela passou algum tempo batendo papo com meus pais, Andy, Robin, Miranda e Maya. Todos estavam radiantes. Então a presidenta veio até a cama.

— Como está se sentindo?

— Disseram que logo vou poder ir para casa — respondi, sem saber se íamos reprisar nossa conversa do dia anterior.

— Você escapou por pouco.

Pensei em um monte de respostas espertinhas e fofas para dizer, então as descartei imediatamente.

— Sim. É surreal que alguém possa ter feito algo assim. — Eu estava direcionando a conversa, um hábito que era muito difícil de quebrar, mas também um com o qual a pessoa mais poderosa do mundo está acostumada a lidar.

— Deve ser ótimo ter sua família e seus amigos com você. — Ela gesticulou para a fila silenciosa de espectadores. Me senti culpada na hora e me esforcei para fingir que não sabia o motivo. — E saiba que o povo americano também está torcendo pela sua recuperação.

— Obrigada, excelência.

Trocamos um aperto de mão e as câmeras foram desligadas.

— Só isso? — perguntei.

— É tudo de que vão precisar. Você foi bem corajosa de tentar direcionar a conversa.

— Força do hábito! Desculpa.

Ela riu.

— Desculpa por passar tão rápido, mas é um dia cheio, como pode imaginar.

— É claro — eu disse, então ela começou a se despedir. Em menos de um minuto tinha ido embora.

Um bochicho tomou conta do quarto assim que ela saiu. Todo mundo já estava repassando a versão daquele momento que contaria pelo resto da vida. E as vinte e quatro horas tinham passado, então Andy se manteve ocupado usando o celular para liberar o vídeo. Em poucos segundos, estava no ar. A cena toda, meu discurso em meio à multidão, os gritos enquanto Martin forçava caminho até mim. O momento em que me atingiu, sua pele ficando um pouco mais escura antes de se tornar gosma. A câmera batendo nele. Então cerca de quinze segundos de áudio sem qualquer imagem, até que o barulho de luta, gritos e gente correndo desaparecesse. Então eu de novo, em uma maca, dizendo:

— Como eu estava dizendo, mesmo no mais terrível dos dias, mesmo quando só conseguimos pensar no nosso pior, tenho orgulho de ser humana.

Era de longe o melhor vídeo que a gente tinha feito. As agências federais já tinham começado a divulgar que Carl era o culpado pela morte de Bellacourt, então o sucesso do vídeo veio a calhar. As fotos da presidenta preocupada inclinada sobre minha cama também contribuíram. Estávamos certos, mais do que certos. Foi naquele momento que os Defensores perderam a guerra. Eles não podiam ser amplamente reconhecidos como um movimento legítimo quando havia uma garota no hospital depois que alguém tentara esfaqueá-la pelas costas. Tudo tinha sido divulgado.

Mas é claro que eles só ficaram ainda mais desesperados. Aqueles que realmente acreditavam que eu era uma traidora da minha espécie não iam mudar de ideia, e se a única maneira de me derrubar era um ataque direto, aquela seria a ferramenta que utilizariam.

DEZENOVE

Tudo parecia esplêndido nos dias que se seguiram ao ataque. O que é uma coisa horrível a se dizer, mas é que eu não tinha mais responsabilidades a cumprir. Aliás, quanto menos eu fazia, mais falavam de mim (e das minhas ideias). Agora eu tinha suplentes, que propagavam minha mensagem no meu lugar. Eu podia me recuperar (embora mal tivesse sido ferida) enquanto os Defensores perdiam todas as discussões importantes em que conseguiam se meter. No campo pessoal, as coisas estavam fadadas a degringolar entre mim e Miranda mesmo que eu não tivesse sido quase morta algumas noites depois de termos ficado juntas. Mas pelo menos eu podia fingir que qualquer desconforto era devido ao enorme peso de saber que pessoas de verdade me queriam morta a tal ponto que chegariam ao cúmulo de tentar fazê-lo com suas próprias mãos.

Nem tudo eram flores, claro. Eu não ia voltar ao apartamento e não fazia ideia do que havia acontecido com a mão de Carl. Tinha certeza de que existia um modo seguro de voltar a morar lá, mas não conseguia. A parte boa de quase ser assassinada é que as pessoas simplesmente aceitam sua recusa irracional de ir para a própria casa. Tampouco deixei que alguém passasse lá, para que não percebessem que tinham atirado na janela da sacada do meu quarto. Só o governo americano sabia daquilo, e devia ter seus motivos para me deixar guardar segredo.

Fazia tempo que Andy tinha mudado para um lugar legal em Rose Hill, e levou Jason consigo, acho que porque facilitava a produção do podcast que eles ainda faziam. Quando saí do hospital, fui morar temporariamente no quarto de hóspedes dele. Uma semana depois, quando Robin encontrou um apartamento novo para mim, me dei conta de que não tinha a menor vontade de morar sozinha, então fiquei com eles. Morar com meu melhor amigo nerd e seu amigo ainda mais nerd não era o que eu planejava fazer depois da minha ridícula recuperação, mas quebrava o galho.

O outro problema era que eu continuava fracassando em resolver a Sequência 767. Eu estava tão frustrada que me ressentia de pegar no sono. Mas, ainda assim, toda noite eu rodeava o avião, subia nas turbinas, andava sobre as asas e tentava quebrar as janelas. Quando acordada, lia tudo o que podia sobre aviões. Eu sabia que os hexágonos, que eu havia memorizado meticulosamente e transcrito para mostrar a Maya, eram o código que precisávamos solucionar, mas não tínhamos sido bem-sucedidas até então.

Ela lidava comigo como a flor delicada que eu era. Ainda que eu tivesse fodido com tudo e feito exatamente o que havia me dito para não fazer (além de dormir com Miranda, o que ela ainda não sabia), Maya era superlegal. Eu conhecia os sinais de alerta e estava ciente de que, embora as coisas estivessem indo bem, eu logo ia desgraçar a cabeça imaginando como Maya provavelmente me enxergava.

Era como se o único jeito de escapar fosse fazer algum gesto grandioso, como mandar flores ou escrever uma longa carta de desculpas. É claro que todas essas coisas pareciam profundamente inadequadas, então, em vez disso, tomei uma decisão.

Fui a uma loja chique e gastei mil e duzentos dólares em uma jaqueta, uma camisa e um jeans novos, então voltei para o apartamento de Andy para gravar um vídeo. Eis a transcrição:

> Oi, pessoal. Vou ser honesta com vocês: minha vida é uma grande confusão no momento. Fui ferida fisicamente, mas tam-

bém estou me sentindo psicologicamente afetada, como imagino que seja o caso de muitos de vocês. Tive algumas costelas quebradas e levei uma dezena de pontos. Mas lidar com a realidade de que alguém poderia querer... [aqui preciso lutar com minhas emoções de verdade. Não estou atuando] me matar... e conseguir de fato matar tantos outros que não fizeram nada além de mostrar animação e interesse pela chegada dos nossos visitantes... é uma ferida muito mais profunda.

É claro que, agora, os Defensores estão repudiando os ataques. É a coisa apropriada a fazer, e acho de verdade que a grande maioria deles nunca concordaria com esse tipo de ação. Mas, quando a retórica é tão inflamada, tão cheia de ódio, não é nenhuma surpresa que algumas pessoas equivocadas trabalhem juntas para tomar as rédeas da situação.

De um modo um pouco menos intenso, eu fiz a mesma coisa.

Desde o começo de julho, ficou bastante claro que todos os quebra-cabeças do Sonho tinham sido descobertos e resolvidos, com uma exceção. O código foi compilado e parece completo, só que exige uma espécie de senha que ninguém sabe onde procurar. Bom, antes mesmo disso, eu já sabia que havia uma sequência no Sonho a que ninguém além de mim tinha acesso. Tenho trabalhado nessa sequência que apelidamos de 767 por quase um mês agora. Para ser franca, não cheguei a lugar nenhum. Falhei porque queria solucionar o mistério sozinha. Queria ser a heroína de quem todos iam se lembrar. Queria me agarrar à fama e à excepcionalidade. E, por causa disso, retardei a resolução do Sonho. Se não tivesse retido a informação que tinha, talvez já tivéssemos decifrado isso há um mês. Talvez tivéssemos passado por isso mais rápido e com mais segurança. Talvez... [Então o vídeo corta para a próxima frase, porque eu não queria completar aquela.]

Também tenho plena consciência de que Carl salvou minha

vida. O governo soltou um relatório preliminar afirmando que o homem que me atacou, Martin Bellacourt, morreu instantaneamente quando o interior de seu corpo foi transformado no que parecia ser geleia de uva. E, embora isso pareça piada, tivemos todos que aceitar que se trata da realidade. Foi claramente uma ação do Carl Nova York, e um júri local vai ter que decidir se o intima ou não. Apoio inteiramente esses procedimentos legais e tenho fé de que Carl vai ser inocentado de todas as acusações.

Para aqueles de vocês que são Sonhadores ativos, temos um último enigma para resolver. Coloquei tudo o que sabemos sobre a Sequência 767 no Som, e os links estão na descrição deste vídeo. Os Carls claramente queriam que resolvêssemos esses mistérios juntos. Sinto muito por ter passado tanto tempo omitindo essas informações, porque foi egoísmo. Sei que nem todos vão me perdoar e não tenho razão para esperar que perdoem. Mas espero que acreditem que me arrependo profundamente de ter escondido isso.

E foi isso. Uma hora depois do vídeo ter sido liberado, li o seguinte no Som:

> Não sei se adianta alguma coisa, mas o padrão de hexágonos me lembra o acordeão do meu avô. Não sei quantos botões tem num, mas acho que estavam dispostos mais ou menos assim.
>
>> É uma ideia interessante... alguém toca acordeão?
>>
>>> Oi! Estou com meu pai aqui, que toca concertina e acordeão. Ele disse (e estou citando, porque não entendo nada a respeito): "Esse é o modelo Wicki-Hayden de teclado. Independente do botão em que se esteja, o da direita é um tom acima; o de cima à esquerda é uma quarta acima; o de baixo à direita é uma quarta abaixo. O botão mais próximo diretamente acima fica uma oitava inteira acima".

Quando chegou a terceira resposta, esse comentário já estava no topo e tocadores de acordeão e concertina do mundo todo tinham se juntado ao diálogo. Eles estavam decifrando rapidamente como seria o som produzido se os hexágonos vermelhos do padrão que eu havia resgatado do Sonho representassem botões a ser tocados. Meia hora depois, ficou claro que, embora ninguém soubesse afirmar qual era o tom certo, os hexágonos na lateral do 767 eram uma representação de "Call Me Maybe", da Carly Rae Jepsen. Carl tinha um ótimo gosto musical.

Andy e eu começamos uma busca frenética, aprendendo tudo o que podíamos sobre a música e CRJ, ícone do pop.

Depois de decorar a letra (eu já sabia a maior parte), fechei as cortinas do quarto de hóspedes de Andy e fui para a cama. Era o começo da tarde, mas eu estava exausta (como sempre) e precisava ver o que conseguia fazer com as informações mais recentes. Não foi fácil pegar no sono, de tão ansiosa que estava. Sabia que literalmente o mundo todo estava esperando para ver o que saía daquilo, e eu era a única pessoa capaz de descobrir.

Então esvaziei a mente e deixei a exaustão assumir. Fiz isso por mais vinte e três vezes, até finalmente dar certo e eu me encontrar no saguão de um escritório chique em um prédio comercial igualmente chique. Uns bons trinta minutos depois, eu estava em frente ao 767, cantando com a voz fraca e ligeiramente desafinada:

I threw a wish in the well
Don't ask me I'll never tell
I looked to you as it fell
And now you're in my way

Não foi tão esquisito até que cheguei ao refrão, que foi tão brilhantemente arquitetado que fica muito difícil cantar sem se envolver. A boa notícia é que sempre se está sozinho no Sonho, então não tem ninguém para te ver dançando em volta de um 767 cantando:

— *BEFORE YOU CAME INTO MY LIFE I MISSED YOU SO BAD, I MISSED YOU SO BAD, I MISSED YOU SO SO BAD...*

Eu não estava machucada no Sonho, então, enquanto no meu corpo real levantar o braço esquerdo acima da cabeça era um objetivo pelo qual eu trabalharia por meses, lá eu podia me mover como a jovem enérgica de vinte e poucos anos que eu deveria ser.

Então eu terminei, com quase toda a certeza de que tinha passado pela música inteira sem esquecer uma palavra (embora definitivamente tenha esquecido a questão da afinação), e comecei a ouvir um silvo baixo. Então, mais alto, veio o som de motores elétricos ou hidráulicos enquanto compartimentos na altura do nariz e das asas da aeronave se abriram para que as enormes rodas descessem. Elas tocaram a grama com delicadeza, parecendo imediatamente sempre terem estado ali.

Eu tinha conseguido entrar.

Ou, pelo menos, tinha conseguido entrar nos compartimentos onde ficavam as rodas do avião. No meu estudo do 767, havia descoberto que eram grandes o bastante para que coubesse uma pessoa lá dentro até que as rodas fossem recolhidas, quando ela teria sorte de não ser esmagada. Várias pessoas já tinham subido no compartimento da frente para tentar pegar uma carona, para então descobrirem que era uma ótima maneira de morrer. Mas aquilo também significava que era possível escalar até ali, o que comecei a fazer imediatamente. Subi até o compartimento da frente primeiro, porque sabia que havia uma passagem ali para a aviônica, onde todos os controles ficavam. E, de lá, havia outra passagem que levava ao interior do avião. Eu também sabia, no entanto, que não havia portas naquelas duas passagens. Elas eram seladas e exigiam ferramentas específicas para serem abertas, mas imaginei que fosse minha melhor chance de chegar ao interior. Uma vez que entrei no compartimento das rodas, vi uma confusão notável de tubos e cabos. Se eu fosse uma engenheira da Boeing, teria uma boa ideia do que era aquilo para que estava olhando. Mas eu não era, então, sob a luz fraca que vinha da escotilha aberta, tudo o que via era uma bagunça assustadora.

Mas localizar a escotilha no teto do compartimento não foi um problema. Ela estava marcada pela ausência de tubos e fios. Era praticamente a única superfície plana no teto. Abrir a escotilha, por outro lado, não era simples. Estava bem presa com dezenas de parafusos que nem uma chave de fenda comum nem uma phillips conseguiriam tirar. Eles eram apenas planos, como a cabeça de um prego.

Enfiei as unhas na escotilha o máximo que conseguia, mas aquilo era claramente impossível, então nem insisti.

Fiquei me arrastando pelo compartimento por um pouco mais de tempo, procurando por... qualquer coisa, acho, mas parecia tudo uma bagunça.

Voltei para a escotilha para arranhá-la um pouco mais, porque, sei lá, talvez eu tivesse ficado superforte nos últimos vinte minutos. Dessa vez, notei pequenas letras em relevo na maçaneta. À luz fraca, era difícil ler — ou pelo menos foi o que pensei a princípio. Por fim, me dei conta de que não era que fossem difíceis de ler — não se tratava de letras. Havia algo lá, mas era apenas um monte de círculos e linhas que meu cérebro não conseguia transformar em palavras.

Era o tipo de coisa que acontecia quando você se afastava da resolução do enigma e os detalhes do Sonho começavam a esvanecer. Mas como podia ser? Eu havia cantado a música e tinha funcionado! Tinha que ser aquilo!

— AAAAARGH! — gritei em frustração para o compartimento vazio. Não ajudou em nada. Dei um chute num monte de canos na parede, pensando em me forçar a acordar. Não era como se eu não tivesse *nada* para dizer ao resto do mundo. Mas aquelas pessoas tinham me ajudado com a pista, então eu não queria voltar e dizer que era um beco sem saída.

Então chutei forte o bastante apenas para produzir um "tum" satisfatório, mas não para despertar.

O ar no compartimento parecia velho e viciado, então decidi que talvez eu tivesse deixado algo escapar do lado de fora do avião. Ou a pista podia estar em um dos outros compartimentos.

Circulei o avião de novo. Puxei tudo o que podia puxar, e mais algumas coisas que não podia. Subi nos compartimentos das outras rodas e não encontrei nada de interessante ou útil.

Frustrada, comecei a me afastar do avião.

Alguns quarteirões mais para a frente, virei para olhar para aquela máquina gigantesca. Eu tinha passado horas só olhando para ela no Sonho, então não esperava ver nada de novo. E não vi, mas senti meu coração pular para a garganta e comecei a correr a toda velocidade de volta para o avião porque eu havia descoberto.

Subi no compartimento da frente e deixei que meus olhos se acostumassem até que eu conseguisse enxergar as pequenas formas gravadas na maçaneta de novo. Não eram rabiscos indecifráveis porque eu estava me distanciando da resposta — eram traços e pontos do sistema numérico maia, sobre o qual Miranda havia me falado no hotel. O mesmo sistema em que, agora eu sabia, o número seis estava representado na cauda do avião.

Eu poderia ter me dado um soco na cara para acordar e estudar o sistema com Andy, mas queria muito fazer aquilo sozinha. Depois de meses de pessoas de todo o mundo solucionando as sequências juntas, desejava ser mais do que o veículo através do qual a sequência final era decifrada; queria meu nome naquela página da Wikipédia!

Então sentei ali e fiz o meu melhor para lembrar o que Miranda havia explicado. Os pontos eram um e os traços eram cinco. O que significava que dois traços com um ponto davam onze. Eu estava bem certa daquilo. Dois pontos davam dois. Era simples — os maias deviam ter sido bem espertos!

Cheguei a uma sequência de números: onze, dois, sete, dezenove, quatro, quatro e doze. Mas o que deveria fazer com eles? Bom, ao lado da porta havia sete discos, cada um numerado até o dezenove. Meu Deus, poderia ser tão fácil?

Ajustei cada disco no número correspondente e tive que desviar quando a porta da escotilha caiu. Isso me fez escorregar e cair também, batendo a cabeça no mecanismo da roda. Acordei no apartamento de Andy.

— MERDA! — gritei.

Andy gritou do quarto dele:

— Tudo bem com você?

Então veio correndo para o quarto de hóspedes.

— Sim! Estou ótima! É só que... MERDA! Consegui entrar no avião. Resolvi o próximo passo da sequência, tinha a ver com os números maias de que Miranda me falou. Eles estavam pintados numa escotilha no compartimento das rodas. Eu estava abrindo a porta quando caí, bati a cabeça e acordei!

Andy desatou a rir como se aquilo fosse hilário.

— Para com isso! — eu disse.

— É bem engraçado, April. Você finalmente conseguiu seguir uma pista, então estragou tudo batendo a cabeça na parede?

— Eu bati a cabeça no mecanismo da roda, obrigada pela preocupação. Preciso voltar lá! E não dá pra dormir agora!

Virei na cama e peguei o celular, que, é claro, estava no modo silencioso. Havia uma mensagem de Maya: Muito obrigada pelo vídeo. Ficou muito bom.

Aquela sensação era gostosa. Tranquilizadora até.

— Tudo bem, April — Andy disse. — Você é a única que pode acessar isso. Não temos pressa.

Suspirei.

— Eu sei, mas... Droga! Eu estava quase lá!

— É, você estava quase chegando na próxima pista. Não quero te desanimar, mas provavelmente vai ter algumas outras.

VINTE

Algumas semanas depois, eu estava sentada no cockpit do 767 apertando botões, tentando fazer alguma coisa acontecer. O ritmo da vida tinha desacelerado. Quando todo mundo que te conhece (inclusive a presidenta dos Estados Unidos) diz a mesma coisa, você acaba escutando. Além disso, quase ser morta duas vezes em um dia e então passar semanas lidando com uma dor chata, constante e aguda tende a inspirar certa reflexão pessoal. Eu não só tive que considerar de fato o perigo em que havia me colocado como pela primeira vez me peguei pensando que podia e *ia* morrer um dia.

Eu estava me esforçando muito para me acostumar com minha nova vida, mais nos bastidores. Ainda tinha um nome importante, mas me mantinha desconectada a maior parte do tempo. O mundo sabia que eu era a única que podia trabalhar na chave, o que significava que eu (e toda a equipe) estava superativa no Som, mas não dava entrevistas, não aparecia em eventos e não gravava vídeos. Fiz com que Robin mudasse todas as senhas das minhas redes sociais. Se eu quisesse tuitar alguma coisa, tinha que mandar a ele, que editava e garantia que era uma boa ideia antes de publicar. Ele atualizava meus diferentes perfis com informações relevantes, para mantê-los vivos. Enquanto isso, eu tentava ler, ver televisão e trabalhar lenta e metodicamente na Sequência 767. Uma enorme parte do mundo estava me ajudando, o que era muita pressão — e uma boa distração do meu desejo profundo e bem vivo de voltar à briga.

Eu tinha ficado viciada na atenção, na afronta e no barato de estar envolvida em algo tão grande. E precisava lidar com o vício como qualquer viciado. Depois dos ataques, as coisas se acalmaram. De alguma forma, as pessoas estavam menos piradas, porque estávamos todos mais ou menos na mesma página. As pessoas começaram a se sentir confortáveis com os Carls, como se sempre tivessem estado lá e sempre fossem estar. Basicamente, eu não era muito necessária. Mas o vício não é tão simples; é uma questão de dependência psicológica, uma falha na sua programação cerebral. Mesmo com o apoio de pessoas realmente fantásticas que se esforçavam para me manter na linha, nunca fiquei limpa de verdade. Mesmo depois que os aplicativos foram desinstalados do meu celular, eu ainda entrava no site do Twitter pelo navegador.

A Sequência 767 não estava revelando seus segredos. Quando consegui acessar a aviônica, entrei no avião sem ter que solucionar mais nada: só tive que abrir uma escotilha. Mas o interior da aeronave era enorme e absolutamente normal. Circular entre o Sonho e o Som tinham me providenciado uma boa quantidade de informações sobre aquele avião: em que ano havia sito feito, de que modelo era (você sabia que aviões tinham modelos?) e até um palpite bem fundamentado sobre em que aeronave real havia sido inspirado. Eu passara horas no sistema de entretenimento do avião, me tornara bastante familiarizada com o cockpit usando um simulador de voo e entrevistara pilotos, mecânicos e comissários de bordo que trabalhavam em um 767. Tudo em vão.

Mas, voltando, era aquilo que eu estava fazendo quando Robin me acordou. Aquilo era bem incomum para ele, que estava visivelmente afobado. Usava uma camisa de um marrom avermelhado bem passada e estava sentado na beira da minha cama, no quarto de hóspedes. Andy e Miranda estavam logo atrás dele. Aquilo era esquisito pra caramba.

— April, tenho uma notícia ruim muito importante.

— Isso parece ruim. E importante — foi minha resposta inteligente.

Os lábios dele se contorceram em uma linha fina. Mau sinal.

— Os Defensores resolveram a Sequência 767.

— Isso é impossível — eu disse, me sentindo aliviada. — Só eu tenho acesso a ela.

— Parece que o acesso não é necessário. Miranda?

— Não dei a devida atenção ao código — ela começou. — Já está completo, aparentemente. Mas sua compilação revelou um programa que de fato pede uma senha.

— Mas o código em si não é uma porção de senhas? — perguntei.

— De certo modo, sim. A gente já sabia que ele era inútil até que estivesse completo. Então todas as partes eram igualmente importantes. Mas, agora que parece que temos tudo, ele continua pedindo uma senha. E acreditamos que é isso que você vai conseguir na Sequência 767.

— Então como os Defensores conseguiram?

Robin assumiu de novo.

— Tudo o que sabemos é que eles resolveram a sequência e estão agindo agora mesmo com base na informação que obtiveram. Não temos ideia do que estão fazendo, mas certamente estão fazendo alguma coisa.

— Eles fizeram algum pronunciamento? Talvez seja só um golpe para nos desestabilizar. — Eu já estava totalmente livre da névoa do sono, mas ainda não conseguia acreditar naquela conversa.

— Não, mas eu ouvi diretamente de Peter Petrawicki. — Robin parecia quase enojado quando disse aquilo.

— E por que ele contaria isso a você?

— Ele não contou. — De repente, ninguém estava fazendo contato visual comigo. — Mas contou à agente.

— Ela trabalha com vocês?

— É Jennifer Putnam.

Muitas coisas aconteceram simultaneamente na minha cabeça, nenhuma delas boa.

— Jennifer Putnam é a *minha* agente — eu disse muito lentamente para Robin, que estava fazendo seu melhor para me encarar.

— Ela também é agente do sr. Petrawicki.

— Prossiga — eu disse, com uma voz que parecia irreconhecível aos meus próprios ouvidos. Não tinha percebido com quanta raiva estava até a ouvir.

— Jennifer fechou com ele pouco depois de fechar com você — Robin explicou. — Percebeu a importância dos Carls muito antes do resto da indústria e sentiu que precisava conseguir alguns clientes nesse setor. Brigamos por causa disso, e eu disse a ela que a visão de Petrawicki era sórdida e perigosa. Jennifer me disse que não cabia a nós decidir quem estava certo ou errado e ameaçou me demitir e me impedir legalmente de trabalhar com você.

— Há quanto tempo sabe disso? — quase gritei.

Robin poderia ter se explicado. Dava para ver que queria fazer aquilo. Mas não pedi que o fizesse, então ele só disse:

— Meses.

— Meses — repeti. — Durante esses meses, Putnam insistiu que eu ficasse cara a cara com Petrawicki. Um debate que obviamente terminaria melhor para um argumentador profissional do que para uma designer de vinte e três anos. Mas o que importava, se de qualquer maneira o dinheiro iria para o bolso dela?

Fiquei em silêncio por tempo o bastante para que Robin abrisse a boca para falar, mas eu o cortei, falando baixo.

— Também durante esses meses, o sr. Petrawicki estava incentivando seus apoiadores mais extremistas a matar centenas de pessoas e tentar me assassinar. Mas, ei, é preciso pensar na agência, então vamos abaixar a cabeça e servir os clientes. É isso mesmo?

— April, eu sinto muito. Uma vez que tinha guardado segredo…

— SOME DAQUI! — eu gritei. Fiquei surpresa ao constatar que

não estava chorando. Sentia que deveria estar, mas não havia nada além de raiva ali.

Robin apertou os lábios e fez uma careta. Parecia que ia chorar, mas só levantou da cama.

— Se precisar de mim...

Eu o interrompi com toda a frieza:

— Desculpa, acho que não fui clara. Você está despedido.

No silêncio que se seguiu, Robin deu as costas e saiu do quarto.

Eu não queria fazer nada além de me aninhar na cama e voltar ao Sonho. O Sonho que Carl tinha feito só para mim. Mas Peter Petrawicki tinha resolvido a sequência sem o Sonho, o que significava que eu podia fazer o mesmo.

— Isso não foi legal, April — Andy disse.

— Quê?

— Robin nunca fez nada além de ajudar você. Ele esteve ao seu lado todos os dias dos últimos seis meses e nunca nem pediu um "obrigada". Nem sei se recebeu um, aliás.

— Nunca fez nada além de me ajudar? Peter Petrawicki criou um movimento que tentou me *matar*. Um movimento que conseguiu desestabilizar o PLANETA inteiro, Andy! E não temos tempo pra isso. Eles resolveram a sequência e precisamos fazer o mesmo.

Andy suspirou. Então deu as costas e começou a sair.

— Aonde você vai? — perguntei, mais acusatória do que pretendia.

— Não sei, April. — Ele virou para mim. — Só vou sair. E não sei se vou gostar de te ver quando voltar.

— Tá, então não estarei aqui — retruquei.

Ele olhou para Miranda e depois para mim.

— *Divirtam-se.*

Não achei que uma expressão como aquela fosse capaz de se formar no rosto de Andy Skampt. Era corrosiva, enojada e muito cansada. Ele foi embora.

Quero dizer a você que entendi tudo na hora, mas não seria

verdade. Não percebi que nós três tínhamos passado semanas na estrada fazendo a turnê de divulgação do livro, e de repente Andy parara de mostrar interesse por mim. Estávamos todos trabalhando muito, então nem notei que ele e Miranda começaram a passar cada vez mais tempo juntos. Ou que ele era engraçado e inteligente, assim como ela, mas tinha medo de tomar uma atitude, provavelmente porque havia passado anos sabendo que, se tomasse uma atitude em relação a mim, nossa amizade acabaria para sempre. Então, uma noite, me senti sozinha e entediada e ferrei com tudo para ele. Mas, não, eu não fazia ideia disso.

Miranda se aproximou, sua pena superando o desconforto, e sentou na beirada da cama.

— É um momento de muito estresse.

— É mais do que isso — eu disse.

Ela se inclinou para me abraçar, o que é claro que me fez sentir sufocada.

— Preciso ligar para Maya — eu disse, dura.

Miranda suspirou.

— Eu entendo — ela disse.

— O quê?

— Nada — ela disse, parecendo pequena. Era mais velha que eu, mais alta que eu, mais inteligente que eu, mas morria de medo de mim.

— É por causa da sequência, ela é nossa especialista. Não podemos deixar que os Defensores vençam.

— Tá.

Eu sabia que ela não acreditava em mim. E, em retrospectiva, sei que estava certa. Eu não queria abraçar Miranda. Não queria uma namorada. Não queria outra pessoa com quem me preocupar. Precisava falar com Maya, mas ela também era um peso conveniente para jogar sobre aquele relacionamento, porque jogar pesos em relacionamentos era o que eu fazia.

Levantei da cama em que estava começando a pensar como minha, mas de repente aquela sensação havia evaporado.

— Miranda, você pode ficar aqui e se certificar de que o programa estará pronto para rodar se eu conseguir a senha?

— Ele já está pronto para rodar. — Então ela acrescentou, de um jeito que não era nem um pouco seu: — Acho. — Eu estava acostumada com uma Miranda ridiculamente segura de tudo.

— Bom, preciso que esteja pronto para rodar no instante em que eu conseguir. Tem como me mandar por e-mail um arquivo ou site em que eu possa colocar a senha caso você não esteja comigo?

Sim, eu estava pedindo sem nenhum constrangimento àquela garota — uma garota linda e genial que não queria nada além de ser parte daquilo — para compilar trechos de códigos que fariam com que ela se tornasse completamente inútil para mim logo em seguida. Ela sabia daquilo? Com certeza. Fez mesmo assim? Claro que sim.

— Posso trabalhar nisso.

— Preciso dar uma volta — eu disse, deixando a parte do "sozinha" implícita. Fui embora sem dizer mais nada para ela.

Saí do prédio de Andy na rua 26 e comecei a andar. Liguei para Maya imediatamente e expliquei a situação. Percebi que estava puta com ela também, porque os Defensores não teriam sido capazes de desvendar aquilo se eu tivesse mantido a Sequência 767 em segredo, como planejava fazer inicialmente. Era uma raiva idiota e totalmente inútil. Tentei não jogar nada na cara dela, porque precisava de sua ajuda.

— Como a senha pode estar fora do sonho? — perguntei.

— Não sabemos se está. A sequência pode ter levado a outra parte do Sonho que é pública. Força bruta já foi usada para pular pistas antes — ela disse.

— Por que tinha que ser um Defensor? — perguntei em frustração, sabendo que não ajudava em nada. — Eles são, tipo, dois por cento das pessoas no mundo. Como conseguiram descobrir antes do restante de nós?

— Esse é um ponto interessante — Maya disse.

— É?

— Claro. Quer dizer, poderia ser só coincidência, mas há outras duas opções. Primeira: eles sabiam que o boato se espalharia e só estão mexendo com a gente. Segunda: algo no modo como eles pensam ou veem os Carls ajudou a desvendar o enigma.

— Ah, então ajuda ser um xenófobo delirante metido em teorias da conspiração?

— Talvez.

Eu tinha acabado de chegar a um parque que não reconhecia. Pessoas descansavam sobre os gramados verdejantes. Havia quadras de basquete e velhinhos jogando xadrez. Muito nova-iorquino.

Maya continuou:

— Com o que os Defensores são obcecados e nós não?

— Hum… eu? Com a ideia de que sou uma alienígena? Querem que eu faça um teste de DNA, não acreditam que eu tenha pais… Se não isso, sou uma traidora da minha espécie. Ou os Carls estão me usando esse tempo todo e fui especialmente escolhida e enganada para ser sua garota-propaganda. Há uma série de teorias da conspiração, Maya. Evito ler a respeito para não pirar.

— Eles acham que foi escolhida pelos Carls, mas você não?

— É ridículo pensar que iam me escolher entre oito bilhões de pessoas no planeta. Como se eu fosse a única carismática e crédula o bastante para ser sua missionária.

— Sério, April?

— O quê?

Ela não respondeu, sentindo que estávamos entrando em terreno perigoso, então continuei a falar.

— Tá bom, Carl me salvou. E não salvou mais ninguém — eu disse, convenientemente deixando de fora o fato de que também tinha sido salva de uma bala pela mão direita do Carl Hollywood. — E me deu uma parte do sonho à qual ninguém mais tinha acesso. Dá pra entender, eu…

Não consegui terminar a frase.

— Pois é.

— Porra, isso me dá arrepios. Os Defensores insistiram nisso desde o primeiro dia. Odeio que seja verdade.

— Você *odeia* ter sido escolhida como embaixadora de uma raça alienígena? *Odeia* que te considerem especial o bastante para te dar conhecimento exclusivo e impedir que te matem? — Ela conseguiu dizer isso com ironia. Como se fosse óbvio que eu amava ser especial.

— É verdade, tá? Eu odeio! — De repente, eu estava com raiva. Tínhamos chegado ao terreno perigoso e agora precisávamos lidar com aquilo. — Odeio agora e odiei da primeira vez que pensei a respeito. Odeio que tenham me salvado enquanto todas aquelas pessoas morreram. Odeio que o peso dessa situação de merda esteja todo sobre mim! — O volume da minha voz tinha aumentado, mas eu estava em Manhattan, onde as pessoas gritam ao celular o tempo todo.

— Desculpa, você está certa. Nem pensei nisso. — Ela fez uma pausa. — Mas você não está sozinha. Tem ajuda. Bons amigos. Pessoas legais ao seu lado. Adoro Andy, você sabe, e Miranda e Robin parecem ótimos.

De jeito nenhum que eu ia entrar nas ervas daninhas que haviam tomado conta do meu dia até então.

— Não sei se tenho, Maya — disse apenas.

Ela suspirou.

— Ah, April.

— É. Sou especialista em foder com tudo.

— Você é mesmo — ela concordou.

Aquelas palavras deviam ser um peso a mais sobre mim, mas por algum motivo me deixaram leve. O silêncio pairou entre nós por um tempo. Naquele momento, esqueci que estava no centro de uma tempestade rodopiante de intrigas políticas e me senti apenas uma ex-namorada de merda. Foi meio ótimo. Dei risada.

— Tá. — Voltei ao assunto em questão. — Então os Carls me

escolheram e me tratam diferente do resto do mundo. Como isso pode ter ajudado os Defensores a resolver a Sequência 767?

— Não sei, April — ela disse, meio desanimada. Talvez porque tínhamos chegado perto de tocar em outros assuntos e, de novo, eu não deixei que acontecesse. — Talvez os Carls não tenham te escolhido por quem era, mas por quem podia se tornar.

— É algo legal de pensar, mas não sei se gosto de quem me tornei.

— Talvez ainda não tenha terminado.

Não respondi.

— April, nunca abandonei minha obsessão por... — Ela parou de falar.

Esperei pacientemente que terminasse a frase, em silêncio completo.

Mas não consegui, porque de repente havia resolvido a Sequência 767.

— Por mim! — eu disse.

— Não, não era isso que eu ia dizer. Bom, achei que eu poderia me distanciar de toda essa maluquice, mas, depois que você foi embora, mergulhei de cabeça. Menti quando disse que só gostava do Sonho. Precisava continuar fazendo parte disso. Achei que era melhor que você, mas também estava obcecada, só que de um jeito diferente.

Eu a deixei terminar, porque era importante. Mas também era uma agonia.

— Tá, mas eu não estava completando sua frase. Estava falando dos *Defensores*, que são obcecados por mim. Eles têm milhares de teorias da conspiração, Maya. Sabem tudo a meu respeito. Cada passo que dei, cada pôster ao fundo de cada vídeo. Cada coisa pública que já fiz!

— E?

— Fileira seis — eu disse. — Foi onde sentei naquela primeira semana, quando estava indo conhecer Jennifer Putnam e participar daquele talk-show. Me deram um upgrade porque havia dois bilhetes com o mesmo assento marcado. Foi a primeira vez que voei de executiva. Era um 767. E eu estava na fileira seis.

— Seis como o número maia na cauda do 767?

— É, a tela não estava funcionando. Ou eu achava que não estava funcionando. Tinha um código estranho nela!

— Um código estranho como...?

— Como um hexadecimal.

— Mas como os Defensores tiveram acesso a ele? Como a gente vai ter acesso?

— EU TUITEI A PORRA DE UMA FOTO, MAYA! DROGA!

VINTE E UM

Algumas pessoas olhavam para mim, o que não era nada de mais, porque era fácil me reconhecer. Voltei tão rápido quanto pude na direção do apartamento de Andy, com as costas e os ombros ainda duros e doendo, então entrei em um café na rua 12. Era um lugar bonitinho, com balcões e algumas mesinhas. Havia cerca de meia dúzia de jovens com aparência de estudantes bebendo lattes e mexendo em seus notebooks.

— OI! Meu nome é April May e preciso usar um computador agora — eu disse.

Eu estava certa: alguém de fato não apenas estava disposto a me ceder seu notebook, mas honrado. Era um cara saindo da adolescência ou entrando nos vinte.

Abri meu tuíte na mesma hora:

@AprilMaybeNot: No caminho para LA, promovida para a classe executiva. A TV está quebrada, quero todo o dinheiro que não gastei de volta.

Era de um tempo mais simples.

A telinha do avião de fato mostrava um código que agora eu reconhecia instantaneamente como hexadecimal. Seria a senha? Havia muitos caracteres. Reduzi a janela e comecei a copiá-lo em outra.

Assim que o tinha feito, uns cinco minutos depois, mandei por e-mail para Maya e Miranda, o que eu esperava que não fosse causar nenhum drama.

A chave?

Acho que sim, embora não saiba o que é ou o que devo fazer com ela.

Então mandei uma mensagem de celular para cada uma delas: Dá uma olhada no e-mail. Maya foi a primeira a responder.

Maya
É um hexadecimal, já converti. Quer tentar adivinhar o que é?

April
A letra de uma música?

Maya
Last night they loved you, opening doors and pulling some strings, angel

April
Bowie, claro

Maya
Total

Miranda respondeu com a mesma informação, mas também disse que havia inserido a chave na versão mais recente do código compilado no Som. Vou te mandar o resultado agora. Não é complicado. Mas vamos falar sobre isso, por favor.

Não era complicado; era um endereço em Nova Jersey e quatro palavras: "Só April, ninguém mais".

Até aquele momento, eu estava completamente decidida a ligar para a presidenta assim que estivéssemos certos de ter decifrado o código. Não havia nem uma dúvida na minha mente, tínhamos um procedimento definido e eu ia segui-lo. Estava cansada de tomar decisões importantes e estava ainda mais cansada de acabar estragando tudo quando o fazia.

Mas, agora, estavam me dizendo para fazer outra coisa. Embora eu estivesse decidida, não conseguia parar de fantasiar com o que esperava por mim no fim da estrada. Meu coração dizia que seria um encontro cara a cara com a inteligência por trás dos Carls — ou melhor, com a entidade que eu tinha passado a chamar de Carl na minha cabeça. A ideia daquele encontro na verdade acontecendo com Peter Petrawicki me dava vontade de vomitar. Ou mais precisamente: me deixava mais brava que qualquer outra coisa em que já tivesse pensado.

A presidenta, que havia sido honesta comigo, que tinha confiado em mim, que era a absoluta personificação da autoridade, me pedira para fazer uma coisa. Mas havia Carl. Que havia mudado minha vida, havia *salvado* minha vida, deixara todo mundo morrer menos eu. Carl, o mistério. Meu mistério... minha identidade.

Saí de todas as minhas contas e agradeci ao cara pelo notebook. Ele pediu uma foto, tiramos e eu disse a todo mundo que tinha se aproximado que estava com um pouco de pressa, mas obrigada por assistir aos meus vídeos! Menos de meia hora tinha se passado.

Miranda escreveu de novo. Você está indo lá? Se estiver, avisa.

Eu não achava que tinha escolha, ou talvez não quisesse achar que tinha. Finalmente me sentia completamente confortável com o que tinha me tornado. Eu tinha certeza que os Carls eram bons? Não. Achava que sim, esperava que sim, *sentia* que sim. Mas não sabia. O que eu sabia era que tinha escolhido meu lado, e meu lado havia me escolhido.

O celular tocou. Era Maya. Não atendi.

Então veio uma mensagem. Usei a chave e sei o que diz. Você não pode ir sozinha.

Não respondi. Ela não parou.

Talvez você até possa ir sozinha, mas não agora. Vamos esperar um pouco.

Mas os Defensores já estavam a caminho. Vai saber que tipo de confusão causariam? Ela não desistiu. SÓ ME LIGA. FALA COMIGO.

O celular tocou de novo, e eu o coloquei no silencioso. Ia fazer o que tinha que fazer, não importava o que ela dissesse. Mesmo assim, mantive os olhos fixos nos três pontinhos que indicavam que ela estava escrevendo alguma coisa. Finalmente, recebi um bloco enorme de texto.

> Você está tão envolvida nisso que nem faz ideia. Para Miranda e Robin, você é muito mais que uma pessoa. Eles nunca conheceram April May antes da fama. Algum deles já disse não a algo que mandou que fizessem? Me escuta, April. Nesse tipo de relacionamento, você tem todo o poder. Poder demais. Observei você com eles, e os dois te idolatram. É assim que a fama funciona. E é uma droga. Ninguém que você conhecer daqui em diante vai conseguir agir normalmente. Os dois sentem que estar perto já é um privilégio.
>
> Isso é algo que aconteceu, não algo que tenha feito de propósito. Mas, quando eles deixam que faça... coisas realmente perigosas, não significa que concordem que é uma boa ideia. Só não conseguem dizer não a você. April, eu entendo. Mas, por favor, confia em mim. Não faz isso. Estou te dizendo para não fazer porque te amo.

Li tudo umas quatro ou cinco vezes. Maya nunca havia dito que me amava, porque sabia que ia me assustar. Não responder parecia uma das maiores traições que eu poderia cometer. E não respondi.

VINTE E DOIS

— Tem certeza de que é aqui? — o motorista perguntou. Nem precisei conferir no celular, porque fiquei estudando este mesmo lugar no Google Street View na última meia hora. Tinha até encontrado numa listagem de imóveis. Era um depósito. Desocupado. Disponível para aluguel. Quem estivesse interessado, desembolsaria cerca de quinze mil dólares por mês. Era um depósito bem grande, aparentemente.

— Tenho! Obrigada!

Eu não sabia se devia ficar aliviada ou preocupada que não houvesse sinal de Peter Petrawicki ou da equipe de filmagem que o seguia. Falando em filmagem, eu nem tinha uma câmera. Só dois celulares e a bateria externa que sempre carregava "por via das dúvidas".

Por um bom tempo, refleti sobre o que Carl queria. A mensagem dizia "Só April", mas aquilo parecia se referir à presença física de outras pessoas. Em geral, Carl parecia querer que eu levasse o público comigo aonde fosse. E, com a certeza de que o que quer que acontecesse seria histórico, tomei uma decisão que era ao mesmo tempo tola e genial.

Comecei a transmitir ao vivo.

O sistema do Facebook tinha ficado tão bom que dava conta de uma quantidade praticamente infinita de pessoas vendo. No pior dos casos, só ia cair. No melhor, eu ia quebrar o recorde de transmissão mais vista de todos os tempos e compartilhar um dos momentos mais importantes da humanidade com a maior audiência ao vivo da história.

— Sou April May e tenho o prazer de anunciar que resolvi a Sequência 767. Para aqueles de vocês que não estavam acompanhando, já faz um tempo que sabemos que todas as sequências do Sonho foram decifradas com exceção de uma, que só aparecia para uma pessoa. O mundo estava à espera dessa resolução final.

Enquanto dizia isso, avancei da calçada para a cerca, cujo portão estava fechado com uma corrente.

— Não sei por que fui a única a ter esse sonho, assim como não sei por que Carl Nova York me salvou de Martin Bellacourt no Treze de Julho.

Mantive a câmera cuidadosamente apontada para mim, tentando não dar muitas pistas da minha localização. O depósito era mesmo grande, com três andares, estrutura de madeira, janelas amplas fechadas com tábuas e portas enormes para carga e descarga. Outras tábuas jaziam espalhadas ao pé de uma das paredes. Entre mim e a porta, além da cerca, havia um estacionamento que estava sendo tomado pelo mato.

— Depois de resolver a Sequência 767, recebemos uma senha. Quando inserida no programa gerado pelos códigos decorrentes dos outros quebra-cabeças do Sonho, uma mensagem apontou para cá. Nova Jersey. Ela também foi bastante específica indicando que eu deveria vir sozinha, então obedeci.

Eu estava cutucando a cerca agora. Era de arame farpado, e a corrente no portão estava firme e forte. Comecei a andar ao longo dela, pensando em voz alta como ia conseguir atravessar, diante do que agora era um enorme número de espectadores.

Então, quando virei a esquina, vi um buraco cortado na cerca. Então decidi contar a verdade. Ou pelo menos parte dela.

— No entanto, ficamos sabendo pouco tempo atrás que outro grupo conseguiu solucionar a sequência e estava a caminho deste lugar. Para ser honesta, foi por isso que me apressei para vir para cá. Prometi a algumas pessoas que não agiria impulsivamente, mas, como podem ver aqui — ainda havia pedacinhos da cerca caídos na grama alta —, não fui a primeira a chegar.

Eu me agachei para passar pelo buraco e segui para o depósito. No caminho, me mantive em silêncio. Sabia que devia haver Defensores por perto, provavelmente já engajados no que quer que fosse que Carl tinha reservado.

Eu havia pensado bastante sobre como o jogo terminaria. E, para ser sincera, sonhava que fosse com um grande prêmio. Não tipo um carro novo ou um milhão de dólares, mas um presente que só os Carls poderiam conceder. Imortalidade, uma nave espacial, paz mundial. Eu tinha uma sensação dentro de mim de que, se eu não chegasse a tempo, um xenófobo ignorante e horroroso roubaria minha viagem com todas as despesas pagas para o mundo de Carl e mostraria como os humanos eram uns cretinos no fim das contas. Não falei nada disso, porque sabia que seria em vão esperar que alguém adivinhasse o que os Carls tinham preparado. Mas também porque havia me comprometido comigo mesma a ignorar completamente a existência dos Defensores quando falasse em público.

Em vez disso, falei baixo sobre como conseguira resolver a Sequência 767 e todas as pessoas que tinham me ajudado — tocadores de acordeão, conhecedores dos números maias, engenheiros que haviam me ensinado sobre o funcionamento de um 767 moderno. E, é claro, Maya, a quem eu tinha decidido dar o crédito por me ajudar com a pista final. Fora ela quem me dissera para pensar como um Defensor, afinal de contas.

Conforme me aproximava do depósito, notei uma porta comum ao lado de uma das gigantescas usadas para carregamento. Estava solta: uma dobradiça havia sido arrancada do batente e havia uma pilha de roupas à sua frente. Parecia o modo mais fácil de entrar, mas também o mais perigoso. As roupas pareciam sujas e úmidas. Fiquei morrendo de medo. Meu coração palpitava e senti uma vontade súbita de fazer xixi. Se esgueirar por um prédio abandonado é assustador mesmo quando você não está sozinha e não sofreu duas tentativas prévias de assassinato. Eu acreditava e ainda acredito que a maioria dos Defensores não queria me machucar fisicamente, mas já tinha comprovado que não eram todos. De qualquer maneira, já tinha começado a transmissão ao vivo e os números estavam subindo.

Então senti um cheiro de geleia de uva. Saía das roupas e escorria para a entrada do depósito. De quem tinham sido? Peter Petrawicki?

— Ah, meu Deus — eu disse, incapaz de me controlar. Afastei a câmera o mais rápido que pude. — Acho... — Precisei fazer uma pausa para me acalmar. — Acho que alguém que Carl não queria tentou entrar. Acho... Acho que essa pessoa morreu.

Eu não conseguia dizer mais do que aquilo. Nem queria pensar a respeito, então me mantive em silêncio enquanto encarava a porta, fazendo o meu melhor para não baixar o olhar para a sujeira aos meus pés. Tinham acabado com quem quer que fosse no momento em que tentou entrar, e agora era minha vez. Mas Carl me dissera para ir ali, e a pessoa em quem eu tinha me transformado confiava nele.

Contornei a sujeirada na ponta dos pés e entrei no depósito.

Meus olhos precisaram de algum tempo para se ajustar à escuridão. A sala em que eu havia entrado era enorme e estava vazia. Dava para ver a poeira flutuando nos feixes de luz que entravam pelas poucas janelas que não haviam sido tapadas. Folhas de papel e de árvore dominavam o piso de concreto; também havia alguns parafusos e outras peças metálicas no chão, que eu imaginava que fossem usadas para a produção do que quer que fosse que produziam naquele espaço antes.

— Bom, parece um depósito gigante vazio — eu disse baixo para a transmissão, meio decepcionada. Todo o primeiro andar era um grande espaço aberto, sem nada. Havia apenas uma escada vazada de metal que levava para o segundo andar, onde parecia que ficavam os escritórios, com janelas que davam para a fábrica embaixo.

— Vou subir essa escada e dar uma olhada nas salas lá.

A escada fazia barulho conforme eu subia os degraus. Mantive a mão esquerda firme no corrimão enquanto transmitia meu progresso com a direita. A conexão se mantinha estável — eu estava mandando imagens em HD para o mundo inteiro.

Meu celular pessoal, que eu não estava usando para gravar, tremeu no bolso. Eu o puxei tão rápido quanto consegui e vi que era Miranda ligando. Ela não estava assistindo? Não sabia que eu não podia atender? Eu estava considerando atender quando escutei, tocando à distância.

— Estão ouvindo isso? — perguntei para a câmera.

I'll stick with you baby for a thousand years, nothing's gonna touch you in these golden years.

Era o primeiro sinal de algo incomum acontecendo ali dentro. E, cara, parecia uma bela pista. Não consegui prestar atenção em mais nada.

— É essa a música. "Golden Years" — eu disse, e acelerei o passo. Àquela altura, a audiência já era de alguns milhões.

Eu meio que esperava que a transmissão caísse, fosse por uma intervenção sobrenatural de Carl ou a mera incapacidade dos servidores, mas ela parecia firme. A música ia ficando mais alta.

Recebi uma mensagem de texto de Miranda. Sai daí agora.

Vi a notificação na tela, mas meu cérebro se recusou a aceitá-la. O que ela estava querendo? Levantei os olhos e me dei conta de que tinha chegado. Num escritório pequeno ao lado da passarela. Da escrivaninha, vinha a voz de Bowie.

Esperei que a mágica acontecesse, que minha recompensa viesse. E então outra mensagem apareceu: Corre.

Mas eu me mantive ali.

Don't cry my sweet, don't break my heart. Doing all right, but you gotta get smart.

Enquanto eu olhava em silêncio, outra mensagem chegou. Foi tudo forjado. Não é real. É o lugar errado.

Virei bem a tempo de ver uma enorme porta de metal bater atrás de mim.

There's my baby, lost that's all. Once, I'm begging you, save her little soul.

Você sabe que sou uma idiota completa.

VINTE E TRÊS

Este capítulo contém cenas de violência extrema. Vou avisar quando estiverem chegando e não vou me ofender se quiser pular.

Me lancei imediatamente contra a porta, mas ela nem se mexeu. Eu a esmurrei, gritando:

— QUE DROGA!

Não houve resposta.

Bem baixinho, sob o som de "Golden Years", ouvi passos rápidos se afastando pela passarela. Não entendi como nada daquilo era possível até que vi seis galões de plástico de geleia de uva vazios no chão, perto de um arquivo de metal. Aquilo levou ao que eu imaginava que fosse o efeito desejado: me fazer parecer uma grande imbecil.

— Bom — eu disse para a transmissão, arfando de medo —, as coisas deram uma piorada. Fui informada de que nada disso é real. Tudo não passou de uma armação, e agora estou trancada em um depósito em Nova Jersey. Miranda, sei que você está vendo isso. Pode ligar para a polícia e dizer que estou presa aqui? E se eles puderem prender os cretinos que acabaram de me sequestrar seria ótimo.

Olhei ao redor da sala, mas não havia nada que pudesse ser usado como pé de cabra. Bati na porta com a cadeira da escrivaninha algumas vezes, mas mal consegui amassá-la.

Depois de um tempo, cansei de ouvir "Golden Years", então tentei desligar o aparelhinho. Não importava que botão apertasse, não conseguia. Bowie continuava cantando:

In every town around the world, each of us must be touched with gold. Don't cry my sweet, don't break my heart, I'll come runnin' but you gotta get smart...

Durante todo esse tempo, a transmissão continuou rolando. Eu fazia alguns comentários de vez em quando porque, àquela altura, me sentia mais ou menos segura. Eu tinha comunicação com o mundo e, embora estivesse assustada e extremamente decepcionada por não encontrar Carl nem nada do tipo, ainda não havia sentido o cheiro da fumaça.

Recebi outra mensagem de Miranda. Sinto muito. Ah, April, a culpa é minha. O código foi alterado. Ele estava em uma página pública do Som. Qualquer um podia editar. Nem notei que tinham feito isso.

Respondi para ela, ainda transmitindo. Não tem problema, estou bem. Se eu não fosse uma cretina impulsiva, teríamos descoberto isso. Fiz você correr.

Devolvi a cadeira à escrivaninha e ajustei o celular para que me pegasse de um ângulo não muito terrível.

— Bom, sei que a maior parte de vocês já desistiu e sinto muito mesmo por ter feito com que perdessem seu tempo. Mas, se não tiver problema, espero que a gente possa ficar juntos até que os policiais me tirem dessa sala tenebrosa. Porque, pra ser sincera, vocês são meus melhores amigos.

"Bom, não um de vocês em particular. E certamente não aqueles que eu de fato conheço e amo. Não os que tentaram ser meus amigos. Não meu irmão. Não minha mãe. Não nenhum dos caras e das garotas que eu enganei, para quem menti ou que traí. Vocês. Uma massa de humanos sobre quem não sei nada. Vocês são meus melhores amigos.

"E sabem por quê? Porque vocês gostam de mim, e o amor de uma única pessoa não pode competir nem com a leve consideração de uma centena de milhões. Com essa onda de apoio impossível, inumana. Não inumana porque vocês não são humanos, mas porque nenhum humano é capaz de processar, de compreender. A fama é uma droga. Enquanto estou sentada aqui, nesta salinha nojenta cheirando a fumaça, presa por um desconhecido engraçadinho, percebo que hoje mais cedo fui... fui uma pessoa péssima.

"Machuquei muitas das pessoas com quem mais me importo no mundo porque sou viciada em atenção. Faço coisas que são ruins para mim, para meus amigos, para minha saúde e para meu mundo só para conseguir mais poder, porque acho que preciso de poder para fazer coisas boas. E então faço coisas idiotas em vez disso. Estou transmitindo ao vivo para não poder editar e voltar atrás no que disser. Então obrigada por ouvirem. Eu meio que me odeio muito agora, então obrigada por serem meus amigos."

Todo mundo no chat da transmissão, que agora tinha minguado o bastante para que eu pudesse ler um pouco do que estava sendo dito antes que passasse voando, pareceu receber bem meu monólogo.

Eu sempre mantinha o olho nos comentários quando estava ao vivo. Embora não dê para ler tudo, é possível ter uma ideia do que as pessoas estão dizendo. Se há algo que querem que você veja, elas copiam e colam uma porção de vezes para chamar sua atenção. Entre as boas vibrações e os comentários simpáticos, vi uma palavra que eu não esperava aparecendo de novo e de novo: "letra".

Passei os olhos pelos comentários para ver o que estava acontecendo.

Ginny Di: O que ele está falando? "Tocado com ouro"? Conheço essa música e a letra definitivamente não é essa.

Então vinham algumas mensagens de apoio, e depois:

Roger Ogden: Ouvi umas doze vezes agora mesmo. Parece que diz "Em toda cidade ao redor do mundo Jesus deve ser tocado com ouro". Como assim??? É difícil ouvir com April falando.

— Parece que algumas pessoas estão dizendo nos comentários que a letra de "Golden Years" foi modificada. Vou parar de falar pra vocês ouvirem direito.

Já tínhamos provado, mais de uma vez, que milhares de pessoas trabalhando juntas para resolver um quebra-cabeças eram mais eficientes que uma. Mas, meu Deus, como era difícil calar a boca por cinco minutos!

Meu celular pessoal tocou. Era Robin. Não atendi, porque atrapalharia quem estava tentando escutar. Continuei lendo os comentários da transmissão. Eles estavam transcrevendo a letra, o que tornava mais ou menos impossível ler qualquer coisa em tempo real. Então vi isso:

Lane Harris: Gente, as mudanças na letra também aparecem na versão do Spotify! Todo mundo pode ouvir lá.

— Pessoal, parece que não é só esta versão da música. Aconteceu no Spotify também. Vão ouvir lá, vou atender o celular.

— April, graças a Deus. Estou indo praí. Miranda já chamou a polícia pra te tirar desse lugar. Você consegue sair da sala?

— Acho que não. Já tentei arrombar a porta.

— Não gosto da ideia de você presa aí. Na transmissão você mencionou cheiro de fumaça...

— É. — Achei que pudesse ser cheiro velho de cigarro, mas agora que Robin havia tocado no assunto, dava para sentir que era de madeira queimada. E, prestando atenção, parecia ficar cada vez mais forte. Mas devia ser só uma ansiedade natural diante da ideia de queimar viva em um depósito abandonado.

— Robin, agora fiquei muito preocupada — eu disse.

— Ainda está sentindo cheiro de fumaça?

— Sim, e talvez esteja aumentando.

— April, desliga e dá um jeito de sair dessa sala. Vou ligar para os bombeiros. — Seu tom de voz era de quem dava uma ordem.

Desliguei e olhei em volta.

Havia um arquivo de metal, sobre o qual estava um vaso de terracota que no passado talvez tivesse sido o lar de alguma forma de vida; a escrivaninha, que eu definitivamente não conseguiria erguer; a gaveta que eu havia tirado da escrivaninha e agora estava no canto da sala; a cadeira; o sonzinho; alguns galões de geleia. Nada daquilo parecia particularmente útil. Quem quer que tivesse decorado aquele lugar tinha esquecido o tradicional pé de cabra pendurado na parede.

Olhei pela janela. Parecia um pouco mais embaçado lá fora. Ou, mais precisamente, esfumaçado.

No melhor estilo April May, decidi terceirizar minha habilidade de pensar criticamente para o público.

— Hum... — eu disse, voltando à transmissão —, estou um pouco preocupada que este prédio esteja pegando fogo. — Dei risada. — Na verdade não é engraçado, não sei por que ri. Tem cada vez mais fumaça. Porra. PORRA!

Fui salva do pânico completo por Robin, ligando no meu outro celular de novo.

— Porra, Robin, porra.

Ele começou a falar imediatamente:

— April, você encontrou algum jeito de sair daí?

Aquilo me assustou pra caramba.

— Acho que não.

— Continua tentando. Acabei de chegar. Os bombeiros estão a caminho. Devem chegar logo, mas o prédio está pegando fogo.

— Muito?

— Muito. A polícia está tentando entrar, mas nada ainda.

— Tem uma janela aqui, deve ser uma queda de uns seis metros até o chão de concreto. É tudo o que eu tenho.

— Vou te colocar para falar com um policial.

Ouvindo o barulho do vento enquanto ele corria, pensei em como estávamos sendo claros e eficientes em relação à situação toda. Era como se estivéssemos marcando uma entrevista para a TV.

— Estou com ela no celular — ouvi Robin dizer para alguém.

— Alô, April? — Era a voz de um desconhecido.

— Alô?

— Como está se sentindo?

— O.k. A fumaça está... — Tossi, pela primeira vez. Então comecei a entrar em pânico.

— Você consegue ver de onde a fumaça vem?

Dei uma olhada em volta, e pela primeira vez ela pareceu densa o bastante para que eu conseguisse identificar que vinha da porta. Passei a informação ao policial.

— Enfie tudo o que poder na fresta. Sua calça, blusa, o que for. A fumaça é sua inimiga agora.

Então tirei o moletom e enfiei lá. Selou bem a abertura.

Voltei ao celular.

— Se tiver alguma coisa para enrolar no rosto — ele disse —, pode ajudar com a fumaça. — Tirei a camiseta e coloquei no rosto como se fosse uma máscara de bandido de faroeste. Não sabia se estava ajudando, e eu estava seminua.

— April, me escuta. Vamos te tirar daí. Você está no alto do prédio, o que significa que a fumaça vai estar mais densa aí do que na parte de baixo. Consegue descer de alguma forma?

— Estou trancada numa sala. A porta é de metal e não consigo arrombar. Tem uma janela mas acho que fica a uns seis metros do chão de concreto.

— April, vai até a porta pra mim. Apoie as costas da sua mão nela.

Fiz o que ele mandou, então afastei a mão da porta bruscamente. Não estava queimando, mas qualquer sensação de calor vindo dela me aterrorizava.

— Está... bem quente — eu disse, tentando manter o controle.

— Certo, April, estamos trabalhando para entrar no prédio, mas todas as passagens estão bloqueadas ou pegando fogo. Vamos abrir uma nova entrada. Como está a fumaça aí?

— Ruim.

— April, quando quebrar a janela, provavelmente vai entrar um monte de fumaça. O que significa que, assim que fizer isso, vai ter que pular bem rápido. Para isso, você primeiro vai se segurar pela borda do lado de fora, depois soltar. Aterrisse de pé, mas não trave os joelhos. Falo com você assim que estiver no chão.

— Quando eu quebrar a janela — eu disse. Não era uma pergunta, só uma confirmação.

— Isso. — Ele não tentou me convencer. Não me disse que eu precisava fazer aquilo; falava a respeito como se fosse tão natural quanto respirar. — Tem algo para ajudar a quebrar?

Olhei para a gaveta de metal que havia removido da escrivaninha e estava jogada no chão, perto da porta. Também tinha o vaso. Era uma escolha estranha. Gaveta de metal ou vaso de argila, que ferramenta usar para estilhaçar a janela através da qual vou ter que projetar meu corpo sem muita certeza de que vou sobreviver à queda?

Então minha mente disse que eu não teria que fazer aquilo de fato. Carl ia me salvar. Já tinha me salvado antes. Duas vezes. Onde ele estava agora? Onde estava a mão do Carl Hollywood? Por que tinha me deixado entrar ali? A frustração brotou de forma tão intensa em mim que quase gritei.

— April, você está bem?

Tossi.

— Estou.

— Pode quebrar a janela?

— Posso.

— Tá, fica na linha. Quando tiver fumaça demais, você vai ter que quebrar.

— Como vou saber a hora certa?

Ele fez uma pausa de um segundo, então disse:

— Você vai saber.

Olhei para a janela — tinha tanta fumaça no ar que eu nem conseguia enxergar a parede oposta. Mas dava para notar um lampejo laranja de vez em quando.

Peguei o celular de trabalho. Nem dava para acreditar que ainda estava ao vivo. Tinha bem mais de dez milhões de pessoas me vendo. Nunca haviam sido tantas! Aparentemente, transmitir uma tentativa de assassinato contra você mesmo é um ótimo jeito de gerar visualizações. E o fato de eu estar só de sutiã e jeans skinny não deve ter atrapalhado.

Mas eu não estava preocupada com pudor naquele momento, o que não era surpresa.

Tossi algumas vezes, mas não de modo incontrolável. Então disse, mais para me distrair:

— Ei, pessoal, como está indo história da música do Bowie?

O sonzinho ainda tocava.

Os comentários passavam rápido demais para que eu conseguisse ler. Usei o dedo para pausá-los. Aqueles que não estavam apenas se mostrando solidários (ou me acusando de fingir tudo) garantiram que a conversa tinha mudado para o Som, que tinha sido projetado justamente para aquele tipo de coisa. Algumas pessoas tinham tentado tocar Carl com ouro. Ouro branco, amarelo, de vinte e quatro quilates... mas nada acontecera.

Fiquei sentada ali, lendo o que escreviam, enquanto a fumaça se espalhava, meus olhos começavam a lacrimejar e meus pulmões a queimar. De vez em quando, respondia uma pergunta ou fazia um comentário. "Sim, sou tão desesperada por atenção que vou fingir minha própria morte" ou "Obrigada por ter dito isso, Park", esse tipo de coisa. Uma hora, fui para trás da escrivaninha, porque já dava para sentir o calor irradiando da porta. A fumaça do outro lado da janela era de um laranja consistente, e eu mal conseguia inalar duas vezes sem engasgar.

Peguei meu celular pessoal.

— Policial? — Tossi uma meia dúzia de vezes, de forma descontrolada.

— Oi, April. Os bombeiros chegaram, mas precisam de todo o tempo que pudermos dar para trabalhar. Quando quebrar a janela, a fumaça vai entrar depressa, então você vai ter que ser rápida — ele disse, sem pausar.

— Tá — respondi, num resmungo.

— Preciso que você faça isso agora. A fumaça é sua maior inimiga.

— Tá, vou pular da janela agora — eu disse, de repente consciente de que poderiam ser minhas últimas palavras.

— Certo — o policial respondeu.

Enfiei os dois celulares no bolso do jeans. Peguei a gaveta da escrivaninha e bati contra a janela. A fumaça começou a entrar na sala. Foi difícil respirar em seguida. Parecia que o ar não continha nada além de pequenas agulhas, e o acesso de tosse que se seguiu fez com que eu engolisse mais fumaça sem querer. Tossi mais. Me dei conta de que não estava conseguindo fazer o oxigênio entrar.

Achei que teria tempo de quebrar todo o vidro, mas não tive. Tirei a blusa do rosto e coloquei sobre as pontas afiadas que tinham ficado ao redor da janela — era alguma proteção, pelo menos. Apoiei a nádega direita sobre o tecido, mas, mesmo assim, senti o vidro arranhando o jeans e minha pele.

Eu me sentia nauseada. Corri para posicionar o corpo de modo a ficar pendurada pelas mãos — reduzindo a distância entre mim e o chão em um precioso um metro e meio —, mas logo caí. Foi uma queda livre desajeitada e torta. Senti o calor repentino do fogo — a salinha estivera me protegendo dele. Nos milésimos de segundo antes de me chocar contra o chão, notei que a fumaça começava a se dissipar.

Meu pé esquerdo foi o primeiro a aterrissar, depois o braço esquerdo, então minha cabeça bateu contra o concreto. De alguma forma, não foi o bastante para me deixar inconsciente. Continuei tossindo, meus pulmões ainda cheios das partículas nocivas de fumaça. Mas agora, quando arfava, não piorava. Meu cérebro entendia que eu já não estava sufocando, então focou na questão mais premente: a dor gritante que irradiava do meu braço e da minha perna.

O ar estava tão limpo lá embaixo que eu podia ver o fogo. Ele lambia toda e qualquer superfície vertical à vista. Inúmeras sensações gritaram ao mesmo tempo através da névoa da concussão, e a mais alta vinha da minha perna. Me apoiei no braço bom, o direito, e consegui mais ou menos sentar. Olhei para baixo. Algum osso acima do tornozelo estava bem quebrado. O sangue já começava a escorrer pela calça.

— Puta que pariu! — gritei.

Então me dei conta de que todo mundo que via apenas a escuridão do meu bolso sendo transmitida ao vivo tinha me ouvido dizer aquilo. Mesmo naquele momento, eu só pensava em termos de audiência.

Tirei os dois celulares do bolso.

— Estou bem — eu disse. — Não bem, claro. Me machuquei feio, mas ainda estou viva. Vamos nos apegar ao fato de que ainda estou viva. — Eu podia sentir o calor me atingindo de todas as direções, embora com mais intensidade de cima e da direita que da esquerda. Então comecei a me mover para a esquerda. Um rugido alto e persistente preenchia o depósito.

Então tive a pior ideia de todas.

— Todo mundo, no mundo inteiro! Não um Carl de cada vez. Todos os Carls. Ao mesmo tempo.

Assumir que ninguém havia descoberto aquilo ainda era a minha cara. Mas eu tinha algo que ninguém mais tinha: público. Maior que o do Super Bowl. Maior que o de Neil Armstrong.

O contador de visualizações indicava mais de setecentos milhões. O que *não* dá para fazer com uma audiência desse tamanho? Bom, às vezes… nada.

Dava para ouvir o policial gritando meu nome no outro celular. Eu o peguei e tossi meia dúzia de vezes antes de dizer:

— Quebrei a perna, mas o ar está muito melhor aqui embaixo.

— Consegue se mexer?

— Mais ou menos — meio que gritei por cima do barulho do fogo.

— Segue na direção da parede dos fundos. Tem menos fogo ali.

— Meu tipo favorito de fogo — eu disse, e o policial riu de verdade.

Naquele momento, Miranda me ligou. Tá. Tinha que ser importante.

— Vou atender outra ligação, já volto — eu disse para o profissional especializado em emergências que estava tentando salvar minha vida.

— As coisas não estão boas aqui — eu disse.

— Eu sei, April, estou vendo. Maya está comigo.

— Sei o que precisamos fazer. Precisamos tocar cada Carl com ouro ao mesmo tempo. Como fizemos com o iodo, mas em todos eles. Na verdade, não sei por que estou te dizendo isso. Deveria estar dizendo a eles. — Peguei o celular com que estava transmitindo. — Olha, não sei se isso vai me ajudar. Talvez ajude, talvez só seja a melhor chance que temos de dar o último passo. Mas, se estiver perto de um Carl, ou conhece alguém que esteja, pode tocar com alguma coisa feita de ouro nele? Uma joia serve, acho. Queria muito saber como isso termina antes de… bom, vocês sabem.

Peguei o outro celular e disse:

— Bom, pelo menos isso.

— Você está um passo à nossa frente, por incrível que pareça. — Foi Maya quem disse isso.

Ri, então tossi.

— Miranda usou sua senha no código correto. É o número atômico do ouro sessenta e quatro vezes.

— Bom, acho que Carl queria ter certeza de que a gente ia entender.

— April, há um monte de lugares onde o público não tem acesso aos Carls. Tem quinze deles na China, guardados por militares há meses. Não dá pra ir até um e tocar com ouro.

Eu não sabia como responder àquilo. Carl tinha nos mandando suas instruções, mas éramos idiotas demais para permitir que elas fossem seguidas. Talvez em alguns anos, depois que tratados fossem assinados, todo mundo concordaria em tentar, mas provavelmente não. Os Carls iam ficar ali para sempre, esperando que a Terra conseguisse finalmente fazer uma coisinha tão simples e tola quanto aquela.

Voltei para a transmissão, me aproximando do microfone para que pudessem me ouvir apesar do rugido do fogo.

— Oi de novo. Olha, não vou dizer que é impossível. Mas há sessenta e quatro Carls no mundo e uns bons vinte por cento deles estão sob proteção militar. Se o objetivo é tocar todos com ouro ao mesmo tempo, acho de verdade que estamos sendo testados. Os Carls querem que trabalhemos juntos, querem que sejamos humanos juntos, que nos arrisquemos juntos, que façamos uma escolha juntos.

Fiz uma pausa para tossir.

— Estou presa em um prédio pegando fogo. Mais do que isso, estou presa neste planeta com vocês. E, sinceramente, fico feliz. Fui exposta a pessoas horríveis nos últimos poucos meses, mas conheci muitas mais que eram incríveis, solícitas, generosas e bondosas. Acredito de verdade que essa é a natureza humana. E, se os Carls estão nos testando, o teste final é o mais difícil de todos. Se prestar atenção, só há uma história que faz sentido, uma na qual a humanidade passou a trabalhar cada vez mais em conjunto desde que assumiu o planeta. Tá, fazemos cagada às vezes, e houve passos gigantescos para trás, mas olha só pra nós! Nunca fomos uma espécie tão unida quanto agora. Algumas pessoas lutam contra isso, e provavelmente sempre vão lutar, mas será que já houve algum outro momento na história em que o que Carl está nos pedindo seria mais possível? Pedir a dezenas de governantes para fazer a mesma coisa simultaneamente para um fim incerto? Ou pelo menos pedindo que permitam que seus cidadãos o façam?

Mais tosse.

— Não sei. Acho que, se não conseguirmos fazer isso agora, com oitocentos milhões de pessoas vendo, nunca vamos conseguir. Então vamos tentar fazer alguma coisa juntos. Obrigada. Obrigada por fazerem isso juntos.

E então fiz algo que nenhum criador de conteúdo em sã consciência faria. Encerrei a transmissão no pico de audiência.

Peguei o outro celular de novo.

— Acho que isso vai ajudar — gritei.

Maya disse alguma coisa, mas não consegui ouvir com todo o barulho do fogo. Estava começando a ficar muito difícil respirar. Nem havia tanta fumaça, mas eu arfava. Pensei que devia ser o calor, ou talvez o choque. Na verdade, embora não soubesse na hora, o fogo estava consumindo todo o oxigênio do prédio.

Estava muito quente. Quente demais, só que não havia modo de escapar. Parecia estar vindo igualmente de todas as direções, ao mesmo tempo. Como não tinha graça nenhuma tentar me mexer com uma fratura exposta, permaneci no lugar.

— Andy está aí? — gritei, com um desejo súbito de falar com ele.

— Não. Ele está tocando o Carl Nova York com um brinco meu — Miranda disse.

— Pessoal... Desculpa. Acho que é tudo o que posso dizer.

Então desliguei para tentar ligar para ele.

— Você está bem? — ele perguntou ao atender.

— Não. Não tem nada acontecendo mesmo?

— Nada...

— Andy, eu sei que não tem nada que você poderia ter feito. Sei que vai ficar bravo comigo pra sempre, e tudo bem, mas não fica bravo consigo mesmo pra sempre. Você estava certo, mas ninguém poderia ter me parado.

— Nem pensa em desistir, porra. — A voz dele saiu trêmula.

— Não — arfei, então Andy gritou como quem estava assustado ou chocado.

— O que aconteceu? — perguntei.

— É a mão...

Ouvi um estalo alto.

Uma fração de segundo depois, algo pareceu quebrar acima de mim, produzindo um ruído forte. O rugido do fogo era um peso constante na minha mente, mas aquilo era mais alto. Olhei para cima, de alguma forma ainda pensando que talvez... talvez eu fosse ser salva. Através do véu de fumaça veio um tumulto apressado de fogo e madeira.

Essa é a parte que você pode querer pular se quiser evitar sangue, porque uma viga de madeira em chamas, provavelmente com muitos e muitos quilos, caiu onde estava minha cabeça. Perfurou bem acima da linha do cabelo, do lado direito. Com tanta força que nem me deslocou. Só me atravessou como uma faca caindo sobre um copo d'água.

A viga entrou no meu crânio, pegando um pedaço pequeno do cérebro.

Então destruiu o lado direito do meu rosto.

Errou meu tórax por centímetros, então esmagou minha perna direita, acima do tornozelo. Doeu mais do que qualquer outra coisa por que eu já tivesse passado. Então, enquanto as chamas se expandiam e a pele do meu tórax nu começava a cozinhar, percebi que podia piorar.

Permaneci consciente por alguns poucos segundos terríveis, de modo que tive um tempo para finalmente compreender que não havia dúvida de que ia morrer.

No entanto, não houve nenhuma aceitação, apenas amargura, terror, frustração e ódio por cima da dor. Gritei, e então tudo sumiu.

VINTE E QUATRO

Eu estava no saguão em que o Sonho começava. Naquele escritório moderno e chique. Com carpete no chão, música familiar, o balcão da recepção, tudo exatamente igual. Só que, em vez do robozinho lustroso, quem estava no balcão era Carl. Eu tinha me acostumado a vê-lo com uma única mão, então o fato de que tinha duas chamava atenção. Sua cabeça que mais parecia um capacete quase tocava o teto. Ele parecia ameaçador, talvez porque minha mente esperasse perigo, talvez porque eu tinha acabado de sentir meu corpo ser dilacerado, talvez porque meu mundo tinha sido virado de cabeça para baixo e eu sabia que nunca poderia voltar ao normal, talvez porque muitas pessoas tinham morrido no Treze de Julho e eu não era uma delas.

Ou talvez porque Carl era realmente muito assustador aos olhos.

Olhei para mim mesma, com medo das queimaduras e das feridas que encontraria, mas não havia nada. Estava usando uma blusa de seda e uma saia preta justa, como se estivesse pronta para trabalhar das nove às cinco em um escritório de relações públicas.

— Carl? — chamei.

— Seu corpo está seriamente ferido. — A enorme armadura não se moveu, mas era claro que a voz de tenor saía dela. Se eu tivesse que chutar um gênero, diria que era um homem, mas ficava feliz de não ter que me preocupar com aquilo. A voz ecoou pelas paredes duras do escritório.

— Então não estou... morta? — perguntei, surpresa.

— Não no momento.

Aquilo não era muito reconfortante. Eu queria seguir o rumo lógico da conversa, descobrir o que tinha acontecido e o que ia acontecer agora, mas também estava falando com Carl, e havia imaginado tal momento por tanto tempo que me adiantei e disparei:

— Por que veio aqui?

— Três perguntas.

— Quê?

— É uma tradição nas suas histórias. E seu corpo provavelmente não vai continuar funcionando por muito tempo sem intervenção.

Aquilo certamente renderia uma pergunta, mas eu não ia desperdiçar as minhas.

— Por que veio aqui? — repeti.

— Observar.

Eu esperava mais. Quer dizer, meu palpite sempre tinha sido aquele, de modo que a resposta era um pouco insatisfatória.

— Pode falar mais sobre isso? Ou contaria como outra pergunta? *Isso* contou como outra pergunta, aliás? — E então, como sou ótima em situações de primeiro contato, concluí em um sussurro frustrado: — Ih, caralho.

Se Carl reagiu ao meu pequeno surto, foi internamente.

— Precisávamos ver como reagiriam a nós. Não tínhamos como saber sem contato. É o começo de um processo. — E então, para me livrar do medo de que tivesse desperdiçado minha chance, ele disse: — Você tem mais duas perguntas.

Queria muito perguntar de que processo se tratava. Eles já tinham feito aquilo antes? Éramos perigosos? Estávamos sendo estudados como formigas? Como gorilas selvagens? Ou como fungos?

Mas um debate mais premente ganhava força dentro de mim. Queria muito perguntar sobre mim mesma, sobre por que havia sido escolhida e salva tantas vezes. Mas, embora epifanias sejam temporárias, eu tinha aprendido aquela lição vezes demais nos últimos tempos. Ainda que aquilo fosse sobre mim, também era sobre algo muito maior.

— Como nos saímos? — perguntei, séria e com convicção.

— Não compreendo — Carl disse.

— Você veio nos observar, testar nossas reações. Passamos no teste?

— Não compreendo — Carl repetiu.

Me esforcei para reformular a questão.

— O que acha da humanidade?

— Linda — ele respondeu.

Deixamos aquele momento se prolongar. Achei que Carl diria mais, coisa que não fez.

— Acho que isso já é alguma coisa.

Concluí que quaisquer perguntas sobre de onde era Carl ou como tinha chegado ali seriam mais ou menos inúteis sem muito contexto e provavelmente diplomas avançados em física. Então refleti e, uma última vez, tornei aquilo tudo sobre mim.

— Vocês me escolheram? — perguntei.

E então estou na estação da rua 23, com o cartão do metrô na mão. É tarde, e o lugar está vazio. Sei quando é. A noite em que conheci Carl. Vou até a catraca e passo o cartão. A luz vermelha pisca. Mas usei aquele cartão dezenas de vezes depois daquela noite. Nunca pensei a respeito. Meu corpo no sonho vira e deixa a estação, ainda que minha cabeça esteja girando. O farol de pedestre está aberto, então atravesso a 23. Um táxi buzina para mim, como se eu não devesse estar atravessando a rua. Olho para cima. O farol está verde para o táxi. Eu não deveria estar atravessando a rua. O farol está aberto para mim, mas aquele do outro lado da rua está vermelho. Então ele não deveria estar verde. Se o outro estava fechado...

Volto ao saguão do Sonho. A verdade me atinge com força. Carl, ou os Carls, ou alguma inteligência relacionada, me impediu de entrar na estação. Me fez dar meia-volta, chegando ao ponto de garantir que eu não andasse pelo lado errado da rua.

— Desde este dia? Vocês… vocês me escolheram antes que eu fizesse o primeiro vídeo?

— Sim.

Houve uma longa pausa. Olhei para Carl, só então percebendo que estava chorando com o peso daquilo tudo. Há bilhões de pessoas no planeta. Literalmente *nada* me tornava especial.

— Por quê?

— Sua história acabou de começar, April May — ele respondeu. E então o sonho acabou.

VINTE E CINCO

Oi, pessoal. Sou Andy Skampt. April me pediu para assumir aqui, porque, bem, ela não participou desta parte da história. Não tenho muita vontade de fazer isso, mas entendo por que me pediu, então aqui estou.

Li este livro inteiro e assino embaixo. Acho que April fez um trabalho incrível aqui. Também acho que o livro a ajudou, e que vai ajudar o restante de nós. Mas, para ser sincero, parece que esse tipo de coisa ficou mais fácil pra ela agora.

Bom, vamos continuar a partir do momento em que eu estava na 23, segurando um brinco de ouro contra o quadril do Carl Nova York, falando no celular com April e logo me dando conta de que sou desnecessário, porque outras cinquenta pessoas correram até o mesmo lugar com joias na mão. Então me afasto para ouvi-la um pouco melhor. Estou me sentindo totalmente responsável pelo que está acontecendo com ela. Tipo, se não tivesse dado as costas, ela não estaria morrendo por ter inalado fumaça em um depósito em Hoboken.

É a pior sensação que já tive, mas April me diz para esquecer. É tudo tão sentimental que não me sinto nem um pouco confortável contando para você.

Continuo me afastando do Carl e do número cada vez maior de pessoas em volta dele. April continua falando comigo. Então ouço exclamações de todo tipo. Viro e vejo a mão solta de Carl, do tamanho da tampa de uma lata de lixo, descendo a rua a toda velocidade. Bom, digo isso sem saber qual é a velocidade máxima da mão de um Carl. Mas ela vinha rápido.

As pessoas saem da frente de Carl ao vê-la. Todas as dezenas de pessoas que tinham conseguido chegar até ele e seguravam joias contra seu corpo se dispersam, gritando alarmadas.

A mão passa por entre os corpos, ainda se movendo depressa, então se encaixa sem produzir ruído algum no pulso direito do Carl Nova York. Todo mundo está fugindo ou olhando embasbacado. Me dou conta de que ninguém está tocando o corpo dele com ouro, então corro com o brinco de Miranda e aperto com toda a força contra sua barriga.

Antes que eu possa registrar que consegui tocar a superfície do robô, o braço direito dele levanta e a mão se fecha em punho, como se ele estivesse agarrando alguma coisa acima de sua cabeça. Meu cérebro levou um bom tempo para compreender, e o fato de depois terem disponibilizado uma série de filmagens daquele exato momento ajudou, mas o que acontece aqui é muito claro: Carl agarra um ponto no universo e projeta a si mesmo no ar. Rápido. O bastante para que um vácuo seja deixado para trás e eu seja sugado para o (e através do) espaço em que ele estava. Ouve-se um CRAC estrondoso, e eu voo para cima de uma fileira de telefones públicos, batendo o ombro. Depois me dizem que o barulho que ouvi era de uma explosão sônica. Carl tinha ido embora mais rápido que a velocidade do som.

Então agora estou ali, segurando o ombro dolorido, me perguntando o que aconteceu. Seguimos a última pista do Sonho. Parece que, ao redor do mundo todo e ao mesmo tempo, pessoas seguraram ouro contra o corpo de Carl. E ele foi embora. Mas April continua presa no prédio em chamas. Ligo para Robin.

— Andy — Ele está chorando freneticamente.

— Carl sumiu. Talvez tenha ido ajudar.

É muito difícil para Robin falar em seguida.

— O teto. Está desmoronando.

Não sei o que dizer depois disso, então insisto:

— Carl está indo. Talvez já tenha chegado.

— Certo — Robin diz, mas eu sei exatamente o que está pensando... que estou delirando enquanto ele sabe a verdade: April morreu.

Cara, como é difícil escrever isso.

Depois do pedido de April, cidadãos do mundo inteiro correram para seus Carls. Na China e na Rússia, onde os Carls eram guardados por militares, ocorreram pequenos levantes. Uma única pessoa foi morta, quando um soldado em Chengdu abriu fogo contra a multidão cada vez maior. De alguma maneira, em vez de se dispersar, a multidão se aproximou ainda mais e ele parou de atirar. Tudo aconteceu em questão de minutos. Acho que seria impossível realizar esse feito de novo.

No mesmo instante em que Carl Nova York foi embora, todos os outros Carls no mundo desapareceram. Físicos se desdobraram tentando explicar como todos os Carls eram, na verdade, o mesmo. Eles já haviam sugerido aquilo no episódio da mão do Carl Hollywood. Agora parecia confirmado.

A partir do momento em que Carl ganhou vida, ninguém mais teve o Sonho. As pessoas que estavam nele naquele momento simplesmente deixaram de estar. A maioria nem acordou na hora. Às vezes as pessoas sonham sobre o Sonho, claro, mas parece ter acabado.

E então ficamos esperando que encontrassem o corpo.

Semanas passaram e nada. A família de April veio nos ver. Não sei se fazia bem a eles, mas fazia mal a mim. Já era ruim o bastante me culpar pela morte da minha melhor amiga; não queria pensar que havia destruído a vida daquelas pessoas também. Nos telejornais do mundo inteiro, especialistas disseram que um corpo não queima completamente em um incêndio como o ocorrido no depósito, porque não haveria calor o bastante para tal. E aquilo era bom.

Queriam que eu fosse falar nos programas. Eu, Maya, Miranda ou Robin. Mas nenhum de nós foi. Na primeira semana, os jornalistas ficaram do lado de fora do meu prédio, então simplesmente fiquei em casa. Jason descia e pegava os pacotes que chegavam das minhas compras pela internet. Eu ficava no quarto, lendo o Twitter e esperando notícias.

Mas não havia novidades, as pessoas só ficavam falando sobre o que já sabíamos. Até que cada um de nós recebeu uma carta de condolências da presidenta, o que de alguma forma tornou o luto aceitável, mesmo que não soubéssemos por que exatamente estávamos de luto.

Foi só algumas semanas depois que Robin me ligou.

— Encontraram os caras — ele disse, depois de trocarmos cumprimentos insossos.

— Não vi nada na internet.

— Ainda não saiu. Estou em contato com a polícia, e eles me avisaram que vão fazer as prisões hoje. — Robin não parecia feliz, triste ou triunfante. Era como se estivesse me contando sobre os sapatos que tinha acabado de comprar.

— Quem são? — De alguma forma, achei que talvez me ajudasse a compreender.

— Três caras que se conheceram em um chat anônimo. Um é programador, outro é um idiota e o terceiro é inteligente, dedicado e queria muito parar ou matar April, ou talvez só quisesse deixar sua marca no mundo. O programador se gabava sobre como podia alterar o código para produzir qualquer resposta se a chave fosse inserida. Quando os Defensores conseguiram a chave, isso foi revelado nos chats deles, e o cara que estava liderando disse para o programador provar que podia mesmo fazer aquilo. Encontrou o depósito e passou o endereço ao programador. Assim que o código foi modificado, ele e o outro amigo esperaram do lado de fora do depósito. Sinceramente, acho que ficaram surpresos quando April apareceu. O líder começou o fogo e saiu correndo. Se vangloriou disso num chat, e outro Defensor o denunciou. O FBI não precisou de mais nada para encontrar os três. Mas ninguém sabe se vão poder ser acusados de assassinato, porque não encontraram o corpo.

Os dois caras que haviam estado no depósito acabaram recebendo sentença máxima por sequestro, encarceramento, incêndio culposo, tentativa de homicídio, conspiração para praticar homicídio e uma série de outras coisas. Mas não homicídio.

Me mantive em silêncio enquanto Robin me dava o relatório sem qualquer emoção.

— Que bom que pegaram os caras.

— É.

— Uma das últimas coisas que April me disse foi que eu podia ficar bravo com ela, mas não comigo mesmo — eu disse.

— É — Robin respondeu.

Peter Petrawicki escapou ileso, porque não estava diretamente relacionado com o ocorrido. Mas o ataque contra April e o desaparecimento de Carl resultou no fim do movimento dos Defensores, de um jeito que nem o Treze de Julho tinha conseguido. Talvez porque Carl não era mais uma ameaça visível; talvez porque o Sonho tinha acabado; talvez porque eles tinham conspirado de maneira suja e traiçoeira para matar April; talvez por causa da transmissão dela, que chegou a ter mais de um bilhão de espectadores em determinado momento.

Independente da causa, um mês depois do desaparecimento de Carl, até Peter Petrawicki se distanciou dos Defensores, alegando que o movimento havia crescido e se tornado algo que ele não podia respeitar. O cara era um verme. Ele se mudou para o Caribe e agora aparentemente trabalha em uma start-up de criptomoedas muito suspeita.

Os mais assustadores do grupo nunca desapareceram, claro. E teorias da conspiração abundavam. Ninguém sabia explicar o que havia acontecido a nossas mentes para tornar o Sonho possível. E se as pessoas conseguissem encontrar um motivo para ficar assustadas, ficavam.

Em um mês apenas, nosso grupo se desfez. Não sei se foi porque não havia nada que nos mantivesse unidos, ou porque repelíamos uns aos outros com nossa culpa e dor (talvez ambos), mas de repente Miranda estava de volta a Berkeley, Robin voltou para Los Angeles e Maya estava numa espécie de peregrinação, evitando dormir no mesmo lugar por mais que alguns poucos dias. Só eu fiquei em Nova York. Tinha uma sensação tola de que assim April conseguiria me encontrar. Queria que ela soubesse onde eu estava. Além disso, sabia que o melhor para minha sanidade mental era manter um fiapo de estabilidade que fosse na minha vida. Funcionava bem o suficiente, e ainda evitava que eu chorasse na frente de Maya ou Miranda, coisa que acontecia o tempo inteiro quando as via.

Mas nunca passavam muitos dias sem que Robin, Miranda, Maya e eu nos correspondêssemos por meio de um grupo de mensagens que nunca tínhamos deixado morrer e em que o número de April ainda estava.

As pessoas continuam me convidando para falar a respeito, escrevi um dia.

E você quer fazer isso?, Maya respondeu.

Nossa, não. Nunca me falam o que devo dizer. Nem sei mais o que esperam que eu diga.

Você tem muito o que dizer, Andy, Miranda escreveu.

Eles não me querem de verdade. É só que não podem ter April.

Os três pontinhos apareceram e ficaram ali por um longo tempo antes que Maya respondesse: Tenho lido os livros da April. Ela tem uma biografia do Rodin que começa com a seguinte frase: "A fama, no fim das contas, não é nada além da soma de todos os mal-entendidos relativos a um novo nome". Acho que ela leu isso uma porção de vezes. Carl sempre foi uma tela em branco na qual as pessoas projetavam seus valores, suas esperanças e seus medos. April vai se tornar isso agora.

E devo fazer alguma coisa a respeito?, respondi.

Não, só acho que deveríamos ficar alerta para o fato de que agora que April não está por perto para se defender, vão ficar colocando palavras na boca dela. Sei que você já está de olho no Twitter.

Era verdade. De vez em quando eu colocava as pessoas em seu devido lugar quando citavam April erroneamente ou diziam que ela acreditava em algo ou faria algo em que não acreditava ou que não faria. Maya estava certa, e eu sabia.

Ainda não acabou, né?

Não. Sempre vai ser quem somos para o mundo.

Então eu deveria ir falar na Universidade de Wisconsin?

Você tem algo a dizer a eles que faria com que se sentissem melhor?

Levei algum tempo até conseguir me decidir por: Ainda não.

Tudo bem, ela respondeu imediatamente.

Então comecei a pensar no que diria se fosse dizer alguma coisa. Eu nunca ia aguentar a pressão de um noticiário da TV a cabo, mas talvez pudesse sentar com alguém para uma conversa em público ou dar uma palestra curta. Não poderia disponibilizar no nosso canal no YouTube — tinha a estranha sensação de que era um espaço sagrado que precisava ser congelado no momento em que April morrera.

A partir daquela ideia, foi um passo curto colocar tudo por escrito. Então foi o que eu fiz. Fiz muitas palestras diferentes naquele ano, mas sempre encerrei com o que havia redigido naquela mesma noite:

Um ano atrás, acompanhei o mundo se apaixonar pela minha melhor amiga. Achamos que seria divertido, achamos que seria inocente, mas então aquele amor a dilacerou e a remontou de um jeito diferente.

Sozinhos em um quarto de hotel, April e eu planejamos sua transformação de uma pessoa em uma história. Funcionou. Funcionou porque era uma ótima história, que combinava com ela. Não sabíamos que ela ia de fato se tornar aquilo. A parte mais traiçoeira da fama para April não foi outras pessoas a desumanizarem: foi ela mesma se desumanizar. Ela passou a se ver não apenas como uma pessoa, mas como uma ferramenta. E se aquela ferramenta não fosse usada, afiada, refinada ou fortalecida a cada oportunidade, então ela estaria decepcionando o mundo inteiro. April era uma pessoa, mas todos a convencemos de que era ao mesmo tempo mais e menos do que isso. Talvez ela tenha feito isso a si mesma, talvez tenha sido culpa de Carl, ou minha, ou de Peter Petrawicki, ou da imprensa. Mas, perto do fim, até eu esquecia, na maior parte dos dias, que April May era um ser humano. Como me disse uma vez, ela era, como todos nós, frágil como o ar.

Não sei o que aconteceu com April. Mas sei que ela era uma pessoa. Só queria contar uma história que aproximasse as pessoas. Talvez não o fizesse perfeitamente todos os dias, e certamente cometeu muitos erros, mas não acho que nenhum de nós esteja livre da culpa quando, com cada vez mais frequência, nos vemos não como membros de uma cultura, mas como armas em uma guerra.

A mensagem dela está clara para mim e nunca mais vai me deixar. Somos todos indivíduos, mas o fato de estarmos juntos é muito maior. Se isso não for protegido e acalentado, nosso futuro é tenebroso.

Eu continuava infeliz depois de ter escrito aquilo, chorando e me sentindo completamente devastado, mas me parecia que era alguma coisa. Escrevi para a Universidade de Wisconsin dizendo que gostaria de dar uma palestra de meia hora, e eles se adaptaram à minha agenda. Liguei para Robin para ver se queria ser meu agente.

— Tá bom — ele disse.

Fico tentado a dizer que Robin foi quem ficou mais abalado, mas não quero começar uma competição de luto. Ele tinha largado o emprego e se isolado, então eu ficava feliz em lhe dar algo para fazer, como uma maneira de trazê-lo de volta. Robin se culpava mais do que o restante de nós. E é claro que todos nos culpávamos. Se tivéssemos sido um pouco mais espertos, um pouco mais rápidos, um pouco mais insistentes... Mas Robin sabia que fora a notícia que ele dera — e sua traição, ainda que leve — que empurrara April para aquele prédio.

Não quero dizer que o pior era não saber, porque definitivamente teria sido pior se tivessem encontrado o corpo arrebentado e queimado de April em meio aos escombros, mas todos nos sentíamos inúteis. De certo modo, o mundo inteiro estava em um estranho limbo. April era uma superestrela, e agora ou estava morta ou não estava e ninguém sabia. Sua conta no Twitter se tornou um monumento. A última coisa que ela havia escrito ali — **Vão ver minha transmissão ao vivo no Facebook, tem algo importante acontecendo** — tinha se tornado o tuíte mais curtido da história. Mais de uma vez, pensei em como April teria ficado petrificada com um último tuíte tão meia-boca.

O tempo passava, mas ninguém sabia de fato como seguir em frente. Eu ia de um lugar para o outro, louvando April repetidas vezes, em diferentes lugares. Falar com as pessoas era imensamente diferente de tuitar ou produzir vídeos. Mesmo que fosse em um auditório para cinco mil pessoas, era um público minúsculo em comparação ao número de visualizações de qualquer coisa que eu colocasse na internet. Daquele modo, todos tínhamos que nos concentrar na mesma coisa por mais de uma hora. A conexão era agradável. E eu descobri que era bom naquilo. Os pais de April foram a algumas das minhas palestras.

Com o passar das semanas, pareceu cada vez mais possível que nunca saberíamos o que havia acontecido com April e o que os Carls tinham feito conosco.

Me lembro do primeiro dia em que nenhuma das principais notícias era sobre April May, o Sonho, os Carls ou o julgamento dos caras. A economia chinesa estava em colapso porque o povo tinha se endividado para investir no mercado de ações; a Apple estava lançando seu novo aparelho de realidade virtual; um bando de macacos escapou durante um ataque a um laboratório de pesquisa e se espalhou por Baltimore. Um dia, April May seria algo do passado. Era o que ela tanto temia, e quando finalmente começou a acontecer fiquei surpreso ao ver que me sentia aliviado.

Cerca de três semanas depois, eu estava sentado à mesa escrevendo alguns e-mails sobre o gerenciamento da minha fortuna agora ridícula quando alguém bateu à porta. Foi bem esquisito, porque ninguém conseguia entrar no prédio sem interfonar. Talvez fosse uma entrega para um vizinho.

Então meu celular soou. Eu o peguei no caminho para a porta e congelei quando vi o nome na notificação.

April May
Deslize para responder

Não tenho ideia de quanto tempo fiquei olhando, mas lembro quando finalmente abri a mensagem, com o coração na garganta.

Era bem curta.

Toque-toque.

AGRADECIMENTOS

Nunca tinha feito isso antes, então até mesmo descobrir que era possível foi meio que uma jornada para mim. Por isso, tenho centenas de milhares de pessoas a agradecer. Primeiro, John Green, que é meu irmão e já falou pra tanta gente que ser escritor não é um trabalho impossível, e sim algo real que gente de verdade faz, que acabei acreditando. Minha esposa, Katherine, que sempre amou as coisas que escrevi de um modo que eu acreditava e que fazia sentido para mim. Phil Condon, que me ajudou a compreender que escrever era algo que eu fazia bem, sobretudo me fazendo entender as partes da minha escrita que não eram tão boas. Guy Bradley, que uma vez me disse que se eu acabasse não trabalhando com química poderia escrever. E todas as pessoas que, ao longo dos últimos quatro anos, disseram algo do tipo "Me manda o que você tem e juro que vou ser honesto se for uma droga". Entra elas, estão incluídos Patrick Rothfuss, Hugh Howey, Amanda Hoerter e Jodi Reamer da Writers House.

Mas, talvez mais importante do que tudo isso, eu não poderia ter escrito este livro se não houvesse embarcado em uma jornada estranhamente fantástica até a terceira camada da fama, graças a uma série de pessoas muito legais que me apoiam muito e que gostam dos meus vídeos, tuítes, reblogs, postagens e podcasts. De um modo muito real, a Nerdfighteria criou isto.

Tive que fazer muitas pesquisas interessantes para este livro, então agradeço a Sarah Haege, Megan Rojek e Lauren McCall, que estudaram na mesma instituição que April, Maya e Andy, e me deixaram passar um dia com elas para compreender como era sua vida. Obrigado a Phil Derner Jr. da NYCAviation.com por conversar comigo por uma hora inteira sobre as entranhas de um Boeing 767. Obrigado a Jessica e Mitty pelas mensagens trocadas sobre ambulâncias e o protocolo de primeiros-socorros. Obrigado a Kevin Gisi, que me ajudou a descobrir o que era possível e o que era realmente impossível fazer com a Wikipédia. Brent Weinstein e Natalie Novak são amigos de longa data e agentes de Hollywood, então acho que deveria tanto agradecer pelas informações quanto pedir desculpas pelas coisas que eu disse. E obrigado a @cmdrSprocket por sugerir o nome Slainspotting quando perguntei no Twitter qual seria um bom nome para um podcast sobre mortes na TV.

Também me lancei em algo difícil e assustador quando decidi escrever sobre uma porção de personagens que tiveram uma experiência de vida muito diferente da minha, então quero agradecer em particular às pessoas que leram este manuscrito para ajudar a rever meus próprios preconceitos e representar mais adequadamente aqueles que não são como eu. Por exemplo, sou extremamente grato a Ashley C. Ford, Amanda Hoerter, Mary Robinette Kowal e Gaby Dunn.

Também agradeço a meus pais, que são exatamente como os pais de April, no sentido de que tudo o que querem é me ajudar a ser feliz e a me sentir útil, além de serem ótimos em se segurar quando acham que estou fazendo algo ridículo. E aos meus maravilhosos amigos e colegas de trabalho em Montana e em toda parte por me apoiarem tanto e serem tão reconfortantes e confortáveis.

Antes de começar isto, eu não sabia muito bem o que editores faziam, então agradeço a Maya Ziv por segurar minha mão a cada passo do caminho e me ajudar a não surtar diante dos problemas, pequenos ou grandes. Os conselhos e as ideias de Maya foram profundamente valiosos para este projeto. Também agradeço à oradora da minha turma do ensino médio, Mary Beth Constant, que por um maravilhoso acaso também preparou o texto deste livro. Você salvou meu pescoço diversas vezes. E, é claro, obrigado a todas as pessoas na Dutton que me ajudaram a trazer este livro à realidade e a colocá-lo nas mãos dos leitores.

Também quero agradecer a todo mundo que diz "Você tem que ler este livro!" a um amigo. Não precisa ser este, só quero que as pessoas lembrem umas às outras como a leitura é maravilhosa. Em particular, agradeço a todos que trabalham em livrarias e que fazem isso todos os dias — são profissionais que podem ajudar você a encontrar livros que vai amar e são até melhores nisso do que programas de computador, olha só!

ESTA OBRA FOI COMPOSTA PELA SPRESS EM BEMBO E FUTURO E IMPRESSA EM OFSETE
PELA GRÁFICA BARTIRA SOBRE PAPEL PÓLEN SOFT DA SUZANO PAPEL E CELULOSE
PARA A EDITORA SCHWARCZ EM SETEMBRO DE 2018

FSC
www.fsc.org
MISTO
Papel produzido a partir de fontes responsáveis
FSC® C105484

A marca FSC® é a garantia de que a madeira utilizada na fabricação do papel deste livro provém de florestas que foram gerenciadas de maneira ambientalmente correta, socialmente justa e economicamente viável, além de outras fontes de origem controlada.